Miguel Bonnefoy est un auteur franco-vénézuélien. Il a publié plusieurs romans remarqués et primés, tous parus aux éditions Rivages : *Le Voyage d'Octavio* (2015, prix de la Vocation), *Sucre noir* (2017), *Héritage* (2020, prix des Libraires 2021) et *L'Inventeur* (2022, prix Patrimoines). Son œuvre est traduite dans plus de vingt langues.

Le rêve du jaguar

Du même auteur

Le Voyage d'Octavio, roman, Rivages, 2015 ; Rivages poche, 2016. Prix de la Vocation. Mention spéciale du prix des cinq continents de la Francophonie. Prix Edmée de la Rochefoucauld. Prix L'île aux livres. Prix Fénéon.

Jungle, récit, Paulsen, 2016 ; Rivages poche, 2017.

Sucre noir, roman, Rivages, 2017 ; Rivages poche, 2019. Prix Renaissance. Prix Mille Pages.

Naufrages, nouvelles, Rivages poche, 2020.

Héritage, roman, Rivages 2020 ; Rivages poche 2022. Prix Valery-Larbaud. Prix des Libraires. Mention spéciale du prix des cinq continents de la Francophonie.

L'Inventeur, Rivages, 2022 ; Rivages poche, 2023. Prix Patrimoines. Prix Amic de l'Académie française.

Miguel Bonnefoy

Le rêve du jaguar

Rivages

Retrouvez l'ensemble des parutions
des Éditions Rivages sur

editions-rivages.fr

Contactez-nous à
editions@payotrivages.com

Ce livre a été édité sous
la direction d'Émilie Colombani

60-62, avenue de Saxe, 75015 Paris

A la madre,
Y sonarán las campanas.

A Nene,
Porfin bailas.

« Au nord, il y a la raison qui étudie la pluie,
Qui déchiffre les éclairs
Au sud, il y a la danse qui engendre la pluie,
Qui invente les éclairs. »

William Ospina

Antonio

Au troisième jour de sa vie, Antonio Borjas Romero fut abandonné sur les marches d'une église dans une rue qui aujourd'hui porte son nom. Personne ne put dire précisément à quelle date il fut trouvé, on sait seulement que tous les matins, toujours au même endroit, une femme misérable avait l'habitude de s'asseoir là pour déposer devant elle une écuelle en calebasse et tendre une main fragile aux passants du parvis. Quand elle aperçut l'enfant, elle le repoussa d'un geste dégoûté. Mais son attention fut soudainement attirée par une petite boîte brillante, cachée entre les plis du lange, que quelqu'un avait laissée là comme une offrande. Un rectangle en fer-blanc, couleur argent, taillé d'arabesques fines. C'était une machine à rouler des cigarettes. Elle la vola en la mettant dans la poche de sa robe, puis se désintéressa du bébé. Elle constata toutefois pendant la matinée que ses timides vagissements, ses cris hésitants attendrissaient les fidèles qui, les croyant ensemble, remplissaient tour à tour le fond de son écuelle avec des pièces en cuivre. Le soir venu, elle l'emmena dans une basse-cour, lui colla la bouche à la mamelle d'une chèvre noire dont les pis étaient couverts de mouches, et le fit allaiter, à genoux sous son ventre, d'un lait épais et chaud. Le lendemain, elle l'entoura dans un torchon de cuisine et le pendit à ses hanches. Au bout d'une semaine, elle se mit à dire que l'enfant était le sien.

Cette femme, que tout le monde appelait la muette Teresa parce qu'elle avait des troubles d'articulation, devait avoir vaguement la quarantaine, bien qu'elle n'eût elle-même pu préciser son âge. Dans son visage, il y avait quelque chose d'indien et, sur le côté gauche, une légère paralysie que lui avait causée une ancienne crise de jalousie. Elle ne portait plus qu'une peau spongieuse sur les os, avait des mains couvertes de blessures qui ne cicatrisaient jamais, et des cheveux d'un blanc sale, tombant platement, qui lui encadraient la figure comme des oreilles de basset. Elle avait perdu l'ongle du pouce gauche le jour où un scorpion, réfugié au fond d'un tiroir, l'avait piquée à la main, ce qui ne la tua pas, mais forma une sorte de boudin de chair au bout de son doigt, une excroissance morte, et c'est ce bourrelet que l'enfant suça ses premières semaines avant de s'endormir.

Elle le nomma Antonio, car l'église où elle l'avait trouvé était placée sous le patronage de saint Antoine. Elle l'alimenta de sa propre colère, de sa douleur silencieuse. Durant ses premières années, elle lui fit mener une vie désordonnée, honteuse, indigente. Elle se persuada que, s'il survivait à cette misère, personne d'autre que lui-même ne pourrait le tuer. À un an, il pouvait à peine marcher qu'il mendiait déjà. À deux ans, il parlait la langue des signes avant l'espagnol. À trois ans, il lui ressemblait tant qu'elle se demanda si elle l'avait véritablement trouvé sur les marches d'une église, ou si elle ne l'avait pas mis au monde dans l'arrière-cour d'un taudis, au creux d'une niche de paille, entre un âne gris et un agneau. Elle l'habillait de fripes crasseuses et, pour émouvoir les passants, le serrait contre elle avec une fausse complicité, le mouillant d'une sueur âcre qui, par l'effet de la chaleur, devenait une sorte de gélatine grasse et jaune. Elle le nourrit de fromage de chèvre, roulé à la main, dormit avec lui dans son abri fait de journaux délavés au fond d'une bergerie de fortune, et peut-être jamais une femme ne mit autant de courage à s'occuper d'un enfant qu'elle n'aimait pas.

Néanmoins, pour Antonio, cette femme menteuse et avare, médisante et voleuse, fut la meilleure mère à laquelle il put aspirer. Il prit pour de la tendresse la rudesse qu'elle lui témoignait et cet amour vénéneux que la pauvreté avait tissé entre eux. Il grandit avec elle à La Rita, sur les berges du lac de Maracaibo, dans un endroit du monde si dangereux qu'on l'appelait *Pela el Ojo*, « Ouvre l'œil ».

À six ans, Antonio ne croyait plus aux miracles, vendait des pierres de jais comme porte-bonheur et savait tirer les cartes, car la muette Teresa lui avait garanti que c'était la seule science qui pouvait convaincre les hommes sans avoir l'inconvénient d'être vraie. À huit ans, elle lui apprit à reconnaître les mauvais *aguadores*, les porteurs d'eau, qui vendaient l'eau sale du lac en la faisant passer pour de l'eau propre de pluie. Mais aussi les épiciers qui déréglaient leurs balances grâce à un trombone déformé, les ouvriers qui revendaient les vis destinées au coffrage des chantiers et les dresseurs de coqs de combat qui, dans les gallodromes, cachaient des lames de rasoir sous la griffe des éperons. Elle l'avait préparé à cette vie dure, pleine de prudence et de nécessités, de batailles et de méfiance, au point que si un pasteur, pendant une messe, annonçait brusquement la nouvelle qu'un saint s'était mis à pleurer, Antonio était le premier à lever les yeux au plafond de l'église pour voir d'où venait la fuite d'eau.

Pela el Ojo était alors une sorte de grand marécage écrasé de chaleur, aux rives humides, peuplé de maisonnettes sur pilotis aux portes toujours ouvertes. Les habitations étaient édifiées sur cette eau trouble, avec des cuisines à la belle étoile, de vieux fourneaux noircis et des poubelles flottantes que la ville avait rejetées dans ses faubourgs. On y pétrissait du pain, on y trafiquait du carburant. Les enfants vivaient nus sur ces palafittes, circulant sur le squelette de mille troncs d'arbre sans cesse rafistolés, pataugeant sur la surface du lac comme les palais de Venise, ce qui autrefois avait fait dire aux navigateurs vénitiens, qui étaient venus avec leurs odeurs de vélin et de sceaux de cire, qu'ils y reconnaissaient une « petite Venise », une *venezziola*, une Venezuela.

L'immobilité de ces paysages ne faisait toutefois plus rêver aux anciennes cités des Caribes, de Tamanaco et de Mara, peuplées de femmes vêtues de mantes brodées d'or et de robes de coton, de jeunes aux torses couverts d'une fine poudre argentée et de nouveau-nés emmaillotés dans des fourrures de jaguar. On n'imaginait plus une nation avant les nations, des hommes déguisés en aigles, des enfants qui parlaient avec les morts et des femmes qui se transformaient en salamandres.

À ce jour, ce n'était alors qu'un bourg sans poésie, des toitures de palmes chaudes, des adolescents chaussés de sandales découpées dans des pneus de pick-up. Les taudis étaient construits avec de vieux capots de camions Indiana Trucks, les poignées de fenêtres avec des boîtes de conserve, les chaises revêtues d'affiches en aluminium de Shell. Et comme les pluies étaient violentes et qu'il fallait protéger les toits de palmes, on achetait de vieilles pancartes de publicité de la Chevrolet, volées la nuit sur le long des autoroutes, si bien que l'on pouvait voir inscrit sur tous les revêtements des bidonvilles, là où dormaient des gens sans permis de conduire : « Pas de bonheur sans Chevrolet. »

Ces pluies, qu'on appelait *palo de agua*, enflaient souvent le lac en le faisant déborder de son lit. L'eau inondait la plaine par lentes avancées, noyant les campagnes. Les averses pouvaient s'abattre en continu pendant quarante nuits furieuses, couvrant les prés de perroquets morts, et quand la marée arrivait jusqu'aux fermes et submergeait les cultures, des milliers de langoustes nageaient depuis le golfe jusqu'aux pousses de maïs et s'offraient un banquet sous-marin qui décimait en deux semaines la récolte de l'année. On maudissait les langoustes à Maracaibo comme on maudit les sauterelles en Égypte.

C'est dans ce monde qu'Antonio grandit en pêchant sur le lac. Nageant au cœur des mangroves et des palétuviers, son alimentation ne fut composée que de poissons-chats, de maigres à la chair blanche, de crabes bleus et de crevettes d'eau douce géantes, au point que la muette Teresa commença à croire, dans ses rêves les plus intrépides, que des branchies allaient lui pousser et qu'Antonio se mettrait à respirer sous l'eau. Un jour, alors qu'il avait onze ans, il rangea ses hameçons et ses lignes dans un sac, se dirigea vers le ponton du village et vola une pirogue. Des enfants l'aperçurent et le dénoncèrent. Il ne fallut pas attendre longtemps pour voir arriver au loin les propriétaires de l'embarcation. C'étaient les hommes riches de La Rita, ceux qui avaient le pouvoir, ceux qui faisaient la loi de ce côté du lac : Manu Muro, un grand gaillard de deux mètres, aussi large à la ceinture qu'aux épaules, Hermès Montero, un petit nerveux rouge de colère, et Asdrubal Urribarri, un Métis aux yeux verts et au pied bot, vêtu d'un marcel blanc, qui agitait les bras, un torchon à la main comme s'il s'était levé précipitamment de table.

– Antonio, je te reconnais ! cria-t-il. Viens ici.

Depuis la rive, ils faisaient des allers-retours furieux sur les ordures jonchant la plage, en jetant des regards impétueux à Antonio qui s'éloignait à coups de rame. Asdrubal Urribarri disparut, puis revint avec un chien enragé aux babines écumantes qu'il lança à l'eau. Le chien fila comme un possédé jusqu'à la barque avec une aisance et une énergie qui surprirent tout le monde, monta sur les planches et sauta au cou d'Antonio. Mais il eut le temps de l'esquiver en bondissant par-dessus bord et s'échappa en nageant à contre-courant. Le chien le suivit, laissant la barque partir à l'horizon sous les hurlements d'Asdrubal.

– La barque ! Ne la laisse pas se perdre !

Le chien s'obstina dans sa poursuite, aboyant fiévreusement, mordant les vagues, grognant comme un fou. Antonio, lui, redoublait d'effort, plongeant la tête et disparaissant sous l'eau. Au bout d'une demi-heure, alors qu'il sentait une puissante crampe tirer sur sa cuisse et que de violentes courbatures raidissaient ses bras, il constata que les aboiements du chien s'étaient mués en une plainte, un gémissement de naufragé, au point qu'après quelques minutes, il ne restait plus que son petit museau hors de l'eau. Ce ne fut que lorsque le chien commença réellement à se noyer, en poussant des jappements de chiot, qu'Antonio se résolut à ralentir. Dans un dernier souffle de survie, l'animal le rattrapa et, au lieu de le mordre, s'agrippa aussitôt à ses épaules. Il était 18 heures. Les propriétaires de la barque, avec des lianes de cuir et des ceintures à la main, le guettaient depuis la rive.

– Tu finiras par te fatiguer, lui criaient-ils. On t'attend ici.

Épuisé, le chien sur son dos, Antonio se laissa porter par le courant jusqu'à arriver à Punta Camacho, résigné à attendre l'obscurité pour sortir du lac. La nuit ne tomba qu'un kilomètre plus loin, à Puerto Iguana, et quand il fut enfin camouflé par la lueur de la lune, protégé par le noir, il nagea jusqu'à un petit ponton et courut, accompagné du chien, vers la clôture de Camino Real par la voie libre qui menait à *Pela el Ojo*. Alors qu'il reconnaissait avec un soupir de soulagement les lumières de son taudis, apaisé d'être enfin arrivé sain et sauf, il fut pris de frayeur en découvrant la silhouette d'Asdrubal Urribarri qui, son torchon toujours à la main et sa démarche boiteuse, parlait à la muette Teresa avec de grands gestes de bras. Bien qu'il ait été sur le point de s'évanouir de fatigue, il jugea trop dangereux de se montrer. Il trouva un palmier solide, monta jusqu'au sommet et attendit que la nuit passe.

Les étoiles étaient énormes dans le ciel et le monde paraissait inondé de limon. Un groupe d'hommes se mit à le traquer. En haut du palmier, Antonio pleura, non de peur, mais de rage. Seul et glacé par la brise du lac, gêné par le fouillis de palmes qu'il disputa à deux rats qui grignotaient des tiges dans le houppier, il lui fallut deux heures pour s'endormir en écoutant les grenouilles s'accoupler, et il confondit dans son rêve leurs coassements avec les voix des hommes.

Il fut réveillé au petit matin par des coups de bâton sur ses pieds. C'était la muette Teresa. Pendant toute la nuit, elle l'avait cherché dans chaque arbuste, dans chaque raisinier sur les bords du lac, en vain. Le chien, contre toute attente, à l'insu de son propriétaire, par gratitude de l'avoir sauvé de la noyade, l'avait menée jusqu'à lui. La muette Teresa déposa au sol une serviette avec deux *arepas*, des galettes de maïs, et un peu de fromage râpé. Dans son langage restreint, elle lui fit signe de rester en haut, caché encore une nuit, peut-être deux, car Asdrubal Urribarri faisait des rondes autour de leur abri. Antonio creusa sa poitrine de colère.

– Un jour, je serai un homme et je n'aurai plus peur, lui dit-il depuis le sommet du palmier. Je lui apprendrai qui est le patron.

Mais la muette Teresa ne répondit pas. Le voyant là, juché sur cet arbre, caché et oublié de tous dans la désolation du monde, elle eut une douleur à l'âme, car elle ne pouvait concevoir un autre avenir pour Antonio que celui d'un voyou des rues, né au mauvais endroit, traînant sa solitude jusqu'à sa mort dans des rhumeries malheureuses où seuls s'égarent les rufians et les délinquants, les hommes désespérés qui n'attendent rien de la beauté, et qui ne savent plus pour qui il faut mourir. Elle l'imaginait comme ceux qui le recherchaient, ceux qui voulaient le battre, méchants et arrogants, éduqués par la violence du lac et par des pères avares, dont le cœur est une ronce sans fleur. Pire encore, elle se le représentait comme elle, une vie faite de désastres et de frustrations, assis sur les marches d'une église en tendant une main osseuse à des inconnus, ruminant des humiliations et des erreurs de jeunesse, ayant survécu à une enfance sans foyer ni refuge, sans amour ni protection, une enfance où personne ne lui avait appris à vivre.

C'est pourquoi, trois jours plus tard, lorsque tout le monde oublia l'affaire de la barque et qu'Antonio put rentrer chez lui, la muette Teresa l'accueillit avec une douceur patiente. Elle l'attendait là, juchée sur un petit tabouret, lavant son linge, penchée sur une bassine, et quand elle le vit, tout pâle de fatigue et de faim, de froid et de peur, elle ne put s'empêcher de se demander comment l'humanité avait pu survivre au milieu de tant de cruauté. En silence, elle l'assit par terre, le déshabilla et lui donna un bain sommaire avec la même eau du linge, en frottant son corps, en remplissant la bassine de lambeaux d'algues et d'écorce de cocotier, et ils n'échangèrent plus un seul mot de toute leur vie sur cet incident.

Le lendemain, elle fouilla les recoins de son taudis et lui remit un paquet dans les mains. Antonio, dont c'était le premier cadeau, l'ouvrit à la hâte. C'était la petite machine à rouler des cigarettes qu'elle avait trouvée, dix ans auparavant, entre les plis du lange, sur les marches de l'église. Au dos, des lettres étaient gravées : Borjas Romero. Elle regarda Antonio droit dans les yeux, et ce fut une des rares fois qu'il entendit sa voix :

– Si tu veux devenir le patron, ne vole pas, articula-t-elle. Travaille.

Ainsi, Antonio se mit en tête de vendre des cigarettes. La première poignée de tabac, il l'obtint grâce à sa ruse. Un matin de septembre, quelques jours après l'épisode de la barque, il traversa la seule place de La Rita, entra d'un pas décidé dans l'épicerie La Pioja d'Henri Reille, un beau gaillard sans histoire, dans la quarantaine, plein de vigueur et de santé, fils d'immigrés nantais du début du siècle qui avait hérité de sa lignée française l'art audacieux du commerce, et lui proposa le marché suivant :

– Donnez-moi du papier et du tabac. Je reviendrai ce soir même avec le double de son prix.

Il quitta Henri Reille avec dix grammes de tabac, roula trente cigarettes et se rendit au port de Santa Rita, là où accostaient tous les jours des dizaines d'hommes arrivant du sud du lac de Maracaibo, des montagnes de Mérida et des marigots de Santander, de Trujillo et de Táchira, qui atteignaient le débarcadère sur des canots taillés en un seul tronc et des pirogues remplies d'animaux dont les cris faisaient écho dans la baie. Jusqu'au soir, maniant sa machine comme s'il s'était agi d'un luth florentin, il vendit tout ce qu'il avait, calculant avec un soin de bijoutier chaque gramme de tabac, économisant chaque millimètre de feuille. Vers 19 heures, il fit le chemin du retour jusqu'à l'épicerie et posa sur le comptoir, sous le regard étonné d'Henri Reille, le butin de sa journée.

– Vous êtes plus riche ce soir que vous ne l'étiez ce matin, dit-il. Moi aussi. Continuons.

Pendant trois semaines, dans la chaleur suffocante de la côte, il fit des allers-retours inlassables depuis *Pela el Ojo* jusqu'à La Rita en incitant à fumer tous ceux qu'il croisait sur le port. Avec une obstination farouche, il se mêla à la grande communauté des vendeurs de glace pilée et de *guarapo*, des boissons fraîches à base de sève, de pâte de sucre et de pinole, jusqu'au jour où un porteur de marchandises lui proposa trois sous pour l'aider à décharger des sacs de noix de coco d'un bateau.

Antonio, qui à cet âge avait déjà des épaules larges et un dos musclé, jeta un des sacs sur ses omoplates à l'aide de deux lanières en cuir, surpris lui-même par la robustesse de ses bras et par la résistance de ses jambes, puis marcha vers le camion courbé en avant, sous le poids, avec une ténacité aveugle que les autres porteurs mirent non pas sur le compte de la force, mais sur celui de la jeunesse. Malgré les charges excessives qui lui comprimaient les poumons, il finit par tout débarquer et gagna en une heure avec ses bras ce qu'il n'aurait pu obtenir en une journée avec ses cigarettes. Dès lors, il ne remit plus jamais les pieds dans l'épicerie d'Henri Reille. Le lendemain, il revint au même endroit du débarcadère, persuadé de pouvoir faire fortune à la force de ses muscles, mais il comprit rapidement qu'il existait une hiérarchie dans toute chose, même dans le monde des porteurs.

On le présenta à un vieux piroguier nommé Alfaro, un Panaméen aux doigts couverts de bagues et au nez crochu, connu pour ses humeurs brusques et son caractère colérique, qui avait besoin de main-d'œuvre. Antonio fut un modèle de discipline et de souplesse, plein d'abnégation, obéissant sans protester, se contentant de ce qu'on lui donnait. Dans la touffeur du port dont les quais se couvraient chaque jour de caissons parfumés d'épices et de cages de fleurs, Antonio apprit à lire, à compter, à reconnaître les pavillons de marine que les contrebandiers modifiaient pour tromper les garde-côtes, à compter au toucher les pièces qu'on lui remettait, et à classer dans son imagination non seulement tous les accents qu'il entendait autour de lui, mais aussi toutes les histoires fabuleuses qu'on apportait avec les arrivages et qui se confondaient dans sa tête comme dans un grand roman antique.

C'est ainsi qu'il apprit l'existence dans le sud d'un village qui bouge, qui se déplace, un village qui gravite autour de Barinas comme une planète autour d'une étoile, et qu'on ne trouve que par hasard. Il entendit parler de la légende de la vierge en or massif de Benito Bonito, de l'opéra de Manaus élevé au cœur de la jungle, de la guerre de trente-huit minutes de Zanzibar et de l'histoire d'un colon andalou qui fit venir quatre cents éléphants du Népal pour remplir son écurie au milieu d'un désert, dans les dunes de Coro. Ces récits merveilleux restèrent gravés d'une façon si profonde dans le marbre de sa mémoire que, plus tard, alors qu'on vissait la plaque sur la rue qui porterait son nom, Antonio put revivre avec une insolite précision ce matin caniculaire où, tout à coup, sur le petit port de Santa Rita, au milieu d'un tumulte de cordages et de lourdes chaînes, il vit arriver la statue du *Libertador* Simón Bolívar, lors de son escale à Maracaibo.

Elle surgit un mardi de novembre. Les habitants du lac aperçurent de loin, depuis la promenade couverte de mangues écrasées et de poissons pourris, une imposante statue de quatre mètres de hauteur et de six tonnes de bronze fabriquée en Toscane. C'était un homme à cheval avec un costume du XIXe siècle, à l'allure autoritaire, qui regardait droit devant lui en pointant l'avenir de son épée, et dont l'élégance fit un tel effet sur les enfants de la plage, des garçons en haillons qui n'avaient jamais vu Simón Bolívar, qu'ils entrèrent dans leur maison en hurlant : « Dieu est arrivé à Maracaibo ! » Après une périlleuse traction de poulies de fer, de chapes et de courroies, on sortit Simón Bolívar du navire et on le déposa parmi des caissons de bananes plantains, de viandes séchées et des cages à poules, entouré de sacs de café. Son bronze puait la goyave. Il venait de loin. Il avait fait un voyage en bateau sur le cours d'une rivière tumultueuse. Il avait survécu aux pluies tropicales qui avaient éclaté plusieurs fois, aux quatre-vingts kilomètres de caïmans et de singes hurleurs, à la rouille et à l'oxydation. Il devait rester quelques jours à Maracaibo avant de continuer son chemin sur la rivière Escalante jusqu'à atteindre le port de Santa Bárbara del Zulia, en face de la ville de San Carlos où, un jour de 1820, Simón Bolívar, profitant de l'abondance de bois dans la région, avait ordonné la construction de cinq navires pour attaquer les Espagnols.

Vers 14 heures, toute la ville était déjà au courant de la visite du *Libertador*. Les gens se pressaient autour de la statue dans un carnaval de clameurs, portant les enfants sur les épaules et sortant les vieux de leurs chambres, et on vit même sur l'embarcadère des Indiens Guajiro venus pieds nus depuis la sierra de Perijá dans un fracas de grelots, des oiseaux dans les mains, attirés par la rumeur qu'un homme en métal avait été découvert au milieu de leur lac. Il ne fallut pas attendre longtemps pour que les autorités locales, avec à leur tête le gouverneur de l'État de Zulia et d'autres représentants du *benemérito* de la ville, fassent une apparition officielle afin de rendre hommage au héros de la patrie, en piétinant le mélange de fruits pourris.

Or, les discours furent si longs, si pompeux, que, pendant les dix jours où la statue fit escale dans le port de Maracaibo, les gens finirent par perdre leur curiosité. La nuit, des hommes qui circulaient le long des quais essayèrent de peindre la croupe du cheval, d'autres lui lancèrent sur la tête des avocats aussi gros que des melons, d'autres encore tentèrent de lui voler son épée en la découpant avec une scieuse à bois, mais ils ne parvinrent qu'à laisser une entaille de trois centimètres sur la paume de la main, de sorte que, quelques jours plus tard, quand on examina la statue, on crut que c'était l'empreinte mystérieuse d'un stigmate christique.

Un incident inattendu, trompeur car il en cachait un autre, contraignit Antonio à changer une nouvelle fois de métier. Après le départ de Simón Bolívar, le vieux piroguier Alfaro se réveilla d'un coup au milieu de la nuit à cause d'un énorme fracas dans la rue. Il ne sentit plus ses jambes. Parcouru de fourmis dans les bras, gagné par l'asphyxie, il mourut au bout de quelques minutes, sans avoir eu le temps d'appeler à l'aide. Bien qu'âgé, ce ne fut pas la vieillesse qui le tua, mais un arrêt cardiaque à 4 h 30, chez lui, dans son propre lit, le jour du *Reventón*, quand les travailleurs de la compagnie Venezuelan Oil Concessions découvrirent le premier gisement de pétrole qui allait bousculer l'économie entière du pays.

Ce fut d'abord à Cabimas que la détonation se fit entendre. Tout le monde sursauta lorsqu'un coup de tonnerre fit sauter les serrures des volets et ouvrit en un seul souffle toutes les fenêtres du quartier. Selon la presse, le voisinage pensa qu'il s'agissait d'un arbre déraciné par la foudre d'une puissante tempête, sans doute tombé lourdement dans une vieille hacienda, et lorsqu'ils sortirent dans la rue, ils constatèrent avec stupeur qu'il ne pleuvait pas de l'eau, mais un liquide noir et visqueux. Après la maison des Barroso, au fond du ciel, on pouvait distinguer une colonne sombre se dressant comme la tour d'un château maudit, de quarante mètres de haut, tel un geyser inépuisable, qui ne cessait de grogner en crachant des pierres vers le ciel.

– Pétrole ! Pétrole ! hurlèrent les ouvriers.

Samuel Smith, l'ingénieur états-unien en charge de la Venezuelan Oil Concessions, un homme aux yeux clairs et au nez grec, fut réveillé au petit matin par le même coup de tonnerre qui tua le piroguier Alfaro. Il ordonna qu'on retire aussitôt la tarière pour arrêter l'écoulement, mais le ruisseau coulait à présent sur plusieurs mètres entre les rochers et les cocotiers, serpentant vers le lac. À l'aube, la couronne était brisée par les pierres et le ruisseau était devenu une rivière gluante. À midi, le sable accumulé avait atteint la clôture métallique entourant le terrain et aucune valve, même celle qu'on fit venir de Punta de Leiva sur un tracteur emprunté à un agriculteur de Cabimas, ne pouvait désormais contenir le jet. Ce soir-là, Samuel Smith, qui vivait un cauchemar, dut se résigner à utiliser les boyaux d'une foreuse que l'entreprise possédait sur la rivière Limón et à installer deux pompes, en face de La Rosa, pour acheminer le pétrole déversé.

Mais le déluge noir était intarissable. Il plut du pétrole pendant neuf jours, sans interruption. On dit que ce premier puits laissa couler cent mille barils quotidiens sans pouvoir être contrôlé, cent mille barils qu'il fallut jeter, car personne ne savait comment les raffiner. Et il aurait continué à cracher du pétrole pendant encore vingt ans si, un matin, alors que tout paraissait perdu, n'était apparu un certain Andrés Arrieta, un fidèle de San Benito de Palerme, le saint noir, qui fit irruption dans le bureau de Samuel Smith et demanda à s'entretenir avec lui.

Andrés Arrieta était un Créole de taille moyenne. Avec son regard vif et ses habits de lin blanc, il faisait songer à ces alchimistes au Moyen Âge qui essayaient de découvrir la magie secrète des métaux. Bien que chauve, il portait sur la tête des bandeaux de couleur qui semblaient retenir une chevelure imaginaire, des scapulaires brodés sur la poitrine, des ficelles de pêche aux poignets et des taches de cire sur les mains.

– Laissez-nous accéder au puits, dit Arrieta. San Benito arrêtera le jet.

Sa voix avait une douceur ferme. Samuel Smith le fixa de ses yeux pâles et explosa de rire.

– Si vous entrez là, personne ne sortira vivant, ni vous ni votre saint.

– San Benito nous protégera, répondit-il.

Andrés Arrieta insista tant qu'on lui autorisa l'accès au puits. Il partit retirer le saint d'une chapelle de La Rita, puis revint accompagné de huit métis à la peau cuivrée, qui portaient des tambours tenus par une sangle autour de leur nuque et cachaient leurs visages derrière des masques de diables. Tout en soutenant San Benito sur des brancards, ils pénétrèrent en grande pompe en prononçant des litanies africaines dans l'enceinte fermée de la pétrolière et traversèrent El Cardonal sous un orage de gouttes noires. Tandis qu'ils se dirigeaient en un cortège bruyant vers le centre du forage, persuadés que seul un miracle pourrait tarir cette source, ils se mirent à baigner San Benito dans le pétrole au rythme des percussions. D'autres hommes se mêlèrent à cette procession, des danseurs et des chanteurs de rite, brandissant des éventails et des martinets, élevant des croix de différentes paroisses, quand, soudain, le jet s'arrêta net.

Samuel Smith fut tellement impressionné par ce hasard prodigieux que, bien des années plus tard, dans le salon de sa maison de Boconó, dans l'État de Trujillo, où il vivait avec sa deuxième femme, il se demandait encore si cette scène n'avait pas été un rêve mystique. Mais il n'avait pas besoin de forcer sa mémoire pour se souvenir avec exactitude de l'immense fête publique que la Venezuelan Oil Concessions avait organisée pour les *sanbeniteros,* devant la boutique d'Abraham Perozo, et de comment ce soir-là, il décida, après avoir vécu une des rencontres les plus étranges entre la magie et la science, de devenir un fidèle de San Benito jusqu'à la fin de sa vie.

Dès que le puits fut maîtrisé, on fit venir trois cents hommes de Carora et des Andes pour construire un mur épais comme un barrage, afin de limiter le déversement et empêcher le pétrole d'atteindre le lac. Antonio en faisait partie. Travaillant d'un lundi à l'autre, portant des sacs de sable et poussant des brouettes de ciment, vivant dans des dortoirs d'ouvriers où, le long des tentes, des milliers de fleurs arrachées se fanaient dans des charrettes, c'est à peine s'il eut le temps d'avoir une enfance. Il se transforma rapidement en un adolescent vigoureux, bâti par le labeur ardu. Sa voix mua en tons plus graves et plus assurés, ses mains devinrent veinées, son menton se couvrit des premiers poils de barbe, et ses bras prirent la taille de ceux des galériens.

Tout en lui était fécondité, robustesse, joie. Il n'avait aucun effort à faire pour lever des charges, pour peindre à la chaux, pour dissimuler sa fatigue. Une vitalité palpitante ruisselait en lui. Et il était si concentré sur son ouvrage qu'il ne s'aperçut pas de la métamorphose de son corps, ni de la vitesse à laquelle la région commençait à se peupler d'étrangers et de caravaniers, car la rumeur d'une nouvelle terre promise s'était propagée comme un feu sauvage et plus personne ne pouvait désormais ignorer que le lac de Maracaibo était une mine d'or.

La découverte du pétrole changea tout. La ville se transforma en même temps qu'Antonio. Ce qui n'était encore il y a quelques mois qu'un village de pêcheurs et de glaneuses devint, avec l'arrivée massive de convois d'hommes avides, une cité babélique qui poussa en une nuit.

Tout Maracaibo s'étourdit au spectacle des camions chargés de gaillards venus des régions les plus reculées de Tucupita, des vallées du delta del Orinoco et des profondeurs éthérées de la Gran Sabana, qui se garaient en longues files muettes à l'entrée des banlieues. Sur le port, tous les jours, des dizaines de vraquiers que personne n'avait jamais vus allaient et venaient avec des pavillons états-uniens, anglais, coréens, lourds d'hommes d'affaires et de valises de dollars. Puis surgirent des étrangers, des gitans fatigués qui savaient prédire les caprices du ciel en mesurant l'épaisseur de la sève, des Hollandais et des Italiens qui avaient pris des navires de fortune où ils s'étaient fait tatouer sur le torse le nom d'une prostituée, des Arabes et des *garimpeiros* en costume militaire sortis des jungles, des vignerons chiliens qui avaient remonté la cordillère à pied dans l'espoir d'atteindre une nouvelle terre. Tous ces hommes arrivaient désormais sur ces berges couvertes de houille et de camélias, en quête d'or noir.

En quelques jours, Antonio entendit jurer dans toutes les langues du globe et en apprit davantage sur le monde qu'en douze ans de vie. Bouillonnante, exaltée, pétillante, la ville se métamorphosa d'une manière si brusque, si complète, que l'on crut que la terre entière s'y était déplacée et les maisons s'encombrèrent de tant d'habitants qu'il fallut importer des lits de Caracas, en un convoi exceptionnel, commandé par le gouverneur, car on avait déjà commencé à confisquer les matelas des hôpitaux et les couchettes des casernes. Une foule de femmes aux mœurs nouvelles envahit les cafés et les terrasses des restaurants, les cantines et les trottoirs de l'avenue del Milagro. Les rues grouillèrent de ce que toutes les prisons et les cabarets d'Amérique comptaient de malheureux et d'aventureux, de rufians et de ladres, de chercheurs d'or et de harpagons, et jamais peut-être on ne vit dans ce petit village au bord d'un golfe oublié autant de visiteurs depuis que l'Allemand Ambrosius Ehinger, quatre siècles auparavant, avait débarqué dans la région, accompagné de cent soldats, pour fonder ce qu'il croyait être une terre de Dieu.

Antonio quitta Santa Rita plus ou moins à cette époque. Un des plus vieux ouvriers du mur de la Venezuelan Oil Concessions, Atilio Berenice, un Albinos qui devait avoir cent cinquante ans, mais qui, par sa force immuable, ne semblait pas dépasser la trentaine, lui parla d'un bordel où l'on cherchait un homme à tout faire.

– Ça s'appelle le Majestic. Dis que tu viens de ma part.

Antonio s'y rendit le soir même. Le Majestic était un lieu de rendez-vous situé de l'autre côté du lac, loin de tout, près d'une excroissance de la ville faite de ruelles misérables et puantes, au sol de terre battue, où les enfants vivaient nus et les hommes mouraient de n'avoir jamais été aimés. Sur un écriteau de bois, on lisait *Majestic*, en lettres rutilantes, avec une calligraphie qui rappelait les signatures allongées des premiers gouverneurs de la province de Zulia.

C'était une vieille maison de quatre étages, majestueuse et large, probablement celle d'un colon au service de la Castille, si grande qu'après deux jours de ménage, en arrivant au bout de la dernière pièce, la poussière était déjà retombée dans la première. Ce travail sisyphéen se faisait sans interruption ni repos dans ce royaume sombre, tapissé de liège pour étouffer les excès de l'amour, avec des meubles chinés dans des brocantes tropicales et des statues de vierges en marbre bleu, des tableaux de retour de pêche et des allégories d'albâtre tenant des cornes d'abondance, une harpe aux arabesques dorées que personne n'avait jamais touchée, et des miroirs encadrés sur tous les murs, aux formes baroques et précieuses, comme un musée de cristal, devant lesquels des jeunes filles se recoiffaient tour à tour en gestes provocants.

Antonio frappa à la porte d'entrée. Quand on lui demanda de se présenter, il donna le nom d'Atilio Berenice.

– Attends ici, répondit une voix féminine.

La porte principale finit par s'ouvrir. Il traversa un long couloir qui donnait sur une pièce aux murs capitonnés. Dans ce salon, sous un abat-jour à dentelle, un cigare à la main, une femme était assise près d'un guéridon arabe. Son nom était connu dans toute la ville : Lucrecia Montilla. Elle portait une fleur aux pétales tigrés coincée à l'oreille, des gourmettes en argent à mailles aplaties, et une cascade de parfums mélangés.

– Quel âge as-tu ?

– Treize ans, mentit Antonio.

Elle leva son bras, couvert de bracelets et d'anneaux d'or, et lui fit signe de s'approcher. Quand il fut tout proche d'elle, elle lui mit brusquement la main entre les jambes.

– Tu fais plus jeune, sourit-elle.

Elle devait avoir eu autrefois une beauté arrogante dont les traces se devinaient encore sous des rides bestiales, mais à présent ce grand corps maladroit était bâti en glaise dure et compacte, si lourd qu'elle ne pouvait s'asseoir qu'avec l'aide de deux personnes. Ses mains sentaient la poudre de riz, le fard à base de cannelle, le vernis, les faux cils, la cire d'épilation et la corruption locale.

– Que sais-tu faire ? demanda-t-elle.

– Tout, répondit Antonio.

Des jeunes filles au sol gloussèrent. Elles étaient les cadettes de la maison. Leurs longues chevelures, reluisantes et parfumées, faisaient en se combinant aux motifs du tapis comme un parterre de couleuvres. Lucrecia Montilla le toisa de la tête aux pieds, et parut satisfaite.

– Reviens dans trois jours alors, dit-elle. Ici, tout est à faire.

Trois jours plus tard, Antonio arriva ponctuellement à 9 heures, ainsi qu'il avait été convenu. Quand il poussa la porte du Majestic, il mit longtemps à se remettre de son étonnement en découvrant, au centre de la pièce, une montagne de cheveux coupés, entassés comme une botte de paille. Cette colline rousse avait conservé ses reflets vermeils et devait peser près de quatre livres. À côté, il distingua une forme vêtue d'un peignoir blanc en alpaga, assise dans un coin, sur un fauteuil en velours, qui lui parut être un faon sculpté dans de l'albâtre.

C'était une jeune fille au crâne tondu qui se faisait masser le cuir chevelu par deux Indiennes avec une huile de macadamia. Elle avait le regard perdu dans le vide. Sa peau était pâle. Antonio lui aurait donné vingt ans, mais quelque chose dans sa manière de se tenir, une sorte d'abattement et de fatigue, quelque chose dans les veines saillantes de ses mains et dans la tristesse de son front, lui fit penser qu'elle en avait le double. Elle paraissait figée, immobile, comme une statue, égarée dans un monde ignoré de lui, et Antonio soupçonna à travers l'expression terrifiante de son regard que, dans ce bordel isolé, on commettait tous les délits de l'amour en parfaite impunité.

Cette jeune fille s'appelait Leona Coralina. Elle était arrivée à Maracaibo par la frontière colombienne après avoir entendu qu'il pleuvait du pétrole de l'autre côté des montagnes, et fuyant aussi l'emprise d'un proxénète aux longues moustaches blondes, un homme plein de vices qui l'avait promenée sur tous les trottoirs de Carthagène en bas de soie et l'avait livrée à des cohortes de touristes pour une bouchée de pain. Un soir de février, acceptant enfin qu'elle était la seule à pouvoir changer son destin, elle se coupa les cheveux et les vendit pour payer les passeurs de la sierra afin de traverser la frontière, suivant des chemins de jungle impénétrables, effectuant un voyage dangereux avec des trafiquants de carburant qui voulaient se faire payer en nature, et atteignit le port de Maracaibo avec une coupe à la garçonne et dix ans de plus.

À son arrivée, elle se mit à travailler au Majestic pour Lucrecia Montilla, car elle avait le malheur de ne savoir faire autre chose. Mais, contre toute attente, ce nouveau départ, bien qu'éprouvant, lui offrit une deuxième jeunesse. Un matin, elle constata avec stupeur que ses cheveux bruns avaient repoussé d'une autre teinte pendant la traversée périlleuse de la jungle et qu'elle arborait à présent une flamboyante chevelure couleur sang, d'un rouge triomphant, qu'elle mit sur le compte d'un miracle uniquement concédé aux filles qui sont passées en enfer.

Selon la légende, deux heures étaient nécessaires pour s'occuper de cette crinière dantesque qui descendait jusqu'à ses hanches en draperies velouteuses, décorée de tresses à la façon des vendeuses de Margarita, dont les ondulations étaient si célèbres dans la ville qu'on leur prêtait des vertus curatives. La rumeur se propagea rapidement. Des marins venaient frapper à la porte du Majestic pour passer une heure avec Leona, afin de confirmer par eux-mêmes la véracité des récits, et repartaient dans leurs mers d'infortune en faisant le signe de la croix sur sa porte, persuadés d'être désormais bénis par ses boucles. Dans la nuit épaisse de Maracaibo, depuis le salon à l'entrée, on pouvait voir des cordées d'hommes parfumés à l'eau de Cologne, cachant leurs billets dans leur caleçon, parlant toutes les langues, portant au cou des talismans en plumes d'albatros pour les protéger des naufrages, qui avançaient dans un grand pèlerinage vers sa chambre, chacun venant se purger l'âme sur le même oreiller.

La nouvelle arriva jusqu'aux oreilles du gouverneur lui-même, deux semaines plus tard, qui fit une secrète apparition un soir, déguisé en matelot, et déclara qu'il offrirait la concession du terrain si on lui permettait de jouir dans ses cheveux. L'affaire s'ébruita et Lucrecia Montilla, une femme cupide et rusée, habituée aux extravagances des hommes, entra dans la chambre de Leona et lui demanda, d'une voix ferme, ce qu'elle en pensait.

Leona l'observa d'un air égaré :

– Je n'accepterai qu'à une seule condition.

– Laquelle ?

– Qu'on me tonde le crâne ensuite.

Ce fut à cette époque qu'Antonio arriva au Majestic. La première chose qu'on lui demanda de faire fut de ramasser les cheveux de Leona, qui avaient pris tant de place dans la pièce principale qu'il fallut deux brouettes pour tout vider, et qui laissèrent dans l'air une fragrance de roses équatoriales.

On l'engagea pour de petits boulots. Changer les draps, récurer les casseroles, laver le carrelage, balayer les chambres, nettoyer, frotter, décrasser les lavabos, préparer le café et allumer douze lampes à gazoline Coleman, qu'il fallait manipuler avec attention pour ne pas faire exploser la maison entière. Comme il était le seul homme employé de cet établissement, on ne tarda pas à l'appeler *el hombrecito*. Il fut installé dans une minuscule chambre qui lui évoqua le salon d'un château, comparée à la boîte en carton où il avait passé son enfance. Le plafond était si étroit, les murs si rapprochés qu'il n'avait pas été possible d'y installer un ventilateur à palettes. Les poutres centenaires de la charpente, taillées dans un bois de proue de navire qu'on avait sauvé du temps de Henry Morgan, étaient encore imbibées de l'écume des traversées et de la fumée des boucaniers, si bien qu'à certaines heures la chaleur faisait jaillir de leurs porosités l'odeur salée des anciennes pirateries.

Une fois par semaine, Lucrecia Montilla soumettait les filles à une expertise d'hygiène qui n'omettait rien. C'est elle qui les instruisait à l'art de la séduction, qui les apprêtait selon les innovations de l'amour, et leur imposait une alacrité et une légèreté qu'on n'avait pas vues depuis les lupanars de Pompéi.

D'après le récit du Majestic, ces filles étaient toutes descendantes d'un même homme, Ambrosius Ehinger, un audacieux Allemand arrivé quatre cents ans auparavant avec deux brigantins et une caravelle remplie de canons à La Barra, et qui avait débarqué dans ce coin perdu du monde avec cent soldats et quarante chevaux. On disait qu'il avait d'abord fait bâtir une église paroissiale au toit de palmes et aux murs de terre cuite là où autrefois se dressait une petite communauté indigène, composée de quelques maisonnettes isolées, que tout le monde appelait *Maracaibo*.

Rendu fou par la fièvre incurable de l'or, il avait attaqué les villages voisins en cherchant la cité d'émeraudes et de perles, coupé des lobes pour voler les boucles d'oreilles et des nez pour les anneaux, des pieds pour les bracelets de chevilles et des nuques pour les colliers, avait rempli des coffres cloués en Allemagne de diadèmes couverts de sang en remerciant Dieu, avait violé toutes les femmes des hameaux pillés et, avant de mourir transpercé par quinze flèches des guerriers de Pamplona, il avait eu le temps de donner au monde cinquante filles blondes comme l'ambre, cinquante danaïdes aux yeux de covelline, dont les arrière-arrière-petites-filles avaient fini dans cet antre tropical, payant le prix d'une vieille malédiction.

Antonio y vécut deux ans. Tous les matins, Lucrecia Montilla lui administrait une boisson à base de bromure et de nénuphars blancs, dont on disait que les vertus réduisaient les appétits sexuels, afin de s'assurer que le travail de l'après-midi serait effectué sans les inconvénients du désir. À la fin de la journée, quand la potion avait perdu son effet, Antonio sentait remonter en lui les émois que les plantes avaient frustrés, et l'essence sauvage de ses envies reprenait ses droits. Habituellement, on l'envoyait se coucher avant l'arrivée des premiers clients. Mais la nuit, le bordel faisait tant de bruit qu'Antonio n'avait pas besoin de coller son oreille aux murs pour imaginer les contorsions merveilleuses auxquelles les filles du Majestic s'adonnaient, et il suffisait d'un ressort non graissé, d'un crissement d'ongles sur une commode, d'un rire ou d'un gémissement pour se figurer sans peine la scène qui se déroulait à quelques mètres de lui. Pendant des heures, les amours clandestines du lac de Maracaibo se déversaient dans sa petite chambre de domestique avec la force d'un déluge, et quand il s'endormait enfin dans ce bourdonnement de voix et de persiennes, de miroirs et de froissements de jupes, son rêve n'était qu'un naufrage de nymphes à la peau d'acajou.

En mars, le Majestic se peupla de jeunes femmes étrangères, venues des quatre coins de la Terre, attirées par la cohue d'hommes solitaires que la découverte du pétrole avait inspirés. Elles ne semblaient pas tant débarquer d'un autre continent qu'être issues d'une autre espèce. Leurs parfums aux insituables géographies laissèrent longtemps chez les marins de Maracaibo l'empreinte entêtante d'une mythologie lointaine.

Tous les matins, dès 10 heures, elles circulaient dans la maison en tenue légère, glosant sur les caprices des hommes de la veille. Antonio pouvait alors remarquer les récentes traces de doigts qui constellaient encore la blancheur de leur dos et les bleus discrets sur leurs genoux, apposés comme deux sceaux d'argent, qui montraient la dévotion acharnée avec laquelle elles avaient communié toute la nuit.

Attisé par ce va-et-vient, il contemplait en silence les tétons qui débordaient fortuitement de leurs chemisiers, les cambrures lascives et les vergetures qui rayaient la rondeur de leurs fesses. Antonio entrait dans un âge où il n'était plus si simple de résister au désir. Mais les filles du Majestic s'amusaient encore de sa timidité naturelle avec un détachement presque maternel. Il ne restait à leurs yeux qu'*el hombrecito*. Aucune ne partageait la fascination qu'il projetait secrètement sur elles dans la gourmandise de son feu, et il lui fut impossible de trouver une paix intérieure jusqu'au jour où, fin mai, un miraculeux accident vint le guérir de cette pesante solitude et l'initia aux largesses de la maturité.

Le troisième jeudi du mois, Antonio devint un homme. Il était alors chargé de défaire les draps tachés des lits de la semaine, verts de sueurs, et de les porter à la laverie El Pedrazo, car Lucrecia Montilla avait décrété que les souillures ne pouvaient être masquées que par de la saumure de hareng. Un matin caniculaire, alors que la nuit avait été une bacchanale et que la moitié de la ville avait fréquenté le bordel, Antonio entra dans une des chambres pour défaire le lit et surprit Leona Coralina étendue sur le matelas, dans ses formes généreuses, comme un lion de mer endormi sur un rocher, habillée seulement d'un long collier de perles qui faisait plusieurs fois le tour de son cou.

Dix hommes étaient passés pendant la nuit dans cette pièce, et une forte odeur de salive et de poils mouillés imbibait encore les murs. Elle avait les fesses tournées vers la porte, sa tête posée sur une serviette qu'elle avait roulée en boule, et le corps à peine couvert d'un léger drap en lin bleu d'où sortait un énorme sein, encore rouge des récentes passions, dont les veines mauves étaient si saillantes qu'on pouvait y lire son destin avec plus de justesse que sur la paume de sa main.

Antonio, qui avait désormais l'habitude de la nudité féminine, s'esquiva sans bruit et referma la porte doucement. Il était sur le point de pénétrer dans la chambre suivante quand une main le tira brusquement en arrière. Il se trouva nez à nez avec Leona. Elle s'était levée et l'avait rattrapé. Elle le jeta sur le lit sans un mot, lui arracha son pantalon qui n'était tenu que par une corde de pirogue et lui attacha les mains aux barreaux du lit, grimpa sur lui, puis lui donna une telle satisfaction, une telle jouissance, avec un tel savoir-faire prodigieux qui lui venait d'une longue expérience, qu'Antonio se demanda quels étaient les diamants insoupçonnables qui ornaient l'intérieur des femmes. Il n'oublia jamais ce plaisir exquis, cette ferveur inouïe, et lorsqu'il repensait à cette matinée, il n'en gardait qu'un souvenir intense de navires chargés de centaures et de cannelle.

Le lendemain, les courbes insolites de Leona Coralina hantèrent ses pensées avec la force sauvage d'une épiphanie. L'évocation de cette nudité ne le quitta plus. Il ne put penser à autre chose pendant ses travaux ménagers, tant l'envie de la revoir était obsédante. Ce corps qu'il avait touché était le corps de tous les corps, c'était le corps mythique de l'impératrice des Amazones, celui que les aventuriers de la conquête avaient cherché en vain avec une fièvre délirante au fin fond des Indes orientales et occidentales, qui désormais s'était incarné dans celui de cette Colombienne exilée, vendant son cœur pour quelques *pesos* dans une chambre malheureuse des Caraïbes. Il n'avait jamais connu une femme dont le souvenir lui provoquât de tels fantasmes intrépides, dont la nostalgie des formes lui laissât si peu de paix, et aucune vallée au monde ne fut assez large pour recevoir les fleuves d'amour qu'Antonio déversa dans son imagination.

Une semaine plus tard, un matin, ne tenant plus, il entra à nouveau dans sa chambre pendant qu'elle dormait. La voyant nue comme la première fois, il se déshabilla en silence, mais à l'instant où il se glissait sous le drap, elle tourna sa tête par-dessus son épaule et lui dit, avec la voix tendre de celles qui connaissent les blessures de la virilité :

– La première était gratuite, *mi amor*. Maintenant que tu es un homme, tu devras payer comme tout le monde.

Ceux du Nord arrivèrent à cette période. Six mois plus tôt, la nouvelle qu'une compagnie cherchait à embaucher de la main-d'œuvre pour extraire du pétrole dans les monts de Perijá s'était propagée à toutes les tables de la place Baralt, à tous les villages aux alentours, sur toutes les côtes de Sinamaica, et il ne fallut pas attendre longtemps pour voir apparaître sur la jetée des géants aux longues barbes blondes, en casque d'aluminium, qui transportaient des tuyaux et se hissaient sur des camions dans des ruelles arrosées d'huile noire.

Le soir, ils allaient vers les enseignes lumineuses, le ventre rempli d'*aguardiente* et la tête vidée par le bruit des forages, cherchant à dépenser ce qu'ils avaient arraché à la misère dans l'appétit de femmes aux noms exotiques. Grands et forts, ils avaient miraculeusement survécu au paludisme et aux serpents pendant leur exode, et aimaient se battre la nuit en déclenchant des bagarres endiablées, faisant voler les chaises et exploser les bouteilles contre les murs, de sorte qu'il n'était pas rare de trouver le lendemain des pièces d'or de monnaie étrangère sous les tables, tombées de leur poche, indice de ce qu'il se passerait au Venezuela dans le siècle à venir.

Ces rixes, survenant souvent vers 2 heures, secouant toute la maison, poussèrent Lucrecia Montilla à engager un homme à l'entrée pour filtrer les clients, ainsi qu'une femme de ménage. Un jour, sans fournir aucune explication, elle vint trouver

Antonio dans sa chambrette. Confondu par cette visite inhabituelle, il la reçut avec méfiance, mais Lucrecia lui annonça que l'arrivée de ces deux nouvelles recrues changerait désormais l'ordre de la maison.

– Ta situation vient de s'améliorer, lui dit-elle.

À partir de ce jour, Antonio n'eut plus à allumer les lampes Coleman, ni à changer les draps, ni à passer la serpillière, ni même à boire la potion à base de bromure qu'elle lui concoctait tous les matins. Il fut promu au bar. Elle augmenta son salaire.

À quatorze ans, il était déjà grand, aux épaules larges, au front serré, et avait cette expression d'autorité naturelle qui le rendrait célèbre pendant les heures de la dictature. Pour renforcer sa prestance, Lucrecia Montilla lui fit porter des chemises blanches, durement amidonnées afin que le col restât rigide toute la nuit, et lui interdit de consommer de l'eau du robinet pour éviter les dangers du choléra.

Ainsi, Antonio fut autorisé à ne boire que du ginger et à toujours conserver, dans la poche de sa chemise, un paquet de cigarettes Chesterfield. Tous les soirs, il se glissait derrière le comptoir et, pendant son service jusqu'à 3 heures, il écoutait les histoires des ivrognes et des célibataires qui avaient roulé leur bosse dans le monde entier, et qui venaient se consoler de leur solitude avec des filles à l'odeur de ronces blanches. Il connut le sculpteur Carmelo Fernández, qui lui raconta comment il avait déboulonné à temps la plaque du général Venancio Pulgar qu'il avait lui-même fabriquée, le jour où le peuple descendit sur la place Bolívar pour marteler son nom. Il connut Marc-Étienne Sainte-Musse, un Haïtien de Port-au-Prince, qu'on appelait Le Nez, qui avait été un des premiers à réaliser des effleurages de violettes sur les îles et des huiles essentielles à base de cassis, jusqu'au jour où il avait perdu son légendaire odorat en contractant une maladie vénérienne dans un bateau au large du Brésil. Il connut un certain Narciso Morocota, mais qui ne répondait qu'au nom de Pied de Piano, un jardinier boiteux de la place Baralt, baptisé ainsi parce qu'il avait une chaussure avec une pointe en fer qui résonnait quand il marchait sur le trottoir.

Jusqu'à l'aube, dans des effluves de whisky irlandais, tous les personnages pittoresques de ce Maracaibo des années 1930 passèrent au bar. Celui qu'on appelait Culebrita, car il avait une hutte en bois près d'une braderie où il proposait du rhum de couleuvre qui savait réveiller le diable. Benoît Bramont, un ouvrier français, massif comme un bœuf, qui était arrivé par hasard au Venezuela après une nuit d'ivresse à Paris, qui vendait de curieuses machines solaires et qui déclarait être le disciple d'un certain Augustin Mouchot, un inventeur que personne ne connaissait. Carlos Luis Rosales, un cocher de la place, qui avait construit la première montgolfière des Caraïbes avec du carton et de la toile, qui survola deux fois le lac avec succès mais qui, à la troisième tentative, fut retrouvé noyé par des piroguiers de Lagunillas, le ventre gonflé d'une mousse de fleurs bleues. Et peut-être qu'Antonio aurait continué d'écouter d'interminables histoires pendant encore des années si n'avait surgi, le premier soir de novembre, dans les parfums de crinoline, un marin extravagant, vêtu d'un costume de taffetas aux motifs de dragons, tenant une serviette en cuir sous le bras gravée des initiales *E.B.R.*, et qui se présenta sous le prénom d'Elías.

C'était un capitaine qui avait son propre navire, *El Nautilus*. Il faisait des escales à Ceuta del Agua, à Moporo, à La Dificultad, et d'autres ports du sud du lac. Il aimait chanter des boléros cubains. Antonio le vit alors qu'il parlait au fond de la salle, faisant d'élégants gestes de bras, au centre d'un cercle de filles. Son corps était avachi sur des poufs marocains, à demi allongé, ses cheveux épais et ses dents minuscules, dont une coulée en or, que quarante ans de tabac avaient rapetissées et collées en grappe. Le ton de sa voix attira d'abord l'attention d'Antonio. Une voix aiguë, harmonieuse, douce, celle qu'on prend pour parler aux enfants, qui contrastait avec le lieu et qui suscita chez les femmes une curiosité perverse. Il ressemblait à un mélange de gitan sévillan et de gentleman anglais, l'air à la fois indompté et raffiné, qui lui rappela confusément le profil du *Libertador* qu'il avait vu, quelques années auparavant, dans la statue en bronze qui avait débarqué un jour sur les quais de Santa Rita.

Enjoué, cocasse, bavard, il fit signe à Antonio de s'approcher et lui demanda du feu pour allumer sa cigarette. Sa tête était pleine d'anecdotes entendues lors de ses trajets. Il savait la mélodie des vents, le langage des marées et, de tant naviguer depuis des années à bord de son *Nautilus* sur toute la côte, il avait fini par apprendre la rumeur de tous les ports, de tous les villages qui jalonnaient son circuit, depuis Concepción jusqu'aux palmiers sauvages de Bobures, si bien qu'il connaissait tout le monde par son prénom, même ceux qu'il n'avait jamais rencontrés. Et tandis qu'il s'enfilait des verres de Old Parr, une fille sur les genoux, en racontant le jour où il transporta le président Juan Vicente Gómez, il déboutonna son gilet en dragons dorés et en sortit une petite boîte. À l'intérieur, il y avait une machine à rouler des cigarettes. Un rectangle en fer-blanc, couleur argent, taillé d'arabesques fines. Cet appareil était si semblable à celui d'Antonio qu'il ne put s'empêcher de s'exclamer :

– C'est amusant !

– Quoi donc ? demanda le marin en léchant le papier.

Alors, Antonio sortit sa propre machine, et la lui montra. Le marin arrêta son geste et ses yeux s'embuèrent de larmes. Il fut triste, comme atteint tout à coup par la culpabilité. Il sembla avoir honte de lui et chassa la femme qu'il avait sur ses genoux.

Sans explication, il paya son verre, tourna le dos à Antonio et disparut.

Quelques semaines plus tard, il revint avec des colliers africains autour du cou. Il rentrait d'un voyage éprouvant depuis Santa Apolonia avec des fidèles du culte de Maria Lionza, menés par Babel Bracamonte, un grand Indien sans âge issu d'une légendaire fratrie de chercheurs d'or et d'ouvriers, sorcier de la magie noire, qui était allé chercher des cauris et des coquillages dans les grottes de Chivacoa. Au cinquième jour de la traversée, Babel Bracamonte lui avait fait boire un alcool de sang de tapir et l'avait enfumé d'un tabac noir, dont les effets avaient transporté Elías dans un voyage intérieur.

Il était remonté jusqu'aux origines de son enfance. Il avait revisité toutes les étapes de sa vie, depuis ce jour où l'on avait fabriqué devant lui deux machines à cigarettes identiques et jusqu'à cette matinée tragique où, alors qu'il venait d'enterrer sa femme, effrayé et seul, il avait abandonné son unique enfant sur les marches d'une église, en cachant l'une d'elles entre les plis du lange. Antonio, qui ignorait tout de cette histoire, n'eut pas le temps de lui servir un autre verre, car le marin sortit de sa sacoche un papier plié en quatre et le fit glisser sur le comptoir. Cet homme habituellement si léger avait fait ce geste avec une gravité complice, une sorte de pacte, et Antonio rangea la lettre dans sa poche, le fixant en silence avec une expression mêlée de méfiance et de curiosité, sans soupçonner qu'il acceptait là le serment muet d'une confiance qui durerait jusqu'à sa mort.

Cette lettre était adressée à un certain don Victor Emiro Montero, frère d'Elías. Elle était rédigée dans l'effort hésitant de ceux qui ont perdu l'habitude d'écrire. En la parcourant dans sa petite chambre aux poutres serrées, Antonio apprit que, pour une énigmatique raison qui resta inconnue à ses yeux pendant des années, ce marin priait don Victor Emiro de bien le recevoir, de lui offrir un toit digne et de l'inscrire à l'école. Il joignait à la lettre une liasse de billets pour ses dépenses, sans livrer aucune indication supplémentaire. Antonio attendit pendant deux mois le retour d'Elías pour déceler ce mystère, mais il ne put jamais rassembler davantage d'informations, ni sur ce frère ni sur l'identité de ce marin tourmenté, car il ne remit plus jamais les pieds au Majestic.

En d'autres circonstances, Antonio aurait volé l'argent, froissé la lettre et l'aurait jetée dans la première poubelle du bar. Or, elle arriva juste à un instant de sa vie où il commençait à se lasser du Majestic, de son trafic permanent d'ivrognes et de bagarreurs, de ses femmes demi-mondaines et de ses policiers déguisés, où tout n'était que mesquineries insidieuses, jalousies vénales, séductions calculées. Il résolut d'aller vers son risque. Avant midi, il mit son unique veste en lin, ses alpargates en raphia et s'appliqua de la Gomina sur les cheveux.

Avec le même courage dont il avait fait preuve pour arriver jusque-là, depuis cet après-midi où Atilio Berenice lui avait parlé de ce bordel, Antonio pressa la lettre dans le revers de sa veste et se rendit dans la chambre de Lucrecia Montilla. Elle fut à la fois étonnée et embarrassée de le recevoir, d'abord parce que c'était la première fois qu'il venait frapper à sa porte, mais aussi parce qu'elle pensait qu'il était satisfait de son augmentation de salaire.

– Je viens vous annoncer que je quitte le Majestic, lui dit-il avec fermeté.

Ce ne fut pas tant la phrase elle-même qui troubla Lucrecia Montilla que la conviction avec laquelle elle fut prononcée. Elle ne reconnaissait pas dans ce jeune homme au sang-froid, sûr de lui, en veste de lin et coiffé à la mode, l'adolescent docile et tremblotant à qui elle avait, deux ans auparavant, ouvert la porte de son établissement. Face à son opiniâtreté, elle comprit qu'il serait vain de le retenir, mais son instinct de vieille renarde tenta une dernière chance. Elle leva son bras, couvert de bracelets et d'anneaux d'or, et lui fit signe de s'approcher. Antonio ne se laissa pas prendre à nouveau.

– Pas cette fois-ci, affirma-t-il.

Lucrecia Montilla éclata d'un grand rire.

– Quel âge as-tu ?

– Quatorze ans.

– Tu en fais plus, *hombrecito*. Maintenant, file. Je ne veux plus te voir.

Antonio quitta la demeure de Lucrecia débarrassé de tous ses doutes. Il rangea ses affaires dans une malle en osier, traversa la pièce aux murs capitonnés où autrefois il avait balayé les cheveux de Leona Coralina, et abandonna le Majestic le soir même, sans se retourner. Il laissa derrière lui les courbes fabuleuses des filles d'Ambrosius Ehinger, les éclats de rire au milieu de la nuit qui réveillaient le voisinage, le parfum de piraterie mêlé au fard capiteux des poitrines, et précisément parce que ce royaume d'amours et de malheurs lui était fondateur, il eut la certitude qu'il n'y reviendrait plus jamais.

Ainsi, il n'assista pas à l'incendie du Majestic, quelques années plus tard, un mardi de juillet, le jour où un client jeta une cigarette dans une flaque de pétrole, et qu'il ne resta de l'ancienne gloire des plus belles putains des Caraïbes que des ruines en bois et des lambeaux de draps brûlés. Il ne vit pas non plus que cette maison si connue, si respectée, avait pris une telle place dans la mémoire collective que toute la ville se mit en branle pour la reconstruire. Il ne sut pas que le Conseil céda un nouveau lieu, que le fort de San Carlos donna du bois pour les poutres, que les habitants de El Moján réunirent des tonneaux d'huile de coco pour les lampes, et que l'hôpital San Juan de Dios fit don de trente-quatre lits aux barreaux de métal dont les ressorts avaient été enduits à l'huile d'amande douce par respect pour les habitants du quartier.

Il n'assista pas à l'inauguration du Nouveau Majestic sous la protection de Nuestra Señora de las Nieves avec une fanfare improvisée de trompettes et de cordes, et une messe célébrée par l'illustre prélat, monseigneur Aquiles Penazca, car Antonio à cette heure avait déjà fait ses bagages et partait, suivant l'adresse de ce don Victor Emiro qui figurait sur la lettre, où l'attendait un nouveau destin.

Don Victor Emiro Montero *de todos los santos* était avocat. Il vivait avec sa femme Prudencia Rosario, née Romero, et leurs huit enfants dans le quartier El Empedrao, près de l'église Santa Lucía, dans une grande bâtisse dont il avait ordonné la construction progressive au rythme des naissances. Quand ses fils José Domingo, Manuel et Ciro Alberto naquirent, il avait édifié une aile qui comportait deux chambres aux murs peints de toucans, puis avait été obligé d'agrandir ce bâtiment trois ans plus tard, en ajoutant des pièces plus vastes, car l'arrivée de Luis, Guillermo et Aura avaient rendu la maison trop exiguë.

Il fit abattre le mur du salon pour créer deux autres habitations, lorsque les jumelles Angela Rosa et Ana Alicia virent le jour, avec des fenêtres donnant sur un jardin planté de lauriers des Indes, et fit rallonger d'un mètre la baignoire de la salle de bains. Prudencia Rosario, épuisée après treize grossesses dont cinq fausses couches, des césariennes à répétition et vingt ans d'allaitement, perdit quatorze kilos et sa tête se couvrit d'une couronne de cheveux blancs. Elle était si maigre et fragile qu'en la voyant sortir de la maison suivie de ses huit enfants, personne ne comprenait exactement comment avait pu jaillir du ventre de cette petite femme frêle une telle quantité d'anges robustes, et on la saluait dans la rue avec plus de compassion que de respect.

Ses deux sœurs célibataires, Albertina et Elena, s'installèrent avec elle pour lui prêter main-forte, et on engagea aussi une nourrice et une cuisinière. Constatant que sa maison se peuplait à une vitesse affolante, don Victor Emiro fit venir quatre maçons pour agrandir le salon, afin qu'il y ait au moins une pièce où l'on puisse rassembler tout le monde, où il accrocha des mobiles en bambou, ce qui fit de la demeure Montero une bruyante volière où le silence semblait avoir été banni. Une large table fut installée au centre, pouvant accueillir dix-huit personnes, taillée sur mesure en ébène noire, sur laquelle il y avait toujours un couvert dressé, et qu'on ne vit jamais vide. Lorsqu'Antonio arriva chez les Montero fin avril, au milieu d'ouvriers exténués et d'enfants en langes de lin, dans un foyer rempli d'outils de construction et de jouets en bois, on se rendit à peine compte de sa présence. Don Victor Emiro Montero, qui ne voyait pas passer ses journées entre son métier d'avocat, les occupations familiales et les travaux incessants de la maison, fut le dernier à l'apercevoir.

– Qui es-tu ? lui demanda-t-il un soir, quand il le surprit assis dans un coin de sa cuisine, près du fourneau, sa lettre à la main.

Antonio lui répondit sereinement :

– C'est à vous de me le dire.

Don Victor Emiro Montero déchira l'enveloppe et lut la lettre d'Elías à voix basse, debout. C'était un homme petit, aux muscles secs, à la peau très blanche et au crâne dégarni, portant des lunettes rondes. Il réfléchissait vite et se tenait toujours droit. Quand il eut fini, il releva les yeux et détailla Antonio avec un regard pénétrant.

– Comment t'appelles-tu ?

– Antonio.

– Es-tu déjà allé à l'école ?

– Jamais.

Après huit enfants, don Victor Emiro connaissait bien les calendriers scolaires et un instant lui suffit pour se souvenir que les inscriptions de cette année étaient closes.

– Mon petit, il faut attendre encore un an pour la prochaine rentrée, dit-il.

Antonio baissa les yeux, déçu. Mais la vitalité et la générosité de don Victor, taillées à la mesure de la colossale maison qu'il avait bâtie à force de naissances, lui inspirèrent une solution avant même qu'Antonio n'ait eu le temps de se décourager.

– Sais-tu lire ? lui demanda-t-il.

– Un peu.

– Alors on trouvera de quoi t'occuper, répondit-il.

Don Victor Emiro était un homme intègre que personne n'avait jamais pu corrompre. Il n'était pas seulement devenu avocat pour défendre la justice et faire respecter la loi, mais également pour briser le vieux système familial qui avait imposé à tous les Montero d'être marins et de traverser leur existence sur un bateau, parcourant de bout en bout le lac de Maracaibo, jusqu'à mourir au large, au fond d'une cabine, loin d'un port. Bien qu'il n'eût aucune vocation pour le droit, il se lança dans cette carrière avec la hardiesse d'une fugue, tournant le dos à des générations de flibustiers avant lui, car il considérait les navigateurs comme des êtres sans chambre ni parlement, qui ne savaient rien des lois de la terre et qui ne laissaient dans l'histoire que la trace d'un sillon dans l'eau.

Son frère Elías, cependant, avait suivi sans hésiter cet héritage familial. Malgré leurs incontestables différences, et même si leurs chemins s'étaient séparés dès leur adolescence, ils avaient conservé un lien fraternel, solidaire, irréductible, dont l'amarre ne faiblissait pas avec le temps et semblait se raffermir à mesure qu'ils vieillissaient. Homme de parole, juste, aux principes immuables, de tempérament pondéré et serein, don Victor Emiro n'avait jamais perdu le contact avec ce frère tempétueux et fou, lors des périodes les plus sombres où il s'était égaré pendant des mois dans les marigots aux eaux périlleuses et qu'on le donnait pour mort à plusieurs reprises dans des cimetières indigènes. Don Victor Emiro jugeait la famille comme on juge la loi.

– Malgré ses défauts, il faut s'y tenir, disait-il à sa femme.

Un jour, son cabinet ferma et il fut contraint de trouver un nouvel emploi. Elías le mit en relation avec un nommé Mister Barton, un États-Unien richissime qui venait d'acheter des concessions pétrolières sur le lac. Quand il apprit qu'ils faisaient partie de la même famille, Barton l'embaucha sans réfléchir, lui trouva un bureau, des contrats et des dossiers, et don Victor Emiro Montero devint un des avocats les plus influents de sa compagnie, la Caribbean Petroleum Company, au centre de Los Haticos. Cette entreprise prospéra sur le marché et fit sa fortune. C'est pourquoi, chaque fois qu'il devait payer pour une nouvelle pièce dans son immense demeure, il remerciait secrètement Elías d'avoir accepté de devenir marin pour sauver l'honneur familial.

Ainsi, le soir où Antonio fit irruption dans sa cuisine, une lettre de son frère à la main, don Victor Emiro se souvint de cette dette envers lui. Et, en aucun cas, ce vieil avocat ne soupçonna, à l'instant où il avait croisé son regard dans la cuisine, que cet adolescent à l'expression triste et fauve, ce garçon nourri de patience et de feu, deviendrait un jour un de ses meilleurs clients.

Dans la maison Montero, Antonio découvrit un autre monde, celui d'une vraie famille. Faute d'en avoir eu une, il ressentit un mélange de fascination et d'étrangeté pour ces huit enfants en bonne santé qui, tous les soirs, rentraient de l'école en hurlant et en se poussant comme un bataillon de Cosaques, affamés et sales, tandis que Prudencia Rosario, enceinte une nouvelle fois, préparait des quantités industrielles d'*arepas*, de galettes de maïs et de grandes carafes remplies de jus de canne au citron, en portant sur ses bras d'énormes marmites de soupe que ses enfants vidaient en quelques minutes. Il régnait un tel désordre dans cette demeure qu'on ne savait plus précisément le nombre de bouches à nourrir et ce tumulte de kermesse, qui tous les jours se répétait dans le salon, façonna dans le cœur d'Antonio l'humble désir de bâtir une famille. Ce chahut magnifique et épuisant ne s'estompait que lorsque les plus petits partaient se coucher et que les plus grands pendaient leur hamac, mais aussi lorsque don Victor rentrait, dans un crépuscule de pleine lune, à l'heure où les geckos clapaient leur langue âpre entre les fissures du mur.

Ce fut un de ces soirs qu'il apparut dans sa chambre, avec ses petites lunettes rondes, son crâne luisant dans l'ombre, et lui annonça avec un sourire aux lèvres :

– Demain, tu viendras avec moi.

On était fin octobre. Don Victor lui trouva un emploi comme *office boy*, dont le salaire s'élevait à huit bolívares la journée. Antonio se consacra à ce nouveau métier avec la même détermination que lorsqu'il avait honoré autrefois son contrat au Majestic et avec la même force qui avait été la sienne quand il avait levé le mur de Samuel Smith pour empêcher le pétrole d'atteindre le lac. Quatre fois par jour, on le transportait avec d'autres ouvriers dans une gabare à moteur, lourde de tonneaux et de caisses de rhum, depuis le marché du lac qui se trouvait sur les quais jusqu'aux bureaux de La Rosa, avec des hommes qui jouaient aux dominos et s'entraînaient au tir sur des iguanes endormis.

Il montra du zèle, fit ses armes, si bien qu'il se hissa dans la pyramide des travailleurs jusqu'à devenir apprenti en mécanographie auprès du directeur, Mister Barton. Tout se passait dans une telle fluidité, un tel entrain, que l'année se termina sans qu'il s'en aperçoive. Antonio oublia complètement les inscriptions scolaires, persuadé d'avoir enfin trouvé sa voie dans les rouages annonciateurs de la mécanographie.

À la différence de don Victor Emiro, il ne présentait aucun signe d'empressement à tenir la promesse de la lettre du capitaine Elías. Aussi indifféremment qu'il perforait des cartes à quatre-vingts colonnes, qu'il apprenait les systèmes de facturation et de gestion des stocks, qu'il s'habituait au bruit fracassant des grosses machines de traitement, il continua à progresser dans la lente et complexe hiérarchie des employés, se laissant guider par son instinct patient, résolu à devenir un jour secrétaire.

Mais ses plans furent brusquement bouleversés avec les premières pluies de septembre. Un matin, deux jours avant le début de l'année scolaire, lors d'une réunion avec toute la direction de la compagnie, don Victor Emiro fit irruption dans le bureau de Mister Barton et, sans préavis ni annonce, vint poser la démission d'Antonio sur son bureau. Mister Barton, surpris par cette décision inattendue, la reçut avec regret.

– Antonio a fait beaucoup de progrès depuis son arrivée. J'avais pensé en faire mon mécanographe personnel. Il pourrait bénéficier d'un salaire très correct.

Don Victor Emiro Montero n'hésita pas. Il formula alors ce qu'Antonio lui-même ignorait et qui serait la véritable vocation de sa vie.

– Mister Barton, je vous prie de m'excuser, mais Antonio ne sera ni scribe ni secrétaire.

Il ajouta avec une conviction prémonitoire :

– Antonio sera médecin.

Cette certitude, dont Antonio ne comprit le présage que quinze ans plus tard, fut la seule et véritable preuve d'amour que don Victor lui adressa. Il n'aurait jamais imaginé, le jour où il avait lu la lettre de son frère dans sa cuisine, accoudé à l'évier, en regardant devant lui ce jeune garçon affamé et sans avenir, qu'il choisirait une carrière aussi ardue que la médecine, chargeant ainsi sur ses épaules un poids que lui-même n'aurait pu supporter. Il avait le soupçon, en voyant Antonio à l'ouvrage, en observant l'abnégation de sa force, qu'il était tout à fait prêt à relever des défis majestueux, dont seuls peut-être les enfants déposés sur les marches d'une église peuvent mesurer la profondeur.

Ainsi, don Victor Emiro tint parole. Il le fit inscrire à l'école Hermágoras Chávez. Quand il donna sa date de naissance, la directrice de l'établissement poussa un léger cri de surprise en constatant qu'Antonio avait quinze ans le jour de sa première rentrée. Tout habillé de son costume noir, un col serré par un nœud papillon, ses petites lunettes rondes posées sévèrement sur son nez, don Victor venait de lui remettre un billet de banque, tiré de la liasse qu'avait laissée Elías dans la lettre, pour faire face aux dépenses de la semaine.

– Tant que tu étudieras, dit-il, tu n'auras pas à travailler.

Bien qu'il fût plus âgé que les autres, Antonio ressemblait à un petit enfant avec son ardoise à la main, ses crayons de couleur et sa trousse en tissu sur laquelle Prudencia Rosario avait brodé ses initiales. Au début, les premiers signes d'un changement intérieur furent à peine perceptibles.

Il eut de bonnes notes, apprit l'algèbre et développa un tel intérêt pour les études qu'il ne pensa plus à la mécanographie que comme à une erreur du passé. L'école fit croître dans son esprit un goût du savoir, une soif de connaissance qu'il avait déjà en germe. La vie d'écolier le fit grossir, car son activité physique avait diminué. Elle accentua les rides de son front et canalisa ses forces. Il demeura comme il avait toujours été, tenace et obstiné, avec ce je-ne-sais-quoi de félin, prêt à bondir, mais il gagna aussi une concentration solitaire, acquise de haute lutte, qui le rendit plus calme. Ses heures à rattraper l'avance des autres, à reprendre cent fois sa copie, à améliorer la qualité de son écriture, tout ce travail silencieux qu'il fit entouré du boucan affolant de la famille Montero, réfugié dans une pièce au fond, lui conféra un air sévère. Il s'autorisa à croire à ce nouveau rêve, d'abord par procuration, puis par conviction, et prit cet air d'assurance propre à ceux qui s'attellent à un but.

Il fit son secondaire au collège fédéral de garçons, non loin du couvent de la place Baralt, sous la direction du docteur Jesús Enriquez Lossada. Le mot d'ordre de cette école était *post nubila phoebus* – « après la pluie le beau temps » –, gravé sur la pierre de l'entrée, et ces étranges sonorités érudites, si éloignées des légèretés tropicales, restèrent tatouées dans sa mémoire comme un oracle.

Comblant son retard, il fut si bon élève qu'il obtint toutes les semaines un ticket d'entrée gratuit au cinéma El Metro. C'était un accord qu'avaient passé ensemble le professeur Córdoba et le gérant du cinéma pour stimuler les jeunes dans les études. Il ne se gagnait que grâce à un concours mixte en présence des meilleurs élèves des écoles du quartier. Tous les mercredis, dans la salle de classe de monsieur Córdoba, cette compétition plongeait les collégiennes et collégiens les plus performants au cœur d'une bataille acharnée d'orthographe et de calculs mathématiques dont le seul véritable effet fut de donner à Antonio, au-delà d'une connaissance aiguë des films des années 1930, l'opportunité de rencontrer celle qui deviendrait la femme de sa vie, Ana Maria Rodriguez.

La première fois qu'il la vit, Ana Maria se présenta à l'examen à 15 heures précises avec une trousse sous le bras, un air concentré et une longue robe noire plissée avec un nœud blanc à l'arrière. C'était une jeune fille mince, très discrète. Antonio la trouva au début assez ordinaire, plutôt fade, et tout à fait dépourvue de ce charme impétueux des femmes au rire démesuré et aux formes baroques qui avaient peuplé son imaginaire depuis l'époque explosive du Majestic. Son père, un certain Chinco Rodriguez, un typographe du Táchira, connu dans le quartier pour ses idées socialistes, venait la déposer et la chercher tous les matins.

Un mercredi après l'autre, elle remporta toutes les victoires. Depuis le jour où elle participa au concours, elle gagna tous les billets de cinéma.

Antonio, qui s'était habitué à régner sur ce prix, redoubla d'efforts pour la battre. Chaque après-midi où ils s'affrontaient, une tension lourde envahissait la salle de classe du professeur Córdoba, si palpable qu'on aurait pu la toucher. Las de perdre sans cesse, au bout du dixième concours, un mercredi de mars, Antonio apparut avec une résolution guerrière, au point que la majorité des étudiants se retirèrent, et seuls restèrent Ana Maria et lui, l'un face à l'autre, comme dans un combat de cyclopes, dans une irréductible arène, faisant comprendre à tout le monde qu'il s'était établi entre eux une joute silencieuse. Antonio se tint debout pendant tout l'examen. Quand il eut terminé, il attendit les résultats dans la même position, le regard fixé sur les examinateurs. Cette fois-ci, ce fut lui qui triompha. On lui remit le ticket de cinéma. Il le prit avec une allure solennelle et se tourna vers Ana Maria.

– J'ai horreur d'aller au cinéma tout seul.

Et, dans un geste chevaleresque, il lui offrit le billet qu'il venait de remporter. Elle ne fut pas tant surprise par l'invitation que par le ton de suffisance avec lequel elle fut prononcée. Alors, d'une voix qui ne tolérait aucune réponse, elle repoussa respectueusement l'entrée de cinéma :

– Vous venez de démontrer votre intelligence, répondit-elle. Ne gâchez pas tout en disant une bêtise.

Cette affirmation, qu'Antonio rumina longtemps, lui sembla triomphante de liberté et d'audace. Il ne parvint jamais vraiment à comprendre ce qui l'attirait chez elle. La menace qu'elle inspirait, le murmure d'un nouveau monde, la souveraineté de ses yeux, il y avait chez cette jeune fille quelque chose d'imprenable et de sacré qui le faisait tressaillir. Antonio ne put plus se promener sans penser à elle avec un mélange de convoitise et de défi. Ce sentiment lui parut si lourd, et le souvenir d'Ana Maria si têtu et insistant qu'au bout de dix jours, il se confia à un ami.

– Elle est trop petite, s'exclama-t-il.

– C'est vrai, répondit Antonio. C'est toujours la plus petite de la pièce. Mais tout le monde doit lever les yeux pour lui parler.

Ana Maria ne cessa de le tourmenter. Il éprouva à son égard le même émoi fiévreux qui lui avait ôté le sommeil des années auparavant, après sa première matinée d'amour au Majestic avec Leona Coralina, mais cette fois-ci, avec une dimension plus profonde, plus intense, où s'ajoutaient des navires qui chavirent, sans jamais se noyer. Il tâchait de la recroiser en flânant dans les couloirs de l'école de Missia Alcina, agité par son image, la guettant à chaque table de la bibliothèque, dans chaque escalier de pierre, mais il dut se résoudre à ne la retrouver que dans l'empreinte entêtante qui hantait ses rêves.

Il se renseigna sur son adresse. Une semaine plus tard, fatigué de tant penser à elle, il décida de l'attendre près de sa maison. Un mercredi, le cœur affolé, les mains tremblantes, il se présenta à sa porte et, quand il la vit sortir, vêtue d'une robe évasée avec un col blanc et chaussée de bottes en raphia, il eut la certitude qu'elle était la femme qu'il devait aimer. Elle passa devant lui et il ne put s'empêcher de demander :

– Que faut-il faire pour se marier avec vous ?

Mais Ana Maria, sans surprise, le regarda froidement.

– Comme ça doit être facile d'être un homme, répliqua-t-elle. Marcher dans la rue et dire ce que l'on veut.

Antonio ne sut quoi répondre. Face à son silence, elle ajouta :

– Sachez que je serai médecin avant d'être épouse, *señor.*

– Vous aussi ?

Elle se tut un instant, puis le regarda de haut en bas.

– De toute façon, vous ne feriez pas l'affaire.

– Pourquoi ? demanda Antonio, piqué dans son orgueil.

Ana Maria resta sérieuse et affirma, avec une voix pleine de sarcasme et toute l'ironie du monde :

– Car je ne me marierai qu'avec l'homme qui me racontera la plus belle histoire d'amour.

Or, Antonio ignorait tout de l'amour. Il avait grandi dans un bordel où les histoires d'amour n'étaient que des ruses pour obtenir une réduction sur des passes. Il n'avait connu que des femmes qui, pour quelques pesos, faisaient tourner leurs corsets et leurs jupons au-dessus de leurs têtes, des jeunes filles dont on vantait les pouvoirs sataniques dans la pénombre, et dont la fidélité et l'obéissance coûtaient un supplément sur le prix. Il ne savait des femmes que les acrobaties de l'intimité et les astuces de l'expérience, les prudences face aux nouveaux clients et les petites gâteries aux habitués, mais aucune ne lui avait jamais raconté une histoire d'amour. Les seules qu'il connaissait n'avaient germé que dans la fantaisie des lieutenants les plus fous, des marins les plus pervers, des curés les plus corrompus, des politiciens les plus concupiscents, et jamais il n'avait imaginé qu'on puisse offrir une fleur à quelqu'un sans exiger un pétale en retour.

Incapable de retrouver dans son souvenir une seule histoire qui vaille la peine d'être racontée, un seul poème évoquant des sentiments, une seule ligne de romantisme dans sa jeunesse faite de cabarets, il baissa les bras et renonça à Ana Maria, résigné à finir sa vie comme un vieux célibataire. Ce fut son ami Paz Galarraga qui, apprenant toute l'affaire, le fit asseoir à la table des Cafés Maurice et lui dit, en le regardant droit dans les yeux :

– Personne n'a jamais rien inventé, Antonio. Les plus grandes histoires d'amour courent les rues.

Ces mots, l'ardent désir de livrer cette bataille, et la ténacité dont il avait toujours fait preuve, lui inspirèrent une idée. Le lendemain, dès l'aube, il découpa un morceau de carton, prit deux tabourets et se rendit, d'un pas décidé, à la gare routière qui était la plus grande fourmilière de la région. Au milieu du hall central, il installa les tabourets l'un en face de l'autre. Il posa le carton au centre sur lequel il avait peint en noir pour que les lettres soient visibles de loin :

J'écoute des histoires d'amour.

Au bout d'une demi-heure, un homme au ventre rond se présenta sous le nom de Nicanor Melaza. Le crâne pelé et le front luisant, il portait une valise sous le bras et des lunettes cerclées d'or. Bien qu'il transpirât à cause de la chaleur insupportable de la gare, il ne quittait pas un foulard de soie belge, noué autour du cou, qu'il retenait avec une épingle de topaze. La foule qui se bousculait autour de lui le rendait nerveux. Mais, quand il s'assit sur le petit tabouret en face d'Antonio et qu'il commença à raconter son histoire, le retour de ce souvenir heureux le calma.

Tout en s'épongeant le front, il se lança dans le récit d'une légende qui s'était déroulée de l'autre côté du pays, dans un village qu'on appelait La Tuerta, La Borgne, où il était question d'une femme qui, un jour, avait été frappée de cécité subite et dont le mari, par amour, s'était crevé les yeux pour partager son obscurité. Un matin, aussi soudainement qu'elle l'avait perdue, la femme recouvra sa vue et, quand elle apprit la folie de son mari, se transperça un seul œil, afin de garder l'autre pour le guider jusqu'à sa mort.

Antonio, qui avait retenu de la muette Teresa la vertu du silence, n'interrompit pas le récit de Nicanor Melaza. Il se mit à recopier ses paroles, le nez sur ses pages, avec un tel recueillement et une telle concentration qu'il ne s'aperçut pas de la troupe de voyageurs qui s'était formée autour de lui. Ce fut Nicanor Melaza qui, s'arrêtant au milieu d'une phrase, lui fit remarquer :

– Vous avez du succès.

Antonio leva les yeux et vit la file d'attente. C'étaient des hommes et des femmes qui attendaient leur tour, les uns derrière les autres, qui faisaient escale ou qui patientaient pour un départ, qui portaient sur leurs épaules des paniers de provisions, des malles traînées par des cordes de pirogue, des sacs remplis de vaisselle et de vieux héritages. Dans le tumulte de la gare, le ventre vidé par les peines du voyage, ils défilèrent, pendant toute la matinée, avec la lenteur d'une cérémonie religieuse. C'est ainsi qu'il apprit l'histoire de Roberta Manzanares qui, en fuyant la misère argentine, avait pris un navire en fer pour rejoindre son frère au Portugal mais était tombée amoureuse du capitaine du bateau, si bien qu'elle ne s'était jamais arrêtée à Lisbonne et avait continué ce voyage à ses côtés pendant cinquante ans, jusqu'à son dernier naufrage.

Un Turc d'Anatolie, assez riche, qui refusa de quitter la tombe de son fils après son enterrement et qui, le soir venu, ne pouvant trouver le sommeil, chercha à le déterrer pour se coucher à ses côtés.

Claudia Miraflores, une dame habillée de toile blanche, les cheveux couverts de fleurs, lui narra l'histoire de sa mère, une femme à la peau délicate allergique au soleil, dont le mari avait construit une maison sans fenêtres, avec une seule porte, qu'on n'ouvrait que la nuit, si bien qu'ils moururent sans connaître la décrépitude de leurs corps, s'imaginant comme au premier jour, l'un éclairant l'obscurité de l'autre.

Au début, Antonio n'y voyait guère qu'un jeu. Il faisait épeler les noms, répéter les dates, relevait des imprécisions, dévoué comme un moine copiste à la loyauté des confidences. Même s'il trouvait ces récits attendrissants, tout en écoutant avec politesse, il ne se laissait pas emporter par la fièvre des sensibles, ni par les larmes des impudiques. Il étudiait l'anatomie de l'amour comme on dissèque un corps. Mais, peu à peu, il fut gagné par une curiosité qui dépassait son défi, comme si sa tête s'était remplie d'un torrent de roses rouges. Certains évoquaient la rencontre amoureuse de leurs ancêtres, survenue il y a cent cinquante ans, avec une telle ferveur qu'on avait l'impression que c'était une nouvelle de dernière minute. D'autres lui relataient une histoire lue dans un roman, ou racontée au détour d'un café, des récits glanés ici et là, maquillés et déguisés comme des poupées, et ces témoignages lui firent se demander s'il existait une seule histoire dans le monde qui ne fût pas d'amour.

De partout arrivaient des voyageurs, des couples et des célibataires, des routards et des passagers, qui le transportèrent tout à coup dans un univers parallèle fait de baisers volés et de promesses tenues. Il apprit l'histoire d'Astrid Medina qui, pendant la guerre du Pacifique, avait reçu une lettre d'amour de la part d'un soldat destinée à une autre femme, décida d'y répondre et vécut une liaison épistolaire pendant vingt ans avec un homme qu'elle ne rencontra jamais. Celle d'un pistolero aux cheveux bouclés, amoureux d'une Péruvienne de Colca, qui passa sa vie entière à écrire la fable d'un pays où ils pourraient s'aimer librement. Celle d'une ravissante Dominiquaise, appelée Dulce Concepción, qui partit pour Canaima afin de renouer avec une violoniste sur qui elle avait tiré deux coups de revolver, et mille autres histoires bouleversantes de beauté, si baroques et si invraisemblables qu'Antonio aurait voulu bâtir une bibliothèque au milieu de la gare pour pouvoir toutes les conserver.

Un soir, alors qu'une vieille dame juive lui racontait sa rencontre avec son mari lors d'une diaspora séfarade, elle demanda à Antonio :

– Et vous, qu'allez-vous faire de toutes ces histoires ?

Antonio s'aperçut que son cahier était désormais fini, bien qu'il restât encore quelques pages blanches. Il débordait d'étreintes courageuses et d'illusions retrouvées, d'engagements et de virtuosités, et de centaines de noms inconnus qui lui faisaient l'effet d'un seul homme. Il ferma le cahier et répondit alors :

– Je m'en vais vivre la mienne.

Bien des années plus tard, homme respecté et respectable, lors de l'après-midi où il inaugurait la nouvelle rue qui porterait son nom, Antonio put remonter sans peine au souvenir de cette matinée où, le cahier à la main, il chercha Ana Maria dans tous les coins de l'école. Il la trouva assise sous un manguier. Ce matin-là, la lumière brillait d'une clarté pure, sans poussière ni cendre. Antonio la regarda comme il l'avait imaginée dans la narration de ses rêves, comme si on finissait juste de la fabriquer, avec cette même limpidité, avec une ressemblance à ses songes si stupéfiante qu'il crut que cette scène se reproduisait pour la deuxième fois. Il se reprit seulement quand Ana Maria, le voyant planté là, les bras ballants, leva ses yeux sur lui. C'est alors qu'Antonio dit d'une voix ferme :

– Je ne connais pas la plus belle histoire d'amour. Mais en voici mille.

Il posa sur ses genoux le cahier de la gare centrale. Puis il ajouta :

– Je te propose qu'on écrive la nôtre.

Ana Maria

Le destin fabuleux de la *doctora* Ana Maria Rodriguez commença un 14 février, au large de Sinamaica, le jour où un pêcheur nommé Martín Gámez fit une découverte qui compta parmi les plus insolites de Maracaibo. Il avait plu tout le mois, et les hautes marées des derniers jours avaient transformé la plage de Caimare Chico en un dépôt d'algues boueuses et d'épaves de poissons morts. La grève était si bondée que lorsque Martín Gámez rentra de sa pêche, à l'aube, vers 5 heures, il lui fut presque impossible de distinguer l'animal des tas de varechs.

Quand il s'approcha prudemment, il crut d'abord qu'il s'agissait d'un poulpe gris, échoué comme une épave, qui avait dû s'empêtrer dans les résilles d'algues et qui ne parvenait plus à rejoindre la mer. Il remarqua qu'il n'avait ni tentacules ni ventouses, seulement deux larges ailes latérales et un ventre argenté, et conclut que c'était une tortue retournée. Mais ce ne fut que lorsqu'il le toucha avec un bâton et que l'animal se redressa brusquement sur ses deux pattes de hibou, que Martín Gámez comprit qu'il venait de découvrir un pingouin au milieu des Caraïbes.

Terrorisé par cette créature qui lui parut apocalyptique, il partit alerter Alejandro Crespo, un Costaricain qui tenait un kiosque de plage à quelques mètres, et revint en courant avec lui. Ils observèrent le pingouin en se signant le front avec un mélange de crainte et de répulsion, en murmurant un discret « *Virgen María* », sans avoir le courage de le toucher. Il avait des yeux d'un rouge intense, comme deux coquelicots enflammés, un pelage gris-noir dont la couleur était indéfinissable, et sur le dos un duvet de plumes moelleuses, aussi lisses et souples qu'une toile de chapeau melon. Bien qu'il fît près de 40 °C, il semblait supporter la chaleur avec dignité. Son port noble les contemplait depuis son demi-mètre de hauteur avec une bravoure romaine. La traversée lui avait fait perdre quelques poils sur la tête, un bout d'aile mordu par un léopard de mer, quelques griffes de ses pattes, mais il avait conservé une élégance naturelle, soulignée par deux coquettes aigrettes jaunes en forme de sourcils, qui firent penser aux deux pêcheurs que c'était peut-être une femelle, les seules capables de survivre à une telle odyssée.

Alejandro Crespo prit quelques minutes pour se remettre de sa perplexité :

– Appelle le village, dit-il à Martín Gámez. Il faut voir s'il y en a d'autres.

Avec l'aide d'une dizaine d'hommes, on organisa une battue sur la plage. Armés de pelles et de râteaux pour remuer les tas d'algues, ils secouèrent pendant toute la matinée les raisiniers du littoral, lâchèrent des chiens dans les buissons, traquèrent le moindre mouvement dans les palmiers, et comme ils ne trouvaient rien, ils conclurent qu'il n'y avait probablement dans le monde qu'un seul individu de cette espèce. Pour le protéger du soleil, on le mit dans un sac en toile sergé et on le transporta jusqu'au kiosque. Celui qui le porta eut l'impression qu'il était plus lourd qu'une baleine, mais il supposa que c'était à cause du poids de l'exil. On l'installa dans le seul réfrigérateur de la plage, entre deux blocs de glace, posé sur un tas de bouteilles de bière, et quand le pingouin sentit cette surface froide, sans doute pour la première fois depuis des mois, il se jeta pour coller son ventre contre la paroi gelée et demeura immobile, le bec coincé dans sa poitrine, les yeux fermés, comme endormi.

En quelques heures, tout Maracaibo avait appris la nouvelle qu'un pingouin avait atteint ses côtes. La rumeur arriva jusqu'à l'institut des sciences naturelles et son directeur, Agustín Pérez Piñango, un homme haut comme un cierge, aux traits harmonieux, en fut alarmé. Cela faisait quatre ans qu'il avait pris la tête de l'institut et qu'il cherchait à enrichir ses connaissances sur les espèces rares avec un acharnement encyclopédique. On l'avait appelé autrefois pour une corne de narval trouvée dans la fange d'une basse-cour, pour un lamantin qui s'était perdu dans les marais de Perijá et pour un cachalot qui avait remonté jusqu'à Santa Bárbara par la rivière Escalante. Il n'aurait jamais imaginé qu'on viendrait le prévenir de l'extravagante capture d'un pingouin qui aurait nagé depuis les pôles jusqu'aux eaux des tropiques, en survivant à neuf mille kilomètres de dangers. Il sauta dans une voiture et prit la route du nord vers Sinamaica.

Lorsqu'il atteint la plage de Caimare Chico, il trouva tout le village ameuté autour du kiosque. Alejandro Crespo, fier comme un évêque, faisait payer un *bolívar* pour soulever le couvercle de son réfrigérateur et montrer le pingouin. Dans un tintamarre de rires, tout le monde avait un avis sur son destin. Certains disaient qu'il fallait le lancer à la mer et attendre que l'instinct le rende à ses eaux polaires. D'autres proposaient une enchère improvisée, là, dans le kiosque, avant que les autorités n'arrivent. D'autres encore disaient qu'il fallait le sortir, le mettre en hauteur et le pousser pour voir s'il volait. Mais Agustín Pérez Piñango, qui était un naturaliste autodidacte, un homme intelligent et sensible ayant étudié la musicologie et la linguistique, se planta vaillamment devant Alejandro Crespo et demanda qu'on lui ouvre le réfrigérateur.

– Un *bolívar* si vous voulez voir le sauvage, dit Crespo.

– Le seul sauvage dans cette pièce, c'est vous, *señor*. Au nom de la science, ouvrez-le, affirma-t-il avec autorité.

Il leva devant tout le monde sa carte de l'institut pour donner du poids à ses mots, et on souleva le couvercle. À l'intérieur, dans la pénombre, il devina une masse noire, tassée, et, au centre, une lueur vermeille qui pouvait être un iris. Là se tenait le pingouin, blotti dans un coin, le dos rond, le corps enfoncé sur ses pattes. Il était de face, mais avait mis sa tête de côté. Il fixa l'homme de son unique œil ardent, rouge et menaçant, et Pérez Piñango le trouva sublime. Il lui sembla voir une créature légendaire, irréelle, que la migration et l'exode mythifiaient encore et, dans cet œil, une forme de jugement subtil, une intelligence animale, qui le troublèrent.

– Ce n'est pas un sauvage, fit-il avec émotion. C'est un *pinguinus*.

Ce nom, malgré sa sonorité érudite, ne convainquit personne. Une dame qui portait des sacs de courses s'avança :

– Moi, je trouve qu'il s'appelle *Policarpio*.

La foule acquiesça dans un murmure collectif. On lui tendit un seau de poissons. Il se jeta dessus avec un appétit vorace. Tandis qu'il mangeait, on fit venir un camion frigorifique pour l'emmener à Maracaibo, et il fallut quatre hommes pour le conduire jusqu'à l'arrière, car non seulement il était encore plus lourd qu'avant, mais il se débattait avec férocité en lançant des coups de bec et en poussant des cris de bête que personne n'avait jamais entendus.

Après une heure de route dans les zigzags des plaines arides, quand on ouvrit les portes du camion, on le découvrit couché sur le flanc, encore vivant, baigné dans une mare de vomi d'où émanait une odeur d'algue pourrie et de purée de poissons.

– C'est une espèce qui a facilement le mal de terre, s'était excusé Agustín Pérez Piñango.

Le lendemain, un vétérinaire lui prit le pouls, mais s'aperçut qu'il ne savait comment le mesurer, car c'était la première fois qu'il touchait un pingouin. Au bout d'une semaine, on vit débarquer des spécialistes américains et allemands qui firent le voyage depuis leurs centres de recherche pour le photographier, étudier son comportement, ses habitudes, ses besoins alimentaires, ses capacités d'endurance, afin de comprendre comment cet animal pouvait s'adapter avec une telle opiniâtreté à un climat tropical.

Pas un seul quotidien ne manqua de faire un article sur Policarpio, la mascotte de la ville, qui devint pour certains journalistes le dernier de son espèce et, pour d'autres, le premier d'une invasion à venir. On publia une annonce pour savoir si un bateau étranger ou un zoo marin avait remarqué une perte. Comme personne ne se manifesta, on pensa qu'il s'était peut-être échappé d'un chalutier consacré au trafic illégal d'animaux rares. Cette hypothèse resta la plus plausible et, au bout de quelques semaines, ses gestes furent répertoriés et classés avec une telle minutie, ses heures de sommeil furent archivées avec une telle sollicitude, qu'on finit par en apprendre davantage sur cet oiseau austral que sur les flamants roses qui vivaient au bord du lac depuis deux mille ans.

Il fut envoyé au zoo de Maracaibo où on l'exposa pendant six mois. Quatre *lochas* étaient nécessaires pour le voir et, pourtant, on dit que près de trois cent mille personnes se déplacèrent. Mais Policarpio, dans la grande cage où on l'avait placé, tournait le dos à la foule. On ne pouvait distinguer autre chose que sa nuque, son cou abaissé, l'arrière de sa tête, et sa petite queue dépassant du bas de son plumage comme un poing fermé. Il se tenait immobile pendant des heures, les yeux clos, le bec enfoncé dans sa poitrine, les épaules compressées, cherchant à combattre la touffeur des tropiques avec une économie de gestes. Il avait un air d'une immense tristesse. On aurait pu croire à une statue taillée dans de l'ébène et posée dans un coin.

Le 28 août, comme il ne bougeait pas, un enfant lui lança une pierre pour le faire réagir. Policarpio la reçut sur la tempe et vacilla. Il tendit son aile pour protéger son visage. Tous ses muscles s'étaient raidis par la violence du coup. Deux gouttes de sang tachèrent la blancheur parfaite de son ventre. Plus tard, dans la presse, on raconterait que le pingouin s'était retourné pour la première fois, avait jeté un dernier regard auguste vers la foule, sans crier, sans se plaindre, le bec ensanglanté, avec cette supériorité des races nobles, et que le flamboiement rouge de ses yeux avait illuminé pendant un instant tout le zoo. Il tomba la tête la première dans une mare.

Ce 28 août, à 9 heures 03, il mourut d'une hémorragie cérébrale, et il ne manqua pas quelqu'un pour dire qu'il était toutefois ironique de la part d'un pingouin qui avait traversé neuf mille kilomètres d'océan de mourir noyé dans une flaque d'eau.

Des centaines de personnes défilèrent à l'institut pour voir le corps embaumé de Policarpio dans le petit mausolée que lui avait construit le docteur Pons. Le romancier Salvador Garmendia écrivit un livre sur lui. On donna son nom à deux épiceries, à la marque de glace Polo, à une entreprise de produits surgelés, et un groupe de *gaiteros*, musiciens de *gaitas*, composa une chanson en son hommage qui fut si célèbre lors des fêtes patronales que le croisement des rues El Tránsito et El Saladillo est connu aujourd'hui comme le secteur El Pinguino. Mais avant d'arriver à ce jour où la *doctora* Ana Maria Rodriguez hériterait d'un pingouin en or, avant d'arriver à cet instant où le récit de cet animal poursuivrait l'histoire familiale sur plusieurs générations, il y eut d'abord un bijoutier qui atteignit lui aussi les côtes du Zulia.

Une semaine après la mort de Policarpio, un matin, un homme entra à Maracaibo à bord d'un navire étranger. Il avait un front large et des cheveux noirs. C'était un joaillier d'une trentaine d'années, aux yeux d'un vert lacustre, avec des paupières basses et des lèvres serrées, qui fit irruption dans la rue principale avec d'étranges instruments sous le bras que personne n'avait jamais vus. Il amena avec lui de nouvelles techniques de bijouterie, prit la nationalité vénézuélienne, se maria, eut un seul garçon et fonda un petit magasin de bijoux dans la rue Victorino Meadeb. L'histoire tragique de Policarpio de Maracaibo l'inspira et il conçut une broche pour veste, un magnifique bijou en forme de pingouin, taillé de profil, avec des plumes de feuilles d'or, des émeraudes incrustées à la place des pattes, un bec fait de lapis-lazuli et un œil en rubis. Bien que cet objet d'art aurait voulu une fortune, il décida de ne pas le mettre en vente, mais de l'offrir à cet unique enfant, son seul fils, comme cadeau de naissance, et c'est ainsi que José de la Chiquinquirá, que tout le monde appelait affectueusement Chinco, se retrouva avec cet héritage de pierres précieuses qu'il conserva pendant des années dans un écrin en bois.

Chinco ne reprit pas la place du père dans l'arrière-salle de la bijouterie. Quand il eut vingt ans, il refusa de le remplacer au magasin et devint typographe pour une entreprise française qui construisait un chemin de fer dans la province de Táchira. Il créa le premier syndicat des machinistes, s'occupa de luttes et de revendications civiques, eut la charge d'établir l'ordre du jour des réunions ouvrières, et jugea que les seuls bijoux qui devaient décorer la poitrine des hommes étaient ceux de la liberté et du droit social. Son père regrettait secrètement le choix de son fils, en constatant qu'il ne comprenait rien à la joaillerie, mais saisissait tout de la lutte des classes, qu'il ne vivrait pas entouré de pierres fines, mais parmi les ouvriers dans les usines, et qu'il s'émouvait plus facilement des injustices de la métallurgie que des préciosités des métaux. Un dimanche, pendant qu'il préparait un discours pour le syndicat, son père lui demanda :

– Comptes-tu te marier avec la révolution ou avec une femme ?

Chinco, qui était un garçon jovial et enjoué, doté d'un beau regard songeur, eut un discret sourire qui ne laissa rien entrevoir. « Peut-être un mariage à trois », dit-il sans réfléchir. Or, son père le connaissait, et il savait qu'un nom occupait déjà les rêves de son fils, pour l'avoir surpris un jour sur la place principale, à l'heure du crépuscule, à attendre le passage d'une jeune fille. Il était visiblement concentré, non pas à organiser des réunions syndicalistes, mais à imaginer des rendez-vous secrets, des baisers à l'abri des regards, des passions consumées entre deux portes.

Ainsi, à une époque où les racines d'une révolte à venir commençaient à croître, où les premières idées socialistes se mettaient à germer, où la valeur aristocratique d'une vieille broche en or n'avait plus sa place, le pingouin ne vit plus la lumière jusqu'à ce jour où Chinco décida d'épouser une certaine Eva Rosa.

Eva Rosa était la fille d'une brodeuse de la rue San José, une voyante à la santé fragile, qu'on disait capable de lire l'avenir dans les motifs des tissus, mais qui ne put prévoir dans le sang de ses mouchoirs la pneumonie foudroyante qui l'emporta à trente ans. Son père veuf, Papa Zoilo Rodriguez, était un collectionneur de fusils, un homme sévère et strict, au corps sec et allongé, dont le ton de la voix rappelait l'autorité des premiers chefs militaires de l'indépendance. Malgré la silhouette famélique de sa mère et la figure rectiligne de son père, où il n'y avait aucun excès de chair, aucune abondance ni aucune profusion, Eva Rosa n'était qu'opulence, débordement, prodigalité. Elle ressemblait à ces femmes au regard sensuel et vif, aux hanches pleines et aux seins exubérants, dont le ventre rond peut accueillir mille enfants. Sa peau était d'une blancheur si transparente, si blafarde, qu'elle semblait avoir été pétrie dans du lait de chèvre.

Or, ces chairs démesurées étaient bridées par le poids de ce nom de famille, Rodriguez, par la rigidité de ce père austère qui l'avait élevée seul dans les servitudes de l'Église catholique, et par un incroyable amas de couches de robes, de corsets et de cols fermés, dont elle n'était autorisée à se débarrasser que pour dormir. Le royaume enviable de son corps, cette féminité explosive qui aurait fait rougir n'importe quelle princesse, étaient dérobés au monde par une muraille d'attaches métalliques et de nœuds de rubans, et par la vigilance incorruptible de son père qui se montrait d'une jalousie féroce à l'idée qu'un homme pût respirer l'air qui l'entourait. Il lui interdisait de sortir seule pendant la journée et, le soir, à l'heure où la lumière rendait trompeuse la beauté des femmes, il l'emmenait faire un tour de la place, le visage fermé et l'humeur revêche, en la tenant par le bras.

Les garçons, assis sur le muret de la jetée, voyaient passer cette créature mythologique aux yeux pleins de chagrin et, bien qu'elle maintînt toujours un visage affable et un sourire serein, personne n'osa jamais lui adresser la parole, non pas par peur de la collection de fusils de Papa Zoilo, mais par crainte de briser la magie naïve de ce mirage.

Papa Zoilo venait d'acquérir un fusil du XVIe siècle, une arquebuse utilisée par le capitaine Pedro Vicente Maldonado à l'époque de la fondation de la Nueva Zamora de Maracaibo, un bijou de fer gravé de locutions latines et de feuilles d'acanthe, quand Eva Rosa eut ses premières règles. Troublé par cette apparition inattendue de la nature, il la fit membre de la Société des filles adorées de la *purísima Virgen María*. Dès 7 heures, on pouvait désormais la voir traverser la rue, accompagnée d'un frou-frou de jeunes filles avec des fleurs dans les cheveux, toutes vêtues de blanc, avec leurs chairs parfumées et leurs rires étouffés, serrant une croix en bois de manguier dans son poing, abritant la perfection de sa peau derrière un éventail venu d'Espagne.

Dans la rue San José, il était coutume qu'au soir, après avoir prié le rosaire de tous les saints de l'Église, les jeunes filles s'attardent aux fenêtres, le temps du crépuscule, protégées par des balustrades en fer, afin de regarder le monde passer sous leurs balcons. Nul ne put imaginer ce que la belle Eva Rosa cherchait en observant la rue depuis ses volets, pendant toutes ces heures, pendant toutes ces soirées, en fixant les mêmes gens et le même trottoir, avec son corps baroque et volcanique étranglé dans les voies impénétrables du Seigneur, et elle aurait vieilli derrière ces persiennes, dans l'ombre étouffante de son père, si elle n'avait découvert un soir, coincée entre les arabesques de la balustrade, une enveloppe fermée. À l'intérieur, elle aperçut la broche en or en forme de pingouin. Un mot accompagnait ce bijou :

Je vous attendrai demain soir derrière l'église.

C'était signé « *El pinguino* ». Eva Rosa, que cinq siècles de répression et d'assujettissement avaient taillée pour refuser toute avance, que seize ans de catéchisme avaient murée d'archères et de meurtrières, qu'un continent de forteresses et de silences avait asséchée comme une douve, fut si impressionnée par cette audace qu'elle en demeura fascinée.

Son paradis splendide d'irradiations dorées et d'angelots immaculés s'éclipsa, et la promesse d'un péché aussi énorme, d'une faute aussi grave, lui fit franchir en une nuit l'abîme qui depuis son enfance la séparait de ses désirs secrets.

Pendant toute la journée suivante, elle pensa à ce rendez-vous avec impatience. Quand l'heure arriva, lorsqu'elle trouva l'excuse pour échapper au regard de Papa Zoilo, elle marcha précipitamment jusqu'à l'arrière de l'église, le cœur frappant sa poitrine, la bouche sèche, le ventre gonflé d'abeilles affolées, et découvrit un jeune garçon qui attendait là, debout contre un pin argenté, en dessinant des étoiles sur la terre avec la pointe de sa chaussure. Chinco leva les yeux sur elle. Il lui sourit. Eva Rosa, tétanisée, le trouva si séduisant, si beau, qu'elle tourna ses talons et repartit aussitôt.

Chinco resta seul, sans avoir eu le temps de bien la voir, mais cette seconde, où elle avait fait son apparition fugace, lui suffit pour l'imaginer dans ses rêves les plus fougueux. L'image de cette fille de Dieu ne lui laissa aucun repos. Il passa des nuits à délirer sous ses draps en imaginant des bacchanales. Il se battit contre des démons luxurieux, effaré par la jeunesse envoûtante de cette créature qu'il avait appelée sous sa couverture, et qui ne soupçonnait pas que de l'autre côté de la rue San José vivait le meilleur amant qu'elle aurait pu avoir.

Un matin, Chinco traversa la rue avec détermination et, avant de frapper à la porte de la famille Rodriguez, se signa trois fois de suite. Ce fut Papa Zoilo qui ouvrit, l'arquebuse à l'épaule qu'il graissait avec un chiffon sale.

– Don Zoilo Rodriguez, dit Chinco sur un ton ferme mais humble, je viens vous demander la main de votre fille.

Papa Zoilo, planté comme un geôlier sur le seuil de sa porte, le fixa en silence. Chinco ne put lire aucune expression sur son visage.

– Vous avez dû vous tromper de porte, répondit-il. Ma fille est déjà mariée à Dieu.

Eva Rosa, qui avait suivi toute la scène depuis sa fenêtre, cachée derrière ses volets, se sentit humiliée. Elle fut écœurée d'être donnée ainsi en esclavage aux anges et tellement dépitée par ces mots qu'à partir de ce jour, révélée à elle-même, elle ne souhaita plus offrir sa jeunesse à un dieu qu'elle n'avait jamais vu et qu'elle ne pourrait jamais toucher. Quelque chose venait de s'éveiller en elle. Ce ne fut plus dans le ciel qu'elle chercha une réponse, mais dans la vigoureuse pulsation de son cœur. Le lendemain, elle écrivit la même phrase sur un bout de papier :

Je vous attendrai demain soir derrière l'église.

Elle signa « *La pinguina* ». Elle coinça ce papier à la balustrade, à l'endroit même où elle avait découvert, quelques jours auparavant, l'enveloppe avec la broche, et attendit le soir avec la résolution d'offrir à cet homme ce qu'elle refusait désormais à Dieu. Eva Rosa revit Chinco une deuxième fois derrière l'église, contre l'arbre, puis une troisième, et il ne fallut pas beaucoup de rencontres clandestines pour déverrouiller tous les loquets que la religion avait fermés autour de sa pudeur et dénuder, sur l'écorce argentée du vieux pin, les draperies de sa vertu.

Elle se donna à lui avec une telle ignorance des choses de l'amour qu'elle en oublia de compter ses jours. De sorte que lorsqu'elle eut du retard dans son cycle, elle serra ses corsets avec plus de force et cacha sa grossesse derrière une bastille de baleines de fer, persuadée que jamais son père n'apprendrait la vérité.

Mais Maracaibo était un village. Ce fut au café que Papa Zoilo apprit la nouvelle que tout le monde savait déjà. Le boulanger Yvan Zwan, un fils d'Anglais de Manchester, révéla à table, sans s'apercevoir de la présence de Zoilo, qu'un chanceux était enfin parvenu à mettre un pingouin dans le ventre de la petite Eva Rosa. Zoilo fut pris d'une telle fureur qu'il retourna tous les meubles du café, se battit comme un vieux cerf, sortit en hurlant des horreurs, brisa tous les miroirs qu'il croisa en chemin et, quand il arriva chez lui, trouva sa fille sereinement assise sous le porche en train de broder un châle.

– Attends ici, lui dit-il. Je vais te tuer.

Il entra dans sa boutique, décrocha le fusil du XVIe siècle que Pedro Maldonado avait autrefois utilisé pour chasser les jaguars pendant la fondation de Maracaibo, et le dirigea vers sa fille. Eva Rosa, horrifiée, eut le réflexe de fermer la première porte qu'elle trouva à portée de main pour se protéger.

La balle qui dormait dans le canon depuis quatre siècles traversa la rue et tout son héritage d'églises et de temples bâtis au milieu des jungles, survola la chaussée et les chiens errants, se fraya un chemin entre les chevaux et les vendeurs de gourmandises, alla plus loin encore, franchit les champs et les herbes de la Guajira, continua par la nuit blanche qu'habitent les crapauds géants et les scarabées métalliques, pénétra les forêts bondées de devins qui lisent dans le bal des chauves-souris, descendit dans les *cañons* escarpés où les trafiquants de perles plongent pour arracher les larmes des coraux, atteignit les profondeurs des boyaux de Catatumbo, au cœur des nids de sirènes, dépassa les rivages de Perijá qui polissent, vague après vague, le ventre des canoës, et remonta jusqu'aux sources du Magdalena, où autrefois mille deux cents soldats avaient traversé les aurores peuplées d'oiseaux aux noms inconnus, ouvrant des sentiers à coups de machette et de prières chrétiennes, portant de lourdes croix en or au fond de leurs cuirasses, persuadés de conquérir enfin ce que les alchimistes de Navarre avaient appelé le Nouveau Jardin de Dieu, et cette balle qui faisait le tour du temps en parcourant les ravins de la mémoire et les dernières plantations de l'amour, revint à Maracaibo dans la petite rue de San José et arrêta sa course contre le bois de la porte de la famille Rodriguez, à un mètre du ventre d'Eva Rosa où dormait, avant de naître, Ana Maria Rodriguez, celle que le pays appellerait demain *la doctora*.

Eva Rosa, enceinte de six mois, sauvée par miracle, se réfugia chez Chinco. Pris d'un nouvel accès de fureur, Papa Zoilo interdit à sa fille de remettre les pieds dans sa maison et ordonna de bannir son nom. Elle fut accueillie par sa belle-mère, la très digne Mama Concha, dans cette demeure de typographes et de machinistes où vivaient près de onze vieillards. Trois mois plus tard, elle mit au monde dans une pièce éclairée à la bougie une fille en parfaite santé qu'on appela Ana Maria. Quand Eva Rosa traversa la rue en sens inverse et rentra chez elle pour la première fois depuis son bannissement, Papa Zoilo la reçut avec sévérité.

– Regarde ta petite-fille au moins une fois, dit-elle.

Zoilo hésita, mais la dignité fragile de sa fille, sa lumière innocente et la clarté candide de son cœur firent vaciller un instant la dureté de ses choix. Il prit l'enfant dans ses bras, et, à partir de ce moment, il lui fut impossible de lui résister jusqu'à l'heure de sa mort. Le soir même, il décrocha son arquebuse, l'enveloppa dans une nappe de cuisine, prit une barque et s'enfonça dans la nuit du lac, jusqu'à ce qu'il ne puisse plus distinguer les lumières de la ville.

Alors, seul au milieu des flots, il jeta le fusil dans l'eau et, pleurant de grosses larmes, le regarda se noyer. Ce fut pour lui comme une résurrection.

Le lendemain de sa naissance, on perça les oreilles d'Ana Maria avec des clous d'or et on lui entoura le cou de colliers de graines de mucuna pour conjurer le mauvais sort. On lui mit des bracelets de coquillages autour des poignets, des amulettes dans chaque coin du lit, des essences de cladodes d'aloès sous la nuque, des rosaires aux barreaux, et on fit venir un prêtre de Coro afin qu'il la bénisse en marquant sur son front une discrète croix de cendres. À la fin de la première semaine, elle ressemblait à une poupée chamane, chargée de breloques colorées et de joailleries indigènes, et il n'y eut pas une seule voisine qui ne défila dans le salon des Rodriguez pour regarder cette enfant avec la même curiosité et la même incrédulité que celle des habitants de Caimare Chico lorsqu'ils avaient autrefois contemplé le pingouin.

Lorsqu'elle eut trois ans, Eva Rosa l'amena un jour derrière l'église, l'assit sur ses genoux contre le pin gris, et lui remit entre ses mains la broche en or du pingouin.

– Désormais, lui dit-elle avec douceur, il n'y a que toi qui peux la porter.

La broche toujours épinglée à la poitrine, Ana Maria grandit dans la rue Nueva Venecia, dans une maison dont les habitants étaient si nombreux qu'on oubliait de les compter. Il y avait là trois tantes, dont une mariée avec un certain Rafael Barroso, et leurs trois enfants, Edicta, Hilda et le petit Alirio. Dans une chambre à l'étage étaient installées Mama Concha et sa mère, une dame très ancienne presque aveugle qui allumait des cierges à José Gregorio Hernández, et trois vieux, cousins éloignés de Rafael Barroso, qui n'avaient pas de logement, Mama Lina, Tía África et Francisco Antonio Alvarez, vétéran de plusieurs guerres livrées à la frontière colombienne sous le commandement de Gómez, qu'Ana Maria se mit à appeler tendrement Papapa. Dans la cuisine, la gouvernante Carmela Ramos del Valle, éternelle célibataire qui rêvait d'une belle histoire d'amour, perdait ses meilleures années derrière son plan de travail en nourrissant miraculeusement tout le monde et doña Elvirita, une pianiste sans âge, qui essayait depuis vingt ans de publier un recueil de poèmes intitulé *Le Royaume des pauvres*. La maison de la rue Nueva Venecia était si peuplée que lorsque Mama Lina mourut dans la chambre du fond, un mardi d'orage, on ne s'en aperçut que deux jours plus tard, car une odeur ignoble avait envahi les pièces du premier étage et qu'un ara au plumage rouge, debout sur le rebord de sa fenêtre, avait commencé à taper la vitre de son bec noir.

Mais l'histoire d'Eva Rosa et Chinco ne put survivre aux aléas de l'amour. Chinco céda à d'autres tentations et Eva Rosa, dont les années de catéchisme et de rigueur morale n'étaient qu'un lointain souvenir, tomba enceinte du voisin et eut une deuxième fille. Ce voisin ne voulut pas la reconnaître, enfant d'un adultère, et cette carence d'amour fit d'elle un être condamné. C'est pourquoi, un jour, alors qu'elle avait quinze ans, son père lui demanda si elle voulait qu'il lui donne son nom de famille et elle répondit avec fierté :

– Je le porte déjà sans avoir à le prononcer.

Eva Rosa, après avoir mis au monde deux filles de deux hommes différents, se maria avec un certain Laplacelieri, un fils d'immigrés italiens de Toscane qui étaient arrivés à la fin du XIXe siècle pour construire un arsenal sur le port, avec qui elle eut deux garçons, Humberto et Jésus. Occupée par sa nouvelle famille, elle remit rarement les pieds chez Chinco, ce premier homme qu'elle avait tant désiré contre le pin derrière l'église, et ce fut donc lui qui éleva Ana Maria.

Bien qu'elle fût en bonne santé, il fallut beaucoup de temps pour qu'Ana Maria s'habitue à la vie. Elle demeurait silencieuse, absorbée par un jouet dans un coin de la pièce, sans explorer les alentours. Jusqu'à ses trois ans, rien n'attirait véritablement son attention. Chinco, qui était le père le plus investi qu'on vit à Maracaibo, pour qui sa fille était son unique et véritable trésor, ne comprenait pas d'où lui venait cette nature flegmatique.

À six ans, il l'inscrivit à l'école Nuestra Señora del Pilar, où elle commença à apprendre les bonnes manières avec la mère Lorenza Casado, nonne d'Aragon, une femme intransigeante au fort caractère légué par des années de couvents et de retraites, qui lui imposa des messes dominicales, des rosaires quotidiens, des communions tous les premiers vendredis, des neuvaines et des triduos, toute une série d'obligations si précises et si nombreuses qu'Ana Maria n'eut plus le temps de rêver. Chinco se fit à cette personnalité nébuleuse et vague, confiant en le courage des Écritures, jusqu'au soir où, rentrant de l'école, elle tendit à son père un petit mot de la mère Lorenza Casado. Lorsque Chinco déplia le papier, une surprise passa sur son visage. Devant toute la famille réunie, il lut à voix haute :

Votre fille est un génie. Elle n'a rien à faire dans notre établissement. Éduquez-la chez vous.

On ne put jamais éclaircir si ce fut la lettre de la nonne, l'abandon de l'école ou la proximité avec son père qui modifièrent son comportement, mais, à partir de ce soir-là, Ana Maria devint une nouvelle personne. Elle se mit à participer à la vie du foyer et à étudier avec une voracité qui inquiéta tout le monde, tant le changement était radical. Elle était si différente de la petite fille taciturne et apathique qu'elle avait été que le voisinage se demanda à demi-mot, dans un murmure collectif, si elle n'avait pas été troquée par des gitans contre une autre enfant. Bien que plus personne ne se souvînt précisément de ce que la mère Lorenza Casado avait écrit sur ce papier, le mot de « génie » continua à résonner longtemps dans la bouche de tous les membres de la famille, au point que chacun ne tarda pas à trouver dans le nœud enfantin de ses paroles des traits d'esprit voltairiens.

En plus d'être à l'étude dès qu'elle avait une minute, elle débarrassait la table avec Mama Concha jusqu'à ce que la dernière fourchette fût lavée et apportait son dîner à Tía África qui, depuis la mort de sa cousine Lina, avait décidé de se cloîtrer dans la pièce du fond. Elle se révéla être une bonne conseillère pour les affaires de cœur de Carmela Ramos del Valle, la cuisinière, qui s'était fatiguée d'attendre l'arrivée d'un mari dans les bulles de sa vaisselle. Elle prit part aux jeux de cartes de don Rafael Barroso qui confondait les couleurs et se porta volontaire pour couper, tous les samedis du mois, la barbe du Papapa, le mari de sa tante, qui ne quittait pas son vieux costume militaire du temps du dictateur Gómez. Elle apprit les poèmes de doña Elvirita que plus personne n'écoutait quand elle déclamait des vers dans un castillan emprunté à Machado, et prit l'habitude de lire les avis de décès du journal *El Panorama*, car elle vivait dans une maison avec tant de vieux qu'elle était certaine de tomber sur un mort que quelqu'un avait déjà connu.

Bientôt, on ne la vit plus en public sans une toilette irréprochable, parfumée et coiffée, talquée jusque-là où la lumière ne la touchait pas, les paupières saupoudrées de thym, avec cette élégance discrète qu'on trouve chez les pauvres qui ne sont pas assez riches pour se permettre d'être mal habillés.

En ces temps, il y avait un lycée, le Colegio Sucre, qui avait été fondé par des éducatrices de Porto Rico au croisement de la rue Ciencias et de l'avenue Guayaquil. Ces femmes courageuses, dont la ténacité rappelait la démarche audacieuse et patiente des missionnaires, avaient apporté des îles une nouveauté improbable, celle de donner aux filles une instruction équivalente à celle des garçons. Faisant du porte-à-porte, encombrées de sacs de toile remplis de manuels scolaires, prouvant aux mères réticentes et aux pères sévères les avantages insoupçonnables d'éduquer leurs filles, elles les invitaient à visiter le lycée, une construction élégante et majestueuse de deux étages à l'architecture XIXe siècle, avec de larges couloirs à arcades, où l'on pouvait encore voir passer, sous le frontispice de marbre, gravé d'une phrase du poète Marcial Hernández, des chariots de cannes à sucre que des hommes jetaient sous la meule des moulins.

Mais le lycée était cher, et Chinco ne pouvait se permettre de s'offrir ce luxe. Or, la directrice du Colegio, la très distinguée doña Rafaela Capo de Alcina, qu'on appelait Missia Alcina, convoqua un jour Chinco dans son bureau et balaya tous les obstacles financiers, en lui assurant qu'elle était prête à octroyer une bourse à sa fille.

– Une femme doit étudier, *señor*.

Quand Chinco revint ce soir-là, alors qu'Ana Maria lisait dans le salon, il posa sur la table des papiers signés et deux chemises brodées à l'enseigne du Colegio Sucre.

– Tu es inscrite au lycée, dit-il à Ana Maria. Je n'ai pu faire autrement. La Missia Alcina m'a mis un revolver sur le cœur.

Ana Maria passa ainsi d'un couvent de nonnes inflexibles à un établissement mixte où, dans les salles de classe, une grand-mère appelée Carmelita Ortega de Finol jouait des airs classiques sur un vieux piano à roulettes qu'elle déplaçait de salle en salle. Chaque matière était enseignée par un professeur différent, ce qui contrastait avec l'ancien système où tous les cours étaient donnés par la même maîtresse, mais surtout, Missia Alcina eut l'idée d'inciter les meilleures élèves à participer au concours du cinéma El Metro organisé par le professeur Córdoba.

Ce fut à ce moment-là, en octobre, qu'elle rencontra pour la première fois Antonio Borjas Romero, encore un simple jeune homme comme tant d'autres, élève du collège fédéral, qui lui tint tête lors d'une joute. Il lui dit :

– J'ai horreur d'aller au cinéma tout seul.

Et elle n'aurait jamais imaginé que peu après ce garçon dont elle ignorait le nom, ce garçon plus âgé qu'elle et issu des entrailles de la pauvreté, plus remarquable par la douceur de ses yeux que par son visage de conquérant, lui poserait sur les genoux un cahier rempli d'histoires d'amour et lui proposerait de l'accompagner dans les montagnes houleuses du désir, dans un pays où l'on meurt enlacés. Elle ne se doutait pas qu'il serait présent dans ses combats les plus intimes, que leurs noms seraient à tout jamais placés côte à côte sur les portiques de la médecine vénézuélienne, que ce jeune homme qui lui semblait grossier et effronté serait aussi celui qui lui offrirait les plus grands instants de tendresse, dans les heures noires, quand Ana Maria, seule et fatiguée, déciderait de ne plus livrer ses batailles. Mais tout ceci adviendrait bien plus tard. À cette heure, Ana Maria n'aurait gardé qu'un très vague souvenir d'Antonio si un événement secondaire n'était venu projeter son destin contre le sien.

C'étaient des temps de troubles politiques. Le Venezuela vivait sous le régime dictatorial de Juan Vicente Gómez. On persécutait, on enfermait, on torturait, et les salles du château de San Carlos, où trois siècles auparavant le pirate Henry Morgan était parvenu à négocier une rançon contre les seize canons du fort, avaient été transformées en labyrinthes de cachots et d'oubliettes humides. Un groupe progressiste d'étudiants avait créé un mouvement politique, la FEV, pour organiser des réunions clandestines et des réseaux d'informations, fondé par de jeunes dirigeants, dont Rómulo Betancourt qui deviendrait, plus tard, président du Venezuela. Chinco, qui avait toujours été socialiste, typographe des chemins de fer de Táchira, mit ses presses à disposition pour publier un communiqué révolutionnaire qui circula dans toute la ville. Un de ses collègues, reconnaissant le sceau de l'entreprise, le dénonça auprès de la direction :

– Il faut enfermer Chinco Rodriguez.

Le lendemain, en fin de matinée, on frappa des coups insistants à la porte de la rue San José pour l'arrêter. Sans attendre de réponse, ils défoncèrent le verrou d'un coup de pied, cherchèrent Chinco dans chaque pièce. Au cours de la nuit, il avait été prévenu par un ami loyal qui faisait aussi de la résistance clandestine.

Dans une brusque agitation, les policiers retournèrent les meubles, vidèrent les tiroirs, renversèrent les étagères, inspectèrent sous le lit, en quête d'un indice quelconque. Après une fouille minutieuse, la police du régime ne trouva dans sa chambre qu'un lit vide, des tiroirs sans vêtements et un petit mot sur sa table de chevet où l'on pouvait lire :

Le jour de la révolution viendra.

Chinco fut caché dans une ferme où des poules pondaient deux fois par jour et des cacatoès se posaient sur l'échine des cochons, non loin d'el Rodeo, d'où il put envoyer des lettres codées qui arrivèrent plus tard à la maison de San José dans la plus grande discrétion. Ana Maria les attendait avec une impatience fébrile. Mama Concha était la seule à pouvoir déchiffrer l'écriture illisible de son fils et les lisait à haute voix, devant tous les vieillards réunis, en cachant ses larmes et en bafouillant les ratures. Ana Maria lui demandait de lui remettre les lettres pour les conserver dans une boîte à chaussures, et, le soir, elle les parcourait à nouveau, avec une telle nostalgie qu'elle finissait par les connaître aussi bien que si elle les avait écrites. Personne ne la vit médire du régime de Juan Vicente Gómez, pas même lorsque les missives se firent de plus en plus rares, ni quand la dictature resserra ses garrots autour de la clandestinité. Néanmoins, cette absence fut déterminante dans leur relation et, à cet instant, Ana Maria commença à témoigner pour son père une estime et une admiration qui frôlaient la folie amoureuse.

La vénération qu'elle lui vouait était inconditionnelle. Elle se mit à en faire une idole. À l'entendre, on aurait cru qu'elle cherchait à le canoniser avant sa mort. Elle répétait des phrases qu'il avait prononcées, ses gestes se reproduisaient dans les siens, et l'image de ce père était devenue non seulement un souvenir qu'elle adorait, mais aussi un oracle qu'elle interrogeait.

Une année de plus se finissait, et Ana Maria s'aperçut qu'elle n'avait pas pensé à ce qu'elle ferait ensuite. Elle ne savait rien, ni du monde ni d'elle-même, car c'était son père qui s'était toujours préoccupé de son avenir, et, par-delà quelques rêves innocents, elle n'avait jamais envisagé de quitter Maracaibo avant ce matin de juin.

Ana Maria avait alors dix-sept ans. Elle suivait ses cours avec assiduité et discipline, quand elle aperçut un jour, vers 9 heures, dans les couloirs du Colegio Sucre, la silhouette d'une femme aux cheveux clairs, aux yeux verts, qui semblait arriver d'un monde lointain de violons et de brutalité. C'était celle de Lya Ímber de Coronil. Elle venait d'Ukraine. Pédiatre à Caracas, elle avait décidé de traverser le pays, de lycée en lycée, pour encourager les jeunes filles à étudier la médecine, parcourant ces terres tropicales que sa famille avait adoptées après son exode, figure blessée et courageuse d'un monde évanoui, qui avait fui la violence de l'antisémitisme à Odessa et qui avait embarqué pour ce continent qu'on appelait encore les Indes occidentales, où l'on croyait encore que des Amazones se coupaient le sein droit pour mieux manier l'arc. Dans la classe, Missia Alcina la présenta à tout le monde :

– Voici la première femme médecin du Venezuela.

Devant la fébrilité ébahie des étudiantes, sous les regards subjugués, Ana Maria n'oublia jamais l'impression envoûtante qu'elle lui fit. Elle n'oublia pas non plus le moment où, sur l'estrade de la salle, avec sa blouse blanche et ses cheveux en chignon, une fois que le piano de Carmelita joua ses dernières notes, cette pédiatre raconta avec un accent slave, dans un silence incroyable, sans rien exagérer ni inventer, ses aventures dans le vaste continent de la médecine. Ana Maria l'écouta avec une telle attention qu'elle crut entendre une langue nouvelle, une langue du futur, que seules les femmes pouvaient comprendre. Elle essaya de se représenter ces plaines inconnues, de calculer la quantité de périls monstrueux, d'évaluer les embûches à surmonter et la tâche de s'imposer dans un royaume si loin de Dieu, bâti pour les hommes, et, pourtant, elle éprouva le désir secret de lui ressembler. Elle détailla le visage de cette médecin qui lui parut non pas une femme, mais une créature d'évangile, en essayant de comprendre comment les fauves du métier et les jungles barbares ne l'avaient pas encore dévorée. Et quand elle rentra chez elle ce soir-là, elle s'était résolue. Elle se planta devant Mama Concha et n'eut aucun tremblement dans la voix.

– Moi aussi, je serai la première femme médecin du Venezuela.

Cette décision, prise sous l'impulsion des expéditions et des intrépides découvertes, fut une grande surprise pour la famille. On n'avait jamais vu une femme médecin. Néanmoins, personne dans la maison de San José ne mit en doute qu'Ana Maria fût un génie, depuis ce jour où la nonne Lorenza Casado l'avait écrit sur un petit bout de papier, comme si elle l'avait gravé sur la façade de son destin, et il fut décrété que si la Vierge Marie avait pu mettre un enfant au monde, une fille pauvre de Maracaibo pouvait porter une blouse blanche. Or, il n'y avait pas d'université dans la ville. Il fallait impérativement se rendre à Caracas. Chinco, encore exilé dans sa ferme, caché pour éviter la prison, ne put envoyer de l'argent.

Ce fut alors que les onze vieux de la maison de San José firent une cagnotte pour le voyage d'Ana Maria. En quelques jours, tous sortirent magiquement d'anciens billets de banque et des objets en argent oubliés dans des vestes, des petites médailles de saints gardées au fond des étagères et des boucles d'oreilles de famille, des bracelets en forme de lune et des bagues qu'aucun doigt n'avait portées depuis cent ans, des chaînettes en or aux fermoirs rongés par le temps et même une jarre chinoise, peinte de grues élancées et de cerfs géants, dont personne ne fut capable de dire comment elle était arrivée là. Mama Concha, rassemblant tout, s'étonna de constater la fortune qui sommeillait dans sa propre maison et, jusqu'à sa mort, ne put jamais se remettre de l'idée qu'elle avait dormi si longtemps sur un trésor. Ce fut Mama Concha qui fit le voyage avec Ana Maria. Bien qu'elle souffrît d'hypertension et d'arthrose aux genoux, de troubles digestifs et de sciatique, elle rassura tout le monde en un mot :

– Que peut-il m'arriver ? Je pars avec la plus grande médecin de ce pays.

Le 2 juin, Ana Maria et Mama Concha quittèrent la maison de San José avec huit malles de vêtements et de vaisselle, des ombrelles et des valises de livres, et une petite cage en fer dorée avec un pinson de safran qui chantait pour annoncer la pluie. Elles traversèrent le lac de Maracaibo sur une pirogue jusqu'au port de La Ceiba, au sud, lors d'un voyage qui dura deux jours, assises sur des bancs en bois, et de là remontèrent l'ancienne route transandine qui avait été construite vingt ans plus tôt à coups de pioche, en suivant les mêmes sentiers qu'autrefois, pendant la conquête espagnole, Núñez de Balboa avait empruntés dans l'autre sens en cherchant la mer du Sud.

La route ne coupait presque aucun village, ne traversait aucun autre chemin. Elles prirent un vieux train qu'on appelait *El Troller* qui les mena, après six heures, jusqu'au carrefour de Motatán, un petit village de garagistes et de vendeuses de yuccas sur les hauteurs de l'État de Trujillo, d'où commençait la première autoroute qui allait à Caracas. À la croisée des chemins andins, près d'une pompe à essence perdue au milieu de la plaine, enfoncée dans les terres et couverte de poussière, devant laquelle quelques motos brûlées par le soleil faisaient une file muette, elles attendirent un bus de la compagnie ARC qui les conduisit jusqu'à Barquisimeto après douze heures de trajet.

Le lendemain, après avoir dormi dans un hôtel miteux, elles trouvèrent une voiture qui, dix heures plus tard, les déposa, exténuées de ce périple, affamées, vieillies de mille ans, sur la place Candelaria, où les attendait Aura Josefina Rodriguez, la nièce d'une cousine du premier mari de sa grand-mère, une femme qu'elles n'avaient jamais vue.

Ce voyage éprouvant fut pourtant comme un alcool de mondes nouveaux pour Ana Maria. Du haut de ses dix-huit ans, avec la gourmandise curieuse de sa jeunesse, son esprit provincial ne parvenait pas encore à se frayer un passage dans cet ensemble d'images et de récits, mais son cœur pressentait, derrière cette ville aux cent églises, des universités vastes comme des forêts que sillonnaient des étudiants étrangers, des hôpitaux aux grands portails blancs habités par les fantômes des guerres de l'indépendance et de nuits aux étoiles rouges. Elle avait du mal à imaginer, pour devenir médecin, une autre ville que celle-ci, d'où Lya Ímber de Coronil était partie chercher au-delà des ports de la mer Noire, non le succès ou la reconnaissance, mais une armée de femmes.

Deux mois plus tard, elle fit son entrée à l'université. Ana Maria se souviendrait toute sa vie de son premier jour dans l'amphithéâtre de l'École de médecine, en face du Congrès, à côté de l'église de San Francisco, un bâtiment coiffé de tourelles qui avait été un ancien couvent des frères franciscains. Elle n'oublierait jamais le docteur Pepe Izquierdo, célèbre cardiologue, réputé pour sa froideur et son implacable autorité, que les élèves de toutes les promotions continuaient à craindre même après leurs diplômes. C'était un homme haut, très maigre, aux cheveux chenus, toujours habillé en costume cravate, un fédora gris en feutre de poils de lapin sur la tête, et une montre de poche attachée par une chaînette en or qu'il consultait d'un air détaché. Depuis l'estrade, glacial comme la pierre, drapé dans une blouse blanche qui lui arrivait jusqu'à mi-cuisse, il avait commencé à ébaucher des squelettes sur l'ardoise du tableau quand soudain, balayant l'amphithéâtre des yeux, il remarqua sa présence, celle d'une femme, et son œil s'emplit de mépris.

– Votre mère n'a plus de linge à vous faire repasser, *señorita* ?

Les hommes rirent dans la salle. Puis il ajouta :

– Vous voulez être médecin ? Alors citez-moi les sept os de l'orbite.

Jamais Ana Maria n'avait entendu parler de l'orbite. Son visage devint si rouge qu'elle dut baisser la tête. Des années plus tard, se remémorant ces rires moqueurs autour d'elle, elle comprit qu'elle avait alors senti palpiter quelque chose de nouveau en elle, son sang combattant. Dans ses veines s'étaient brusquement réveillées des lignées de femmes assoupies, la dague ensanglantée de María Lionza chevauchant un tapir géant, l'arc de la reine des Amazones, la dignité d'Ana María Campos, les cheveux coupés d'Agnodice, le martyre héroïque de Domitila Flores, des hordes de cavalières fonçant vers les forteresses d'hier. Elle comprit qu'elle avait une double lutte à mener, celle de la médecine et celle des femmes. Elle saisit pourquoi il ne lui serait pas permis de fréquenter comme tout le monde les auberges et les bars, pourquoi elle n'aurait pas droit à l'erreur, pourquoi elle n'aurait d'autre choix que la réussite, mais elle comprit par-dessus tout que l'inépuisable pouvoir de la connaissance, le savoir qui rend plus fort, l'aiderait aussi à triompher.

Les premiers mois, comme elle s'y attendait, elle vécut des affronts liés à son sexe. Certains se pressaient autour d'elle pour lui glisser des mufleries et des jeux de mots. Elle découvrit une fois, dans son sac à main, un organe masculin qu'on avait découpé d'un cadavre pendant les cours d'anatomie. Dans la cantine de l'hôpital, il y avait une chaise plus creuse que les autres. Un matin, des étudiants la remplirent d'urine et, quand elle entra, la lui présentèrent pour qu'elle s'assoie. Ana Maria fut si énervée qu'elle protesta avec férocité et cette affaire arriva jusqu'aux oreilles du recteur qui la fit appeler dans son bureau.

– Pouvez-vous me donner le nom de cet étudiant ?

Mais Ana Maria garda son sang-froid.

– J'ai traversé tout le pays pour venir dans cette université et étudier, répondit-elle. Je ne suis pas là pour dénoncer mes camarades.

Tous les 26 du mois arrivait un carton de Maracaibo contenant des robes confectionnées par ses tantes, une bouteille de vin pour fêter l'onomastique, le jour de la Santa Ana, et une boîte de chaussures à la mode choisies à Santa Bárbara del Zulia par Chinco qui, depuis son exil, veillait sur elle. Ana Maria ne portait plus que des robes à rubans avec un nœud à l'arrière et des pyjamas en soie du Bangladesh qu'elle gardait toute la nuit avec un soin coquet. Malgré la discipline acharnée qu'elle mettait à suivre ses cours, la solitude était entrée dans sa vie. Ces quelques premières semaines d'isolement dans la capitale lui avaient fait regretter la joyeuse et bienveillante troupe du foyer qu'elle avait quitté.

Elle résolut de s'entourer et s'installa dans une pension administrée par la famille de don Leonidas Páez, une belle maison près du pont Guanábano, qui recevait des étudiants de province qui ne connaissaient personne à Caracas.

Aussi, n'oublia-t-elle jamais ce jour, quand elle découvrit un cortège de jeunes gens studieux qui venaient des quatre coins du Venezuela, et que s'en détacha un homme de vingt-cinq ans, aux manières assurées et félines, vêtu d'une *guayabera* légère, large chemise blanche en lin, un livre d'anatomie sous le bras, qui s'approcha aussitôt d'elle sans lui laisser le temps de poser ses valises.

– J'espère que tu as pris le carnet d'histoires d'amour avec toi.

Elle reconnut tout de suite celui à qui elle avait disputé quelques années auparavant, dans la salle de classe du professeur Córdoba, l'entrée du cinéma El Metro. Antonio était debout devant elle, là, un grand sourire aux lèvres. Ils ne s'étaient pas revus depuis qu'il lui avait offert un matin, alors qu'elle lisait tranquillement sous un arbre, un cahier avec mille histoires d'amour, mais, cette fois-ci, ils comprirent aussitôt qu'une renaissance s'offrait à eux, des affinités nouvelles, une harmonie silencieuse et invisible. Quelques mois dans la fourmilière de

Caracas et de l'université leur avaient fait sentir la pauvre condition des provinciaux, qui ne connaissaient ni les codes de la capitale ni son agitation, la dureté d'être étranger dans son propre pays, et leur avaient permis de découvrir ce qui avait commencé entre eux à Maracaibo, mais qui n'avait pas eu le temps de se cristalliser.

Antonio était devenu un homme. Il était plus beau et plus fort, même si les lignes de son visage avaient conservé les traits de son enfance. Il avait encore ce teint rose du petit vendeur de tabac, des joues poupines, un air galopin, mais quand une idée traversait son esprit, il suffisait d'une seconde, le temps d'un éclair, pour voir cette figure se transformer en celle d'un géant. Il portait l'odeur de la terre qu'elle avait quittée, du halage des chevaux, des joncs baignés de soleil de la lagune où, plus tôt, des ancêtres communs avaient érigé des palafittes pour résister aux Espagnols. Il sentait la mangrove, la corne des taureaux, le pétrole des plaines, son accent lui rappelait ce monde abandonné où les collines murmuraient les souvenirs des caciques tombés, enterrés avec leur poids en or et où les tortues avaient des carapaces en diamants. À partir de ce jour, dans son regard, Ana Maria chercha toujours le reflet du lac de Maracaibo.

Cette première année de médecine fut aussi la première de leur vie ensemble. Ils ne s'aperçurent jamais de leurs sept ans de différence. Comme il n'y avait qu'un seul microscope dans la pension du pont Guanábano, ils le consultaient ensemble, tour à tour, allongés au sol, ventre contre terre, se poussant tendrement pour examiner les lamelles, débattant sur les forêts de cristaux et de soleils rouges dont les lueurs infinies traversaient les lentilles et leur parvenaient comme un secret immortel. Certains après-midi, ils n'étudiaient pas et bavardaient jusqu'au soir, en faisant mille fois le tour de la place, en marchant à l'orée des voies qui montaient vers El Ávila. Ana Maria aimait s'asseoir sur les marches de l'église du panthéon, sentir la présence du sacré, deviner les gens dans le cloître. Elle ne lâchait jamais le bras d'Antonio, tandis que lui, assis sur cette marche, taisait les origines de sa naissance, plus par élégance que par honte.

Ainsi ils abordèrent la deuxième année, où ils étudièrent l'anatomie topographique avec le professeur Rivas Morales sur des cadavres que l'école empruntait à la morgue et où ils apprirent à reconnaître les pathologies cliniques. La troisième et la quatrième années se firent en partie à l'hôpital Vargas, où l'on assigna à chaque étudiant quatre lits avec patients, supervisés par le chef de service, afin de suivre de près l'évolution et le traitement d'une maladie. Puis vinrent les cours de sémiologie, de bactériologie et de parasitologie, de pharmacologie et de maladies tropicales avec des professeurs qui étaient en mesure, comme les princes des sociétés anciennes, de détailler leur généalogie sur plusieurs générations de médecins et de nourrir la légende de leurs ancêtres par des anecdotes qu'ils avaient entendues depuis le berceau.

Devant eux, Antonio et Ana Maria n'osaient dire la modestie de leurs origines. Ils s'inventaient alors un passé familial plein de conquêtes et de sacrifices, de l'autre côté du pays, « après le lac » disaient-ils, en racontant que leurs pères étaient cardiologues, que leurs grands-pères l'avaient été aussi, ainsi que leurs arrière-grands-pères, et ils remontaient courageusement des lignées chimériques et illusoires de Maracaibo jusqu'aux racines de ce métier parental pour se donner une légitimité.

Ana Maria fit son internat à la maternité Concepción Palacios, en assistant à des accouchements et à des césariennes, plongée dans un chapelet de forceps, de curetages de l'utérus, et d'extractions manuelles de placenta. Antonio, lui, le passa à la Croix-Rouge de Caracas, hôpital Carlos J. Bello, de garde trois fois par semaine, si bien qu'il vécut presque deux ans sans voir la lumière du jour.

Un 27 septembre, ils obtinrent leur diplôme de médecine avec mention *summa cum laude*, lors d'une soirée magnifique au Paranínfo de l'Université centrale du Venezuela, confirmant ainsi les mots prophétiques que don Victor Emiro Montero et la mère Lorenza Casado avaient prononcés à leur propos.

Ana Maria et Antonio restèrent encore quelques semaines à Caracas à vivre comme des fiancés. Ils se promenaient main dans la main, s'embrassant au milieu des rues sans se soucier de personne. Dans l'anonymat de la capitale, ils s'imaginèrent vivant là, abrités par sa foule protectrice. Mais, un matin, remuée par une soudaine nostalgie, Ana Maria se leva, la tête lourde et, en se tournant vers Antonio, lui murmura :

– Maintenant, on doit rentrer.

Comme Antonio ne réagissait pas, elle se pencha à son oreille et ajouta :

– On a encore une histoire à écrire.

Ils firent le chemin de retour par la route transandine, la même qu'Ana Maria avait prise avec Mama Concha, six ans plus tôt, persuadée que les récits de voyageurs disaient la vérité. Tandis que le bus les berçait par le brimbalement de ses roues, Ana Maria ferma les yeux et s'endormit d'un sommeil sans bruit, la tête sur l'épaule d'Antonio.

Elle fit le rêve étrange d'une *tara* noire, un papillon géant, posée sur la nuque de son père, pendant que le bus roulait à travers la jungle de Choroní. Ses ailes lui couvrirent le paysage, et elle ne vit pas les fromagers aux branches dégoulinantes comme des cascades de bois, où des toucans cachaient leurs becs aux mille couleurs, ni l'épaisseur du tapis de fougères où la femelle ocelot accouchait dans un rugissement, ni le paresseux dans son pelage plein de fourmis, ni les murs végétaux de jacarandas et de caroubiers, ni le caméléon mâchant une mouche grosse comme un taon, elle ne distingua pas les champs de maïs rouges et mauves, qui ont la couleur de l'œil du crépuscule, ni les canopées impénétrables dont les rosaces de feuilles ressemblent aux vitraux des cathédrales.

Antonio se tourna vers Ana Maria. Il la regarda comme personne ne l'avait encore fait, si démunie, si vulnérable, si abandonnée dans son rêve, il la vit débarrassée de son masque de courage et de femme puissante, seule sur terre. Il sentit qu'il la connaissait déjà, ou qu'ils se ressemblaient tant qu'il l'avait déjà croisée dans une autre vie. Il se reconnut dans cette peur cachée, dans cette force pleine de failles, et il éprouva à cet instant une confiance en l'avenir qui le fit tressaillir. D'un geste prudent pour ne pas bousculer son sommeil, il lui remit une mèche de cheveux derrière l'oreille, lui caressa la tempe, puis posa sa main sur son ventre tiède où il crut sentir, entre deux cahotements du bus, l'enfant encore à venir, qui attendait dans les cotons du présage, l'enfant qui ne viendrait que plus tard pour donner à ce couple des instants de grandeur et de déchirements.

Le bus s'arrêta brusquement, au milieu de la jungle, à hauteur d'El Venado. Il devait être 7 heures. Deux militaires entrèrent et passèrent entre les rangs :

– Y a-t-il une Ana Maria Rodriguez, ici ?

– C'est moi, dit-elle en se levant. Que se passe-t-il ?

– Suivez-nous.

Elle prit la main d'Antonio et répondit avec fermeté.

– Je ne vais nulle part sans lui.

– Il peut venir, si vous voulez.

Ils descendirent du bus et furent accompagnés jusqu'à une élégante Cadillac noire, aux vitres teintées. À l'intérieur, un homme en costume leur ouvrit la portière et les fit asseoir avec un sourire.

– Que se passe-t-il ? répéta Ana Maria.

– Il se passe, madame Rodriguez, que le gouverneur m'envoie vous chercher. L'État de Zulia ne peut permettre que la première femme médecin entre à Maracaibo dans un vulgaire bus, *doctora*.

Ana Maria ouvrit de grands yeux de surprise. C'était la première fois que quelqu'un l'appelait *doctora*. Elle se tourna vers Antonio qui, stupéfait, haussa les épaules.

– Vous serez reçue sur la place Bolívar, dit l'homme.

La place Bolívar était alors la place la plus chaude du monde. En milieu d'après-midi, les femmes attendaient l'autobus sur la ligne d'ombre des poteaux électriques et les hommes faisaient cuire des œufs sur le capot des voitures. On racontait que, dans les prisons, les détenus échangeaient leurs corvées humiliantes contre un glaçon sur la nuque et que la réverbération de la lumière déformait le métal des barreaux. Une telle touffeur s'abattait là que, même la nuit, les gens pensaient qu'il faisait encore jour. Les commerces, les écoles,

les bazars, les loteries, tout fermait peu avant midi pour ne rouvrir que vers 16 heures, quand l'ombre s'élargissait.

C'est pourquoi, le 14 novembre, vers 15 heures, tout le monde fut surpris de voir un rassemblement d'élus, de fonctionnaires de mairie, et toute la presse locale. La chaleur avait atteint son plus haut degré dans la journée, quand apparut sur l'avenue un défilé de voitures officielles au milieu duquel on put voir, à travers la vitre ouverte d'une Cadillac aux portes blindées, conduite par le chauffeur personnel du gouverneur, une femme qui ressemblait à une jeune lycéenne à la mine fatiguée.

L'espace d'un instant, les vendeurs de glace et les passants retirèrent leurs lunettes de soleil pour mieux distinguer les traits de cette jeune femme qu'on amenait en grande pompe, avec ses petites tresses sur la tête, ses livres à la main et une robe en coton de la plus simple coupe. Quelqu'un leva la voix pour dire que c'était sans doute l'épouse du président. Le gouverneur en personne, dans un microphone qu'on avait installé sur une estrade, éclaira la situation en déclarant que la ville souhaitait la bienvenue à Ana Maria Rodriguez.

– C'est la première femme médecin de l'État de Zulia, dit-il avec fierté. Et elle est de Maracaibo.

Il lui donna le bras et descendit avec elle jusqu'à une rue qu'on avait parée de pots de gardénias et de drapeaux de couleur, dans un concert assourdissant de trompettes et de joueurs de tambours à friction.

Les habitants de Maracaibo, qui n'avaient jamais vu une femme précéder publiquement un homme, se précipitèrent aux balcons et aux fenêtres, convaincus d'assister à un événement historique. Ana Maria, déboussolée par ce grand chambardement, épuisée par le voyage, ne se mêla pas à la cérémonie. Quand le gouverneur se pencha à son oreille pour lui annoncer qu'elle serait décorée de la médaille de la ville, elle ne s'émut pas.

– Je veux rentrer chez moi.

Au seuil de sa maison, des bras la levèrent du sol. Son père Chinco venait la recevoir et leurs retrouvailles furent une fête de baisers. L'exil lui avait fait perdre du poids et l'avait vieilli. Toutefois, la jeunesse de ses yeux était restée intacte et le retour de sa fille lui donna un regain de force.

– Ana Maria, dit-il en la détaillant avec attention, tu es un génie.

Six ans s'étaient écoulés depuis son départ à Caracas, mais en l'observant, tout le monde eut l'impression qu'elle en était partie depuis vingt. Son visage avait acquis la sagesse d'une vie adulte. Son regard n'était plus celui de la petite fille protégée par son père, choyée par les siens, élevée comme une princesse, mais il s'était affirmé comme celui d'une femme. Sa voix avait changé. Toute une existence citadine de persévérances et de défis, de dignités et de conquêtes, de douleurs secrètes et de promesses imprévues se lisait dans ses gestes calmes et assurés.

Le lendemain de son arrivée, un lundi, à 6 h 30, Ana Maria avait déjà bu son café quand Chinco ouvrit les fenêtres qui donnaient sur la rue. Il dut s'agripper au rebord pour ne pas tomber.

– Qui sont tous ces gens ? demanda-t-il à voix haute.

Ana Maria courut à la fenêtre et vit, écrasées sous la chaleur du matin, des femmes de tout âge, les unes derrière les autres, portant des paniers de nourriture et des couronnes de fleurs, vêtues avec la plus grande simplicité, qui formaient un cortège extravagant devant sa porte. La queue s'étendait sur trois rues et se perdait plus loin après l'église. On aurait dit qu'une armée d'inconnues avait entouré sa maison avec un déploiement de robes et de parasols, un foisonnement d'éventails troués et de chapeaux en feutre, cherchant à l'apercevoir, s'arrêtant pour l'observer. La nouvelle s'était répandue en une nuit au-delà des banlieues de Maracaibo, jusque dans les villages du sud du lac où l'on ignorait tout de la médecine, et avait provoqué une vague d'excitation et d'affolement dans la population féminine qu'on n'avait pas vue depuis la découverte du pétrole.

Ana Maria passa la journée entière à ausculter cette interminable cohorte, notant sur une petite feuille de papier cartonné les jours d'ovulation, selon le devoir de son serment, mais la procession ne faiblissait pas, continuait même à se remplir, car derrière les dernières jeunes filles venaient toujours d'autres couturières, repasseuses, cuisinières, marmonnant des prières, des dizaines de femmes défaillantes de santé, assoiffées par l'attente, la peau couverte de croûtes et la rétine des yeux brûlée par le soleil. On lui apporta des nappes dans des caisses, des horoscopes et des grappes de bananes plantain, des colibris aux ailes dorées enfermés dans des cages, des cierges en forme d'angelots et des bocaux en verre où l'on avait conservé des œufs. Telle fut la description qu'en fit Ana Maria elle-même, plus tard, quand elle revisitait le souvenir de son retour à Maracaibo.

Une vieille gitane argentine, aux cheveux de jais, apparue un soir, chantant des *milongas* et buvant du maté, lui lut l'avenir dans les cartes.

– Tu auras bientôt un fils, lui dit-elle. Mais il ne sera ni de toi ni à toi.

La gitane ne put en dire davantage, car la clarté du futur s'était brouillée avec l'arrivée de nouvelles personnes dans la maison. Ana Maria n'accorda pas d'importance à cette prophétie. Les jours suivants, les articles plurent. On l'invita à donner des conférences, des séminaires, des rencontres dans les écoles, et, une semaine plus tard, Ana Maria fut nommée à la tête d'un service de treize lits à l'hôpital Nuestra Señora de Chiquinquirá, sous l'aile protectrice de monseigneur Aquiles Penazca qui bénit ses ciseaux lors de sa première opération.

Comme il n'y avait plus de voitures neuves depuis le début de la Seconde Guerre mondiale, elle acheta un vieux véhicule d'occasion, une Buick noire, qui avait appartenu au consul des Pays-Bas, dont la carrosserie était rouillée de partout, et qui fut encore un pas de plus vers sa liberté et son indépendance, faisant d'elle une des premières femmes de Maracaibo à obtenir son permis de conduire. Pourtant, les choses n'allaient pas tarder à s'envenimer et la broche éclatante du pingouin en or, qu'Ana Maria portait fièrement sur sa blouse blanche, fut bientôt ternie par l'ombre du deuil.

Un matin, en montant dans la voiture d'Ana Maria, Chinco calcula mal son mouvement et frappa légèrement son front contre la rouille du métal. Ana Maria sourit de sa maladresse et ne fit aucun cas de cette insignifiante blessure, car la plaie était superficielle, au point qu'un petit pansement fut suffisant pour contenir le peu de sang qui sortit. Mais le tétanos ne tarda pas à s'infiltrer dans son corps. À cette époque, on ouvrait les premiers égouts de la ville, ce qui avait infecté l'air de spores et de bactéries dues aux excréments de chevaux et de mules qui assuraient encore le transport dans les avenues. Le lendemain, un incendie s'était déclenché dans ses veines, sa mâchoire s'était bloquée, tout son corps s'était raidi comme un morceau de bois, et, au petit matin, Chinco Rodriguez n'était plus qu'une boule de feu. Il vécut des journées entières de délires, naviguant dans un marécage de nausées, la tête livrée à un combat de géants, et Ana Maria crut y voir l'abominable signe de la folie.

Il n'y avait alors à Maracaibo que deux médecins spécialisés en malaria, un anesthésiste, deux dentistes qui faisaient importer des bonbonnes de gaz hilarant, mais quarante-trois chamanes, accompagnés de treize thérapeutes du Saint-Esprit, qui ne se déplaçaient qu'avec des branches de peuplier blanc et des chapelets de sandaraque, répétant des incantations dans la langue yoruba qu'ils avaient apprises de leurs ancêtres, et dont les connaissances n'avaient pas besoin de diplômes puisqu'elles provenaient directement des universités indiscutables des divinités africaines. Un guérisseur de la sierra lui posa une grosse sangsue noire au-dessus de la plaie, épaisse et luisante, longue comme une salamandre, qui se mit à aspirer tout le venin avec une force si diabolique qu'elle perdit toute sa masse, jusqu'à devenir une petite limace sèche comme une gousse de vanille, mourant au bout de huit heures, épuisée d'avoir tant sucé.

À la fin de la semaine, quand tous les médicastres des fermes d'alentour s'étaient relayés à son chevet, proposant tous types de drogues et de saignées aux herbes, le seul résultat fut de lui faire perdre le blanc de ses yeux, ce qui lui laissa une couleur jaunâtre au fond de l'œil comme si on avait déposé sur sa cornée de la farine de maïs. Vaincus, ils se résolurent à livrer cet homme au sort du Seigneur, car ils étaient persuadés que rien ni personne ne pouvait désormais se dresser entre lui et la mort. Pour sa dernière nuit, Mama Concha lui servit un plat de fromage blanc râpé, accompagné d'une banane plantain saupoudrée de cannelle, et lui tint la tête en hauteur pour qu'il puisse avaler quelque chose.

– Il ne faut pas mourir le ventre vide, dit-elle.

Au crépuscule, allongé sur son lit de palmes, il avait perdu tout espoir de guérison lorsqu'il apprit qu'Ana Maria avait trouvé à Caracas un spécialiste en tétanos, qui était en route pour Maracaibo. Mais il ne put jamais rencontrer cet homme, car au même moment la mort vint le chercher sous la forme d'une *tara* couleur nuit, un papillon grand comme une chauve-souris aux ailes déployées, qu'on appelait *sorcière noire*, et qui se coinça à l'angle du plafond un vendredi de pluie, faisant comprendre à tout le monde que José « Chinco » de la Chiquinquirá, le typographe de la rue San José, ne passerait pas la nuit. Un 24 juin, cent vingt-trois ans après la bataille de Carabobo, à 3 heures, Mama Concha fut réveillée par un râle d'agonie dans la chambre et trouva la lampe de chevet renversée, les draps au sol, des livres éparpillés par terre, et au milieu de ce désastre, la bouche ouverte et l'œil vide, Chinco Rodriguez étendu sur le ventre, la *tara* noire posée sur la nuque.

On le veilla dans la maison de San José. Depuis la place Bustamante jusqu'au cimetière, des fleurs plurent sur la foule qui se déplaça pour voir sa sépulture.

Comme il avait des idées progressistes et anticléricales, on évita les obsèques religieuses et les pompes chrétiennes, mais on voulut malgré tout lui organiser des funérailles dignes de sa renommée en faisant venir un homme de foi. Lorsqu'il arriva dans le salon, monseigneur Aquiles Penazca dut se frayer un passage en écartant les gens avec sa croix en bois, jouant des coudes à travers la cohue, pour atteindre la dépouille honorable de ce vieux socialiste, tué par la rouille du capitalisme, tout fripé par les derniers jours de convulsion, le teint pâle et cireux, le corps entouré d'une auréole de jasmins et de grenades séchées. Il fut exposé à la vue de tous, au milieu du salon, à côté d'une table où l'on avait disposé ses outils de typographe, et, pendant les trois jours de veille, personne n'osa demander où était Ana Maria.

Les premières nuits, Ana Maria ne quitta pas son lit et pleura jusqu'à en perdre la voix. Nul n'imagina combien cette disparition la ravagea. Ses sanglots s'entendaient depuis la rue San José jusqu'à la place Baralt, et même le brouhaha de ceux qui envahirent la maison en apportant des présents, même le concert de *gaita* qu'on donna sur le trottoir pour l'adieu de Chinco, même les bourdonnements des voisins qui allaient et venaient dans le salon ne purent étouffer ses cris de douleur.

Trois jours plus tard, Ana Maria sortit de sa chambre. La tristesse lui avait déformé le visage et même sa propre mère ne put la reconnaître. À partir de ce jour, elle porta un deuil si strict qu'elle n'ouvrit plus les volets de ses fenêtres et interdit quiconque de prononcer son nom sans qu'elle ne soit présente. Elle l'habilla, le coiffa, lui croisa les mains sur la poitrine, et ce fut dans ses larmes qu'elle lava une dernière fois son front. Avant que le corps ne soit mis en bière, elle ordonna de réaliser un masque mortuaire en plâtre gris dont les traits épais ne rappelaient en rien la finesse de son visage, mais sur lequel personne n'osa émettre un commentaire, car Ana Maria considéra que ce portrait était parvenu à capturer l'éternité de son expression. Au milieu de la nuit, elle le sortait de son écrin en peau de mouton et le contemplait dans l'obscurité, encore perdue dans un demi-sommeil. Elle avait l'impression qu'il brillait dans le noir.

Elle fit changer toutes les ampoules de la maison afin que l'éclairage intérieur soit moins intense, prétextant que la lumière de sa vie s'était éteinte, et vit dans la pénombre qu'elle avait installée autour d'elle un terreau fertile pour communiquer avec les esprits. Elle appela les morts par le biais d'un médium et fit tourner des tables après le dîner. Un soir, alors qu'Ana Maria avait fait venir dans le salon Babel Bracamonte, le sorcier, qui était arrivé avec des craies pour peindre des triangles au sol et qui allumait des cigares de tabac noir, Antonio mit fin à ces pratiques diaboliques :

– Ton père est mort, dit-il. Si tu veux le faire revivre, sauve d'autres vies.

Pendant quelques jours, elle demeura silencieuse, retenant ses larmes et chassant les mauvaises pensées. Un matin, comme réveillée de cette léthargie, elle résolut de vider la chambre de son père pour se débarrasser, non seulement de ses affaires, mais aussi des encombrements de son cœur. Tía África devait se souvenir de cette matinée où Ana Maria fit irruption dans l'ancienne pièce de Chinco et, sans ouvrir les jalousies des fenêtres, dans l'obscurité de sa douleur, se mit à tout trier, ordonner, jeter, jusqu'à ce que son évocation ne fût plus qu'une pile de papiers et des cartons sentant la fleur de bougainvillier.

Quatre matinées furent nécessaires pour tout évacuer. À la fin, cette thérapie s'avéra miraculeuse. Ana Maria reprit sa force ancienne. Lorsque tout fut vide, avant de quitter la pièce, elle eut le soupçon qu'il demeurait encore quelque chose. Ana Maria pressentait que son père avait caché un trésor dans sa maison, des objets plus personnels, plus intimes.

En tapotant les plinthes, elle découvrit, derrière une latte creuse, une boîte en bois de sapin, une jolie boîte ouvragée, aussi petite qu'un carton à chaussures, dans laquelle il avait rangé ses secrets à l'ombre des regards. Elle était fermée comme une sépulture indienne, scellée par des prières et des sentinelles d'esprits, et quand elle l'ouvrit, elle trouva un intérieur recouvert d'un velours rouge sombre. Il y avait là un clou en or et une patte de lièvre séchée, une mèche de ses cheveux et quelques colliers de famille. Au fond, elle fut attirée par un papier plié en quatre qu'elle reconnut aussitôt.

C'était le mot de la mère Lorenza Casado qui avait déclaré, bien des années plus tôt, qu'elle était un *génie*. Son père l'avait gardé dans cette boîte pendant vingt ans. Elle sentit sa gorge se serrer. Quand elle le déplia, Ana Maria lut ces mots :

Votre fille est une idiote. Elle n'a rien à faire dans cet établissement. Éduquez-la chez vous.

Après la mort de Chinco Rodriguez, Ana Maria et Antonio s'installèrent au cœur de la rue 3H, à quelques mètres de la place República, dans une grande maison où la lumière entrait par cascades. C'était une construction simple qui portait le nom de Ilusión et qu'Antonio rebaptisa Quinta Ana Maria. Il y avait cinq chambres, des meubles en olivier sculptés de méduses et des carrelages en porcelaine. Au fond, une arrière-cour tropicale, aux sols dallés de tomettes peintes en bleu, entourée de caoutchoucs et de monsteras, donnait sur la rue où Ana Maria, le soir, fumait une pipe de tabac brun en fredonnant des chansons d'amour. De là, elle pouvait voir le clocher de la cathédrale la Chiquinquirá et le toit du théâtre Baralt, la pointe de l'épée de Simón Bolívar sur son cheval de bronze et, plus loin, dans les journées claires, la lointaine silhouette du port d'où partaient les embarcations de douaniers avec le pavillon du Panama.

La première nuit, vers 23 heures, ce ne furent pas les moustiques qui réveillèrent Antonio, mais un râle caverneux, qui paraissait venir de sa propre chambre. Il tenta de se rendormir. La plainte revint deux fois, puis, au troisième gémissement, Antonio secoua sa femme pour l'avertir qu'une personne semblait pleurer sous leur lit. Ana Maria, dans un demi-sommeil, le dos tourné, le rassura sans ouvrir les yeux :

– Ça doit juste être quelqu'un qui est mort dans cette pièce il y a longtemps, dit-elle. Donne-lui quelques jours. Ça va passer.

Pour ne plus entendre le mort, Antonio fit construire un lit à baldaquin, avec des panneaux pliables qu'on pouvait fermer la nuit, et quatre pattes d'éléphant en argent massif dont chacune était plus lourde que le lit lui-même. Il couvrit les murs de miroirs pour agrandir la pièce et réfléchir la lumière, mais aussi pour surveiller toutes les allées et venues, si bien qu'il devint impossible de se déplacer dans la chambre sans être vu en un reflet. Ana Maria prit un chauffeur et recruta deux femmes de ménage qui passèrent chaque chambre au peigne fin tous les jours, en laissant dans l'air une forte odeur de sciure et de désinfectant Creolina. Or, bien qu'ils aient tout mis en place pour vivre comme des princes, ils ne restaient guère longtemps chez eux. Vers cette époque régnait à l'hôpital une grande agitation, et ils étaient tiraillés entre le goût de l'hospitalité et celui de leur travail.

– Venez quand vous voulez, clamaient-ils, nous ne sommes jamais là.

Tandis qu'Ana Maria officiait à l'hôpital Nuestra Señora de la Chiquinquirá, portant à son cou, même pendant les plus difficiles accouchements, quatre rangées de perles fines et un solitaire au doigt, Antonio, qui faisait amidonner ses blouses avec de la Maïzena, monta un cabinet dans la rue Carabobo, disposant d'un service nocturne d'urgences.

Un soir, une femme entra dans son cabinet, accompagnée d'un jeune garçon. Antonio, qui finissait d'écrire une lettre, était si concentré qu'il ne leva pas les yeux sur elle et lui fit signe de s'asseoir. Quand elle fut installée devant lui, il jeta un coup d'œil rapide sur son visage. Un air familier éveilla aussitôt son attention, des traits captivants qui lui rappelèrent quelqu'un sans pouvoir la resituer. Il la dévisagea.

– Tu ne me remets donc pas, *hombrecito* ? dit-elle en souriant.

Il ne reconnut pas tout de suite Leona Coralina, la prostituée au crâne tondu du Majestic, car elle avait quitté sa jeunesse provocante à une telle vitesse qu'elle paraissait ne jamais l'avoir vécue. Il la trouva plus fanée que dans son souvenir, avec une tristesse dans les yeux.

Il se redressa en s'excusant : « Comment t'oublier », s'exclama-t-il sous le regard de l'enfant, et la prit dans ses bras avec un mélange d'amitié et de pudeur. Grosse, abattue, fatiguée, il ne restait plus grand-chose de la panthère piquante qu'elle avait été dans l'obscurité des chambres, de cette sirène légendaire dont le nom résonnait depuis Maicao jusqu'à la Barbade, de cette chevelure homérique qu'un gouverneur autrefois avait payée en terrains, et il s'aperçut qu'il avait tout à fait oublié cette femme pendant des années, depuis ce jour déjà lointain où, un matin de mars, elle avait bondi sur son corps d'adolescent avec une passion aveugle.

– Je te présente Oscar, dit-elle en montrant l'enfant de douze ans à ses côtés.

Il était bien trop grand pour son âge. Oscar avait des sourcils noirs épais qui faisaient un pont au-dessus de ses yeux, et des traits rustres, durcis par une colère intérieure, qui marquaient déjà son visage comme un adulte. Une cicatrice coupait son menton en deux, depuis sa lèvre inférieure jusqu'à son cou, divisant le bas de sa figure, et quand il souriait, une vallée de peau s'ouvrait lentement avec la mollesse de la cire. Il était né au temps fastueux du premier Majestic, d'un père inconnu, et de cette mère qui avait dormi avec tous les hommes du monde. La naissance de cet enfant avait marqué durement le corps de Leona Coralina. La peau de son ventre s'était brunie et ramollie comme une feuille morte, ses seins avaient été vidés par l'insatiable et gargantuesque appétit de ce jeune colosse, ses hanches avaient doublé de taille lors de l'accouchement, et Antonio comprit, sans qu'elle dût le dire, que cet injuste destin du corps lui avait fait perdre son hégémonie dans la maison de Lucrecia Montilla.

À quarante ans, elle avait dû renoncer au plus vieux métier du monde pour se consacrer à la vente de figurines de vierges à la sortie des églises. Elle avait trouvé un refuge de paix dans la religion, si bien que le jour où elle commença à sentir de vives douleurs dans le bas-ventre, à droite, comme une dague enfoncée jusqu'au manche, ne sachant où aller, ne connaissant personne, avec un enfant titanesque sur les bras, elle demanda à Dieu d'éclairer son chemin. Le soir même, alors qu'elle enveloppait ses vierges dans du papier journal, elle vit par hasard la photo d'Antonio dans un article et reconnut *el hombrecito*, cet orphelin de *Pela el Ojo* qui était devenu médecin et qui n'avait plus rien à voir avec le gamin timide qu'elle avait connu autrefois pendant la lointaine période du Majestic.

– Leona, dit Antonio après l'avoir auscultée avec douceur, tu as une appendicite aiguë.

Elle l'observa sans comprendre.

– Tant pis, répondit-elle.

– Il faut opérer en urgence, insista Antonio.

Leona haussa les épaules.

– Qu'importe, *hombrecito*. Je n'ai pas d'argent.

Antonio balaya cette phrase d'un revers de la main. Cette nuit d'amour, dix-huit ans plus tôt, avait été payée par anticipation et le souvenir commun de leur jeunesse sauva la vie de Leona Coralina.

Quelques jours plus tard, quand elle se remit de l'opération, les larmes l'empêchèrent de le remercier. Ce fut son fils qui s'approcha d'Antonio. Il était si grand qu'il le dépassait de deux têtes. Il lui tendit une main énorme, carrée, grosse comme un nœud d'arbre et Antonio entendit alors sa voix :

– Docteur Antonio Borjas Romero, j'espère pouvoir un jour vous remercier d'homme à homme.

L'opération de Leona Coralina coïncida avec le début de la dictature de Marcos Pérez Jiménez. On était à la fin des années 1940. Ana Maria, qui avait été appelée par le ministère de la Santé pour devenir présidente *ad honorem* de l'Institut médical d'assistance, s'en rendit compte le jour où elle assista à l'arrestation d'un jeune infirmier de l'hôpital. Nul n'entendit arriver le fourgon de militaires. Des hommes armés déboulèrent en hurlant. Les portes s'ouvrirent d'un coup de pied, des bottes résonnèrent dans les couloirs, de grosses voix vociférèrent des ordres. Trois militaires firent irruption dans le bloc avec une bestialité qui fit trembler les murs et chargea aussitôt l'air d'une odeur de poudre à canon. Ils étaient grands, effrayants avec leurs lunettes noires et leurs costumes kaki, portant des brodequins sales, et installèrent immédiatement un climat de terreur. Ana Maria leur ordonna de sortir.

– Aucune femme ne dit à un homme ce qu'il doit faire, répondit un des militaires.

Ils embarquèrent le jeune infirmier et, depuis ce jour, on ne le revit plus jamais. Ana Maria comprit alors que venait de surgir des labyrinthes de son pays un minotaure terrifiant qui, non seulement obscurcirait les dix années suivantes, mais fendrait la sérénité de sa vie. Antonio, qui oscillait entre les travaux de la maison 3H et la direction du cabinet d'urgences, fut peut-être le dernier à le comprendre. Il venait d'être nommé pour présider le deuxième congrès vénézuélien de chirurgie quand Ana Maria le sortit de son rêve, en lui signalant qu'il ne pourrait rien faire sans l'accord du « petit gros ».

– Quel petit gros ? demanda-t-il, étonné.

– Le nouveau dictateur, répondit-elle.

Marcos Pérez Jiménez se hissa au pouvoir en 1948 par un coup d'État sans soupçonner que, dix ans plus tard, c'est aussi un coup d'État qui devait le détrôner. Il rendit illégaux les syndicats, le Parti communiste, les mouvements étudiants. Il y eut une grève pétrolière, elle fut durement écrasée. Le journal *Tribuna popular* dénonça les prisonniers politiques d'El Dorado, il fut suspendu.

Ana Maria et Antonio constatèrent le changement brutal du pays. Trois ans après le début de la dictature, un mal-être général commença à frapper toutes les couches sociales du Venezuela. Et au moment même où l'on dressait les plans du plus vaste pont du continent au-dessus du lac, pour rejoindre les deux rives et connecter la capitale du Zulia, qui resterait dans les mémoires comme une merveille d'ingénierie de près de neuf mille mètres et de cent trente-quatre piliers, les ouvriers et les paysans,

sans terres ni droits, virent leurs salaires s'effondrer. Les étudiants furent humiliés, persécutés, poursuivis. Jamais auparavant, dans l'histoire politique du pays, on n'avait connu une telle répression, si bien qu'on disait que pas une seule feuille d'arbre ne bougeait sans que le dictateur ait été mis au courant.

– Il faut s'engager, avait dit Antonio à Ana Maria un soir, mais comment ?

Tandis que Maracaibo était réduite au silence et bâillonnée par la censure, Ana Maria passait de longues heures de sa journée dans la maternité à consulter, à assister des accouchements, soignant chaque femme, sans boire ni manger, dévouée à sa vocation. C'est à peine si elle quittait l'hôpital pour se reposer chez elle. Elle s'oublia tant qu'elle perdit huit kilos en quelques mois et les vêtements qu'elle portait depuis sa glorieuse vie d'étudiante à Caracas furent bientôt trop larges pour elle. Les longues gardes nocturnes effacèrent les dernières traces d'adolescence dans son regard, et la pression quotidienne, la fatigue et les cas urgents qui s'ajoutaient à son calendrier déposèrent au fond de ses yeux une détresse souterraine qui rendit les traits de son visage plus sévères. Inquiet pour la santé de sa femme, Antonio la pria de prendre du recul. Ana Maria lui répondit :

– Prenons du repos ensemble. Le monde est fou.

Ainsi, ils décidèrent de rester sous leur pergola, étrangers aux rumeurs atroces d'une dictature qui rongeait le pays, en faisant l'amour avec la précipitation de ceux qui ne pensent pas au lendemain. Vingt ans plus tard, Ana Maria pouvait facilement remonter au souvenir de cet instant d'inspiration et de frénésie, quand elle se jetait sur Antonio au milieu de la journée dans les couloirs de la maison, dans les chambres vides du fond, et se livrait à lui sans protection, défiant les cycles de son corps.

Quand elle tomba enceinte fin avril 1957, elle quitta la direction de son service et résolut de vivre le reste de sa grossesse seule, chez elle, les fenêtres fermées, afin que personne ne vienne s'interposer entre elle et son enfant. Antonio apprit la nouvelle quelques jours plus tard. Il rentrait de l'hôpital un mardi matin après une longue garde et aperçut Ana Maria dans le jardin, couchée sur son hamac, le ventre couvert d'écorces de vanillier et de tiges de camélias.

– Nous allons bientôt être trois à la maison, murmura-t-elle.

Antonio sentit alors son cœur se gonfler dans sa poitrine. Il pointa son doigt vers le ciel.

– Dieu nous donnera un garçon, dit-il, et il sera cardiologue.

Mais Ana Maria lui répondit très calmement, en se couvrant d'un peignoir en soie qu'elle n'enlèverait plus jusqu'à son accouchement :

– Dieu n'a rien à faire ici. Je veux une fille.

Ana Maria renvoya la cuisinière et les femmes de ménage, verrouilla la porte d'entrée et c'est ainsi que, au centre de sa grande maison, elle vécut ses derniers mois de grossesse entièrement seule. Elle circulait dans son arrière-cour comme dans le jardin des délices, traversant des vergers imaginaires avec une lenteur akkadienne, seulement vêtue de sa tunique, en mangeant des feuilles de framboisier et en urinant sur des graines d'orge dont on disait que la germination rapide indiquait l'arrivée précoce de l'enfant. Elle se déplaçait là où elle voulait, à l'heure qu'elle voulait, constatant ses cuisses se remplir d'eau, ses seins de lait, ses hanches s'écarter, si bien qu'elle eut l'impression qu'elle allait accoucher de la première femme du monde.

Vers midi, quand le soleil était au plus haut, elle se réfugiait dans la fraîcheur de sa chambre aux volets fermés et faisait des siestes de quatre heures. Elle rêvait du visage de sa fille, en combinant dans son sommeil les traits d'Antonio avec les siens, mais au prix d'un immense effort d'imagination qui l'obligeait à naviguer dans un océan de bébés qui se confondaient dans sa tête, de centaines de figures à qui elle avait donné naissance à la maternité, et ce songe était plein de bateaux jetant leurs ancres sur l'avenir. Elle apercevait alors l'esprit de Chinco descendre vers elle depuis ses hauteurs messianiques. Elle le voyait tourner dans sa chambre comme une *tara* dans une cloche de verre, voletant jusqu'aux parois sans se heurter. Elle lui parlait de sa fille, du destin qu'elle avait tracé pour elle, en frémissant de joies et de craintes, convaincue que le souffle d'air frais qui se glissait entre les persiennes était une étreinte que Chinco lui envoyait comme une protection.

Au même instant, à la fin de l'année 1957, un communiqué, publié par le Collège de médecins de Caracas, arriva clandestinement à Maracaibo accompagné de deux docteurs de la capitale, Pino Rosales et Parra León. Il était question d'un appel à la désobéissance et à la révolte. Ils entrèrent en contact avec Antonio, dans les premières heures de la matinée, et on lui demanda, par le biais d'un ami, s'il voulait rallier la cause. Antonio, qui avait vu le pays s'effriter, la censure ronger la liberté d'expression, l'Assemblée nationale s'effondrer, accepta.

Le ventre énorme, prête à accoucher, Ana Maria s'engagea avec Antonio. Ils bravèrent les dangers ensemble. Par un élan aussi instinctif que celui qui les avait fait monter dans un train pour traverser le pays et devenir un des plus célèbres couples de Maracaibo, ils s'enrôlèrent dans la rébellion contre la dictature. Ils menèrent des réunions secrètes dans des cliniques, des hôpitaux, des maternités, dirigèrent des séances, firent circuler l'information, facilitèrent les connexions entre militants, cachèrent des combattants et, petit à petit, le goût du risque et de la lutte, qu'ils n'avaient jamais réellement exploré, incendia leur cœur. Nul ne soupçonnait que ce couple élégant, qui allait bientôt enfanter, organisait un trafic de messages, déplaçait de l'argent de sources inconnues, falsifiait des noms et des dates, maquillait des adresses et rassemblait des preuves dans la plus obscure clandestinité.

Ana Maria, enceinte, restait plus souvent à la maison, dans une ombre protectrice. Mais, pour Antonio, ces activités révolutionnaires l'amenèrent peu à peu à prendre la tête du Collège des médecins, ce qui attira sur lui la suspicion de la police nationale. Rapidement, il fut identifié par les services secrets comme l'un des architectes d'une conspiration vouée à renverser le gouvernement et il ne fallut pas attendre longtemps pour qu'on se mît à le traquer.

Parmi les médecins, le bruit courut qu'on le chassait. Il fut caché dans des haciendas marxistes, protégé des regards et des rumeurs, jusqu'au jour où le parti fut dénoncé et qu'il dût fuir vers le nord, vers Sinamaica, plus loin dans les terres. À El Carmelo, il esquiva une descente de militaires dans un entrepôt où il s'était réfugié et, à Cuatro Bocas, il survécut à une fusillade qui éclata dans une ferme d'élevage de caïmans. Au bout de trois semaines, Ana Maria n'avait aucune nouvelle de lui. La date du terme approchait. Dans cette situation si anxiogène, elle craignit que la peur ne lui provoquât un accouchement prématuré, et elle eut le sentiment amer de revivre cette époque horrible où son père avait été forcé à l'exil, persécuté et rendu au silence, comme si l'histoire des hommes n'était qu'une lente boucle qui se répétait à jamais.

Sans le dire à personne, Antonio revint à Maracaibo. Aucun lieu ne cache un homme comme la ville. Déguisé en consul, avec gants et haut-de-forme, conduisant une très élégante Cadillac prêtée par un ami, persuadé que l'endroit le plus sûr est la gueule du loup, il entra par la rue principale, protégé par la foule. Mais, malgré toutes les précautions, après avoir été planqué dans la clinique D'Empaire, la police le trouva la deuxième semaine de janvier, à 1 heure. Il avait travaillé jusque très tard lors d'une réunion de dirigeants syndicaux, quand il vit entrer un jeune militaire armé. Il lui ordonna de le suivre, mais Antonio refusa de monter dans un vulgaire fourgon de police. Il prit sa serviette en cuir à poignée d'argent. Il enfila des gants, se coiffa de son élégant haut-de-forme, et ce n'est qu'une fois habillé comme un dandy qu'il se tourna vers le jeune militaire et, agitant les clés de sa belle Cadillac garée à l'entrée, affirma d'une voix ferme :

– J'irai dans ma propre voiture. Et vous, vous me suivrez.

Voilà comment il se conduisit lui-même jusqu'à la prison du Cuartel Libertador, le bâtiment principal de la poste transformé en cachot, où il fut interrogé le soir même.

– Parlez-nous de ce communiqué que vous avez fait circuler dans la ville.

– Je ne sais pas à quoi vous faites référence, répondit Antonio.

La gifle qu'on lui colla le fit tomber par terre. Il sentit du sang dans sa bouche et des acouphènes dans son oreille droite qui brouillèrent les insultes que le militaire lui lança, penché sur lui. Il remarqua qu'il portait une chevalière au doigt. Antonio se toucha la plaie à l'endroit où il avait reçu le coup et comprit qu'il lui avait fendu l'arcade sourcilière. Comme il ne disait rien, un des soldats se moqua :

– T'es un dur, toi ? Tu vas voir si tu continues à faire le malin avec Amerigo. Lui, c'est un dément.

Il ne vit pas venir le coup de pied qui le projeta contre le mur. Puis une pluie de coups s'abattit sur lui et il eut l'impression qu'ils étaient dix à le battre. On lui défonça les côtes. Plié en deux, au sol comme un chien, le souffle coupé, il se protégea la tête de ses bras. On l'attrapa par les cheveux et on lui assena un coup de poing sur le nez qui fit gicler du sang sur le carrelage. Il rampait à terre, gémissant de douleur, quand il entendit :

– Emmenez-le à la *escuelita*.

La torture de la *escuelita* consistait à asseoir le détenu sur une planche en bois couverte de petits cônes tronqués pendant des heures. Antonio souffrit en silence, tint bon, puis sentit d'un coup son sang affluer violemment à sa tête jusqu'à perdre connaissance. Il se réveilla plus tard, jeté en boule au fond d'un cachot humide, le pantalon déchiré, humilié, comme un chien battu.

Durant cette première semaine en tant que détenu, pendant qu'Ana Maria écrivait des centaines de lettres par jour pour le faire libérer et que Paz Galarraga continuait à lutter dans les hauteurs de la sierra, Antonio demeura dans sa cellule à se répéter la liste des os du poignet pour ne pas devenir fou et à se limer les ongles sur les pierres du mur. En se remémorant son passé, il ne gardait en mémoire que cet instant de bonheur irréductible où il avait rencontré Ana Maria dans une salle de classe, entourée des autres jeunes filles de Missia Alcina, et il se demanda s'il connaîtrait un jour l'enfant qui dormait dans son ventre. Pendant tout ce temps, il avait travaillé comme un forçat loin de chez lui, affairé aux exigences de sa carrière, il lui avait fallu gagner tous les prix et recevoir toutes les distinctions, pour découvrir après quinze ans de profession la supériorité de l'amour.

Le lendemain, deux hommes armés, vêtus en costume militaire, vinrent le sortir comme une bête et le firent passer dans une pièce pour un interrogatoire.

– Tu es un dur ? Tu ne parles pas ? On va voir si tu ne parles pas avec Amerigo. C'est un taré. Ceux qui entrent ici comme des hommes finissent par pleurer comme des enfants.

On le laissa deux heures dans une chambre froide, seul. La peur montait. Enfin, la porte s'ouvrit. Un géant apparut dans un cadre de lumière. Dès l'instant où le tortionnaire entra, Antonio se sentit intimidé par la masse phénoménale de son corps, la force brutale qui en émanait, et la froideur de ses yeux lui firent penser que cet homme était capable de le battre à mort. Il revenait d'une autre salle où il avait conduit jusqu'à l'évanouissement un universitaire lors d'une séance d'une barbarie inouïe. Ses mains étaient encore barbouillées de sang et de touffes de cheveux. Le visage d'Antonio, plongé dans l'ombre de la cellule, n'en sortait que par fragments, par pans mal éclairés. Mais quand le tortionnaire s'approcha et distingua son visage avec plus de lumière, il sembla tout à coup confus.

– Docteur Antonio Borjas Romero ?

Antonio ne s'étonna pas qu'il fût si bien renseigné, mais que la question fût posée avec une telle suavité.

– Oui, répondit-il.

Le regard du tortionnaire s'écarquilla. Il ajouta d'une voix lente :

– Vous avez opéré ma mère il y a dix ans et vous lui avez sauvé la vie.

Il dut se mordre la lèvre, les yeux baissés.

– C'est un honneur d'être devant vous, docteur.

Antonio, qui avait gardé son sang-froid, détailla avec plus de précision les traits de son visage. Jusqu'alors, il n'avait pas eu le temps de bien le regarder. Il fut étonné de remarquer que ses mains s'étaient mises à trembler et vit sa cicatrice au menton. Ce géant barbare était le fils de Leona Coralina.

Il se souvint de ce garçon courageux qui avait attendu la convalescence de sa mère dans les couloirs de l'hôpital avec une patience émouvante, et qui, à la fin de l'opération, lui avait serré la main en lui promettant que, un jour, ils se reverraient.

– Comment va-t-elle ? interrogea Antonio.

– Elle nous a quittés en octobre.

Antonio murmura un « Qu'elle repose en paix », le tortionnaire répondit « Amen » et entre eux se fit un silence fraternel, comme une trêve dans l'aberration du monde, en hommage à cette Colombienne dont les cheveux avaient autrefois provoqué des délires d'amour dans la Caraïbe.

– Que nous est-il arrivé, docteur ? demanda-t-il.

Antonio gonfla sa poitrine.

– Fais ce que tu es venu faire. Je n'ai pas le temps.

Le tortionnaire le fixa longtemps. Il demeura pensif, absent, jusqu'à ce qu'il se mît debout.

– Je n'ai pas connu mon père. Mais j'aurais voulu que ce soit vous.

Il fit demi-tour et se retira. Antonio l'observa quitter la cellule et se demanda quel âge avait ce garçon. Les jours passèrent. Enfermé, démoli, jeté dans l'oubli, le temps fut si long qu'il en perdit la notion. Un silence s'était étendu sur sa vie. Un silence qui l'obligeait à se taire, à renoncer, et tandis qu'il s'habituait à ce nouveau destin, convaincu qu'il passerait son existence incarcéré à rayer les pierres de la prison avec ses ongles, tandis qu'il imaginait les premières contractions de son épouse, le tourbillon d'infirmières s'animant çà et là, les premiers hurlements de douleur, Antonio ne soupçonnait pas que déjà la rue préparait, elle aussi, sa propre délivrance.

Il ne pouvait savoir que, dehors, mille petits événements avaient commencé à fissurer le mur inviolable du régime, que des révélations sortaient à la lumière, que les masses cherchaient à se lever, que les syndicats s'organisaient dans l'ombre, que la lutte renaissait d'un monde enfoui, que tout s'agitait, que tout s'affairait, que tout était possible.

Le matin du 23 janvier 1958, Antonio Borjas Romero, la *doctora* Ana Maria et le dictateur Marcos Pérez Jiménez se réveillèrent comme s'il s'agissait d'une journée de plus dans leur vie, sans soupçonner que l'un serait libéré dans l'après-midi, l'autre se coucherait le soir même avec une fille dans les bras et le dernier dans un autre pays, pauvre et isolé, après avoir échappé de justesse à une exécution.

Ce jour-là, au fond de sa cellule, Antonio était en train d'écraser les fourmis sur son oreiller quand il entendit monter un bruit de Klaxon. Il s'immobilisa, tendant l'oreille, retenant son souffle pour mieux écouter ce miracle, car depuis le début de la dictature il était formellement interdit de klaxonner. Il comprit tout à coup que c'était la voix de la révolte. Le peuple s'était levé, la colère et la frustration avaient débordé, les Klaxon clamaient que

Maracaibo allait se battre. Des premiers cris et des premiers heurts jaillirent d'un peu partout, des éclats et des tirs, des camions démarrant à toute vitesse, des vitres brisées. En l'espace de quelques heures, l'atmosphère s'emplit de crépitations et d'aboiements, de chocs et de déflagrations, et Antonio crut entendre la symphonie de l'insurrection.

Vers midi, les mêmes Klaxon parvinrent aux oreilles d'Ana Maria dans sa maison 3H et lui provoquèrent de brusques contractions.

– Ce sera aujourd'hui, dit-elle calmement.

On l'emmena à la maternité dans des rues en feu. Des pierres et des cocktails Molotov volaient, des poubelles brûlaient, la foule était mitraillée, une guerre civile se livrait. Quand Ana Maria arriva à l'hôpital, elle dut entrer par la porte de secours, car des jeunes avaient mis le feu à une pompe à essence et l'avaient jetée sur le parvis. Le désordre était immense. À 15 heures, la ville s'endiabla. L'école militaire libéra ses hommes, les commandants retournèrent leur veste, l'armée se dressa contre la dictature, et Marcos Pérez Jiménez dut prendre la fuite dans son avion privé, la « Vache Sacrée », avec un tel empressement qu'il abandonna une valise pleine de dollars à l'aéroport.

Ce fut à cet instant, alors que le dictateur était à dix mille pieds d'altitude, sauvé de justesse, qu'Ana Maria dix mille pieds plus bas sentit ses lombaires se déchirer. Elle disparut d'elle-même, presque inconsciente, assaillie tout à coup par un pic de douleur, et demeura seulement dans la pièce, planant au-dessus des sages-femmes et des infirmières, un hurlement semblable à celui d'un homme qu'on poignarde, un appel se mêlant à celui du peuple vénézuélien qui, au même instant, descendait l'avenue principale en criant : « Le dictateur est tombé ! Viva Venezuela ! »

La voix de la rue se fit si forte que, au bout d'une heure, plus personne n'entendait les cris déchirants d'Ana Maria, car tout le personnel médical était agité par les pétarades et par les explosions de joie qui montaient de la façade de l'immeuble, qui entraient dans la salle d'accouchement et qui annonçaient, au milieu des giclements de sang, l'avènement d'une nouvelle ère politique, un nouveau départ, une origine encore à venir. « Viva Venezuela », criait-on. Et cette origine, c'est Ana Maria qui la sortait de son ventre.

Elle parvint à s'agripper avec virulence aux barreaux du lit et à pousser de toutes ses forces. Elle sentit tout à coup le passage de la tête qui lui déchirait les parois internes, « Viva Venezuela », elle sentit cette tête qui entrait dans les riches heures de l'histoire d'un continent, qui émergeait dans le tumulte de la rue, elle sentit cette tête qui lui fit remonter les siècles latino-américains, jusqu'à la conquête espagnole et l'héritage colonialiste des maîtres de la vallée, jusqu'aux empires des prêtres indigènes et les dynasties archaïques, « Viva Venezuela », cette tête qui passait à travers les batailles maritimes du golfe, qui rappelait la plus vieille mémoire des sociétés, remontant le cours des fleuves jusqu'aux temps géologiques de guerres minérales, depuis la splendeur primitive d'un premier lézard pointant son nez d'une coquille préhistorique, « Viva Venezuela », et Ana Maria, qui poussait depuis les sédiments calcaires des sous-sols, éprouva une douleur si intense qu'elle l'entraîna encore plus loin, dans des temps où il n'y avait ni rochers ni sables, ni oppresseurs ni opprimées, ni aurores ni amours, mais seulement, suspendu au milieu de rien, le vide magnifique d'une première étoile.

– Quel prénom voulez-vous donner à votre enfant ? demanda l'infirmière.

Ana Maria s'apprêtait à répondre, quand Antonio fit irruption dans la salle d'accouchement. On l'avait libéré avec fracas, il avait sauté par la fenêtre défoncée, il avait dû courir pieds nus au milieu du désastre, sur des tessons de verre et des braises d'incendie, il avait cavalé comme un possédé pour traverser la ville, il avait monté les escaliers en courant, essoufflé. Il avait deux minutes de retard.

La nouveau-née était déjà dans les bras de sa mère, la bouche collée au sein, et elle ne dégageait aucune odeur particulière sinon un vague relent de bourgeon et de fumigène. Ana Maria tourna sa tête dans la direction d'Antonio et le regarda longtemps dans un mélange de bonheur et d'impassibilité.

Dès l'instant où il franchit le seuil, elle comprit que la prison avait changé son homme. Il portait un vieux costume sale sans chemise, la cravate à la main, et des chiffons coincés sous le bras imbibés du sang de son front. Une barbe épaisse, si noire qu'elle était presque bleue, couvrait son visage depuis la fin du cou jusqu'à la racine des yeux, et lui donnait l'aspect d'un naufragé. Son regard, terrassé par les humiliations et les privations, avait acquis une froideur de fer. Il était plus maigre, plus décharné, plus vieilli, et Ana Maria reconnut chez lui, pour la première fois, les signes du vieil homme qu'il deviendrait. Il serrait dans son poing sa cravate mouillée et froissée avec la même dureté, soucieuse et déterminée, qui se lisait dans ses yeux, et il ne la lâcha que lorsqu'Ana Maria lui tendit sa fille enveloppée dans un lange blanc.

Antonio la prit comme s'il eût tenu dans ses mains une des douze pierres d'Israël. Là, gigotant dans ses bras, elle ressemblait à une nymphe dansant dans un noyau d'olive. L'enfant pesait un poids démesuré, celui d'hier et celui de demain. Ce fut comme la découverte d'une fresque qu'on aurait trouvée après des fouilles, un trésor fermé, tout un monde de symboles à déchiffrer. Antonio, qui avait maintenu jusqu'à maintenant une tension sérieuse et une réserve dans ses gestes, s'affaissa sur ses genoux et fondit en larmes.

– Quel prénom voulez-vous donner à votre enfant ? répéta l'infirmière.

Il ne trouva aucun mot, ni pour sa femme ni pour sa fille, comme si le doux torrent de cet instant l'avait purgé de toute langue. Ana Maria prit alors la parole. Au milieu du vacarme assourdissant de la rue, elle répondit d'une voix ferme :

– Elle s'appellera Venezuela.

Venezuela

De tous les enfants nés ce jour-là, il fut impossible d'imaginer que Venezuela ne serait pas une femme libre. Elle semblait avoir pris la force de la révolte lors de cet après-midi ardent, où un hurlement avait transpercé la ville, la rue pleine d'astres et de désastres, comme si elle concentrait dans le ventre de son prénom la bruyante dignité d'un peuple. Avide et gourmande de tout, elle grandit avec l'élan d'une émeute. Ainsi, petite fille, elle ne connut pas cette période d'effacement et d'abandon à laquelle avait été livrée sa mère Ana Maria au même âge, qu'elle avait traversée comme une sourde, sans saisir le réel, ni la fougue désordonnée du jeune Antonio quand il avait volé une pirogue sur les berges de Santa Rita, mais en elle s'éveillait une faim, un arc tendu, une discipline et une nécessité.

Il fut naturel et indiscutable pour tout le monde que Venezuela serait médecin. Ce destin tracé pour elle découlait d'une telle prophétie et d'une telle confiance que personne ne le mit en doute, et nul ne pensa au poids que pouvaient représenter, pour une enfant, le talent écrasant de sa mère et la renommée éclatante de son père. Un soir, Ana Maria lui offrit la broche du pingouin en or que lui avait léguée sa propre mère, Eva Rosa.

– Il y a des trésors de famille qui n'ont pas de prix, dit-elle. Je suis certaine que tu iras loin.

En prononçant cette phrase, Ana Maria ne pensait pas seulement que sa fille irait loin dans la vie, mais aussi dans le monde. Elle le comprit un jour quand elle la surprit en train de jouer avec un camion en bois qu'elle avait fait rouler dans toute la maison jusqu'à la porte d'entrée, puis jusqu'à la rue, puis sous les voitures de la chaussée, tête baissée, avec insouciance et désinvolture, et qu'elle avait dû aller la récupérer entre les jupes des vendeuses de journaux de la place, car elle semblait capable de continuer son chemin jusqu'à la frontière brésilienne. Tout en elle était action, mouvement, départ, tout en elle brûlait du désir d'explorer, et ce rêve qui pour d'autres n'aurait été qu'un simple passage éphémère de l'enfance resta imprimé, dans l'esprit de Venezuela, comme une nécessité de conquête. Elle s'amusait à lire dans les écorces de bouleaux et de hêtres la forme de villes imaginaires, et elle pouvait s'attarder des heures à interpréter les traces de moisissures et les lézardes des murs, les figurant comme de grands navires perdus dans des fleuves de plâtre.

Cette obsession fut si prégnante qu'un jour, vers ses six ans, sa mère ouvrit devant elle un atlas et lui parla de villes construites au sommet de montagnes et de vergers suspendus du Pérou, de l'ivoire d'Éthiopie et des dialectes de l'Inde, des cérémonies célestes du Népal et des danses des Antilles, des mystères du Japon et des utopies secrètes de Libertalia que Lorenza Casado avait, paraît-il, reproduit quelque part dans les forêts du siècle, elle lui parla des citadelles creusées dans les falaises birmanes, des hameaux au bord des fjords danois, des calanques méditerranéennes, des temples chinois, des marchés sénégalais. Penchée sur la carte avec la concentration d'un horloger, parcourant de son doigt d'insoupçonnables immensités vertes et bleues, Ana Maria indiqua un minuscule point au milieu de rien.

– Nous, dit-elle, on vit ici.

Venezuela regarda le point avec déception. Elle traversa les pays, les mers qui l'entouraient, les côtes qui couraient vers le sud, et elle ne put éviter un sentiment de chagrin. Si elle avait découvert tout une cosmographie dans cette petite tache que lui montrait sa mère, elle ne pouvait imaginer les milliers d'autres qui restaient encore à explorer, à la fois si lointaines et si proches. Elle se sentit exclue, chassée des milliers de villes où fermentaient des univers incroyables, dont les rhizomes continuaient à croître, pendant qu'elle, isolée et retirée de cette richesse, perdait du temps, jour après jour, se sentant de moins en moins à sa place.

Antonio craignit que sa fille ne voulût sillonner le monde trop tôt. Quand elle eut sept ans, il veilla à la sortir le moins possible, afin de lui donner le goût de la patience, le charme contagieux de la solitude. À cette époque, dans la maison 3H, s'était installée chez lui sa belle-mère, Eva Rosa, qui avait fini d'élever ses quatre enfants de trois maris différents. Venezuela se mit à l'appeler tendrement Mama Eva.

Elle était alors dans la soixantaine. Après une vie de linges à laver et de farine à masser, elle était revenue à ses anciens royaumes catholiques, confectionnait des couronnes pour décorer les autels et fabriquait de longs cierges d'un mètre de hauteur. Elle n'avait plus la beauté tropicale du temps de Chinco Rodriguez et de la broche du pingouin. Le temps avait effacé sa splendide légèreté, son cœur passionné, mais elle avait conservé une peau d'une incroyable pâleur, sans une ride, qu'elle protégeait encore du soleil avec un chapeau tressé en osier, tandis qu'elle regardait la rue silencieuse depuis son balcon aux balustrades en métal, comme elle l'avait fait autrefois dans la maison de Papa Zoilo.

Attentionnée et serviable, elle avait dédié sa vie à aider les autres, prenait toujours l'aile quand on servait du poulet et n'avait jamais contredit personne à table. Elle était tellement discrète, tellement transparente, qu'on en venait à se demander si elle n'allait pas disparaître un jour, car elle paraissait s'étioler de plus en plus, si bien que lorsque Venezuela la prenait dans ses bras, elle restait contre elle longtemps, comme si elle voulait la retenir encore un peu et l'empêcher de s'éclipser.

Cette vieille dame toujours bien coiffée, sentant le savon et l'huile d'olive, occupait ses après-midi à remplir des cruches de tamarin et à arroser les bougainvilliers du jardin, et recevait tous les mercredis une voisine après la sieste, dont la fréquentation frivole lui donnait l'impression de rajeunir. Elle s'appelait Zina.

On ne savait pas grand-chose de Zina, seulement qu'elle était fille d'une famille immigrée de Syrie et que, dans sa jeunesse, un producteur de cinéma français, passant par hasard par Maracaibo, fasciné par la vénusté de son regard, lui avait proposé de traverser l'Atlantique pour faire d'elle une célébrité à Paris.

Mais ses parents s'y étaient opposés, persuadés que ce producteur n'était qu'un voyou beau parleur. C'est ainsi qu'elle resta à Maracaibo, contemplant sans révolte les années défiler devant ses yeux, et qu'elle passa sa vie à regarder tous les films français des années 1950 avec une boulimie nostalgique. Ces films en noir et blanc, doublés en version castillane avec un accent de Madrid, rendaient moins vaporeux le souvenir de cet homme qui avait disparu dans les bobines du monde. Comme si les scènes d'amour devant lesquelles elle sanglotait en silence avaient été tournées uniquement pour elle,

elle le voyait dans chaque gentleman de télévision, convaincue qu'il lui envoyait des messages codés par le biais de ces personnages, dans les dialogues qu'elle répétait devant son miroir, le mascara dégoulinant sur ses pommettes.

D'aussi loin que Venezuela se souvienne, la tante Zina avait toujours été là, assise en robe de coton, sur le porche de sa maison, à l'ombre d'un auvent fleuri, à observer vivre le monde sans que personne remarque son existence. Sa peau s'était flétrie, ses seins s'étaient sillonnés, son cœur s'était plissé en une lente ride. Le temps passa, et son âge devint une donnée si approximative qu'elle-même ne pouvait se rappeler avec précision la date de sa naissance. Les gens naquirent et moururent dans les maisons voisines, les gouvernements se succédèrent, l'électricité arriva, les voitures remplacèrent les tramways tirés par des mules, la Vierge de la Chiquinquirá fut couronnée d'un diadème de huit kilos d'or et de saphirs, Carlos Gardel passa par El Teatro Baralt, deux guerres ébranlèrent le monde, on éleva une statue de la reine Guillermina, le pont sur le lac fut inauguré, la capitale envoya la torche qui devait célébrer les premiers jeux Olympiques de Maracaibo, et, au milieu de ce siècle désordonné et noueux, Zina continuait là, immobile et intouchable, assise sous son auvent, vêtue des mêmes robes de coton, songeant à des choses impénétrables. Aucun homme n'avait jamais pu explorer les royaumes muets qui habitaient son silence, puisqu'elle avait pris la décision, le jour du départ du producteur français, de ne se marier qu'avec l'homme qui lui proposerait de traverser l'Atlantique, mais cet inconnu n'avait jamais trouvé les ruelles menant à son cœur et s'était perdu, lui aussi, dans les nœuds de l'histoire.

Plus ou moins à cette époque, elle tomba par hasard sur un article où apparaissait une photo de Claudia Cardinale, sans doute la plus belle femme des années 1960, et apprit qu'elle était passée par une transformation insolite. De garçon manqué, rachitique et osseux, née dans un petit appartement de Tunis, à l'actrice italienne la mieux payée de son temps, elle était devenue en quelques années une des célébrités les plus désirables et les plus riches du monde, rêve de tous les hommes de tous les âges, jalousée par toutes les jeunes filles de la terre, dont les phénoménales mensurations avaient laissé une empreinte si marquante dans les annales de la beauté qu'il fut impossible pour une mannequin, pendant presque trente ans, de ne pas être comparée à elle.

Zina était si plongée dans le mythe de cette femme, naviguant dans une nuée de soirées européennes, qu'un matin nuageux de décembre, alors qu'elle prenait un café avec Eva Rosa dans son jardin, elle aperçut Venezuela qui jouait sur la pelouse vêtue d'une légère jupe en lin et y vit un signe. Elle devait avoir sept ans. Face à la maigreur alarmante de cette petite, Zina se souvint en un éclair de la métamorphose de Claudia Cardinale et devina, dans la silhouette de cette petite fille, un avenir splendide.

Dès lors, elle se rendit tous les jours dans la maison 3H et se mit en tête de soumettre Venezuela, dès le début de la saison sèche, à une préparation physique d'une intensité hollywoodienne, persuadée de pouvoir lui offrir le destin qui lui avait été volé. C'est ainsi qu'elle lui fit prendre des cours de français et d'italien, lui concocta un régime à base de poulet et de concombre, et se mit si bien à croire à son invraisemblable projet que chaque fois qu'elle considérait le corps chétif de la petite Venezuela en train de s'entraîner, son visage s'éclairait de ravissement et d'espoir, constatant les futures rondeurs et les démesures à venir, là où la nature n'avait taillé que des angles droits et des barres parallèles. Pendant de longs mois, gardant ce secret dans l'intimité familiale, elle n'en parla à personne jusqu'au jour où, alors que les enfants se moquaient de Venezuela, elle les avertit :

– Vous allez voir, cette fille sera plus belle que Claudia Cardinale et elle ira à Paris.

Mais la puberté n'épanouit pas le corps de Venezuela comme celui de Claudia Cardinale. Peu plantureuse, assez petite comme sa mère, avec cet air candide qu'ont souvent les jeunesses protégées, sa poitrine demeura encore comme celle d'un chiot, sa taille ne dessina pas de courbes affolantes. Elle parvenait à grand-peine à étoffer ses formes en remplissant ses robes de neuf jupons de linon brodés de volants festonnés et ses soutiens-gorge de pelotes de tissu. Elle ne développa pas cette beauté pompéienne qu'on lui avait prophétisée, mais son charme se voyait autrement, dans le magnétisme de ses yeux, dans sa chevelure noire et bouclée, héritée de sa mère, qui descendait en anneaux sur son dos, et toutes les imperfections naturelles de son visage l'éloignèrent d'un destin dans le cinéma.

Zina, qui avait toujours eu une appétence pour le monde des esprits, certaine d'avoir raison, voulut enquêter sur son futur comme d'autres enquêtent sur le passé. Constatant l'échec de son expérience, un soir, elle prit Venezuela par le bras, traversa la place Baralt, descendit l'avenue Urdaneta, dépassa la rue Carabobo, et se rendit près du Sector Veritas où une voyante qui portait un nom de reine, Catalina Segunda, les fit entrer dans une pièce éclairée de bougies. Venezuela s'attendait à voir une gitane avec de larges créoles dorées aux oreilles et à la bouche tatouée, de celles qui ont l'odeur du camphre et du santal, au lieu de quoi lui apparut une jeune femme d'une élégance méditerranéenne, portant une robe de soie blanche, un diadème de bois en couronne de cerf, ayant l'aspect absent de quelqu'un qui a passé plus de temps à parler avec les morts qu'avec les vivants. Lorsque Venezuela fut devant elle, elle lui tira deux cartes et, d'une voix mélodieuse, ponctuée d'intuitions et de mélancolie, prononça cette phrase énigmatique :

– Tu ne partiras que lorsque tu te libéreras du poids de l'or, dit-elle.

– Quel or ? demanda Venezuela.

– Le tien.

Cette réponse vague ne lui apporta aucun apaisement, mais Zina lui prêta une grande vérité. Elle lui assura que le tarot ne se trompait jamais et, en rentrant chez elle, se prenant au jeu, Venezuela pensa à cet or avec une telle force, une telle constance, qu'elle eut l'impression que toutes les choses s'étaient mises à briller autour d'elle d'une lueur annonciatrice. Dès lors, elle le chercha vainement partout, dans chaque prédiction, dans chaque signe, dans chaque symbole, avec l'empressement d'un chien truffier. Cette obsession la fascina autant qu'elle l'effraya, car elle mesura alors les risques inévitables et cruels de cette quête de l'or, qui étaient profondément ancrés dans la mémoire collective de son pays. Elle ne s'en débarrassa que le jour où elle apprit, pendant un cours sur la conquête espagnole, que Lope de Aguirre, celui qu'on appelait Aguirre le Fou, après avoir assassiné des milliers d'hommes en cherchant le royaume d'Eldorado, avait été découpé à sa mort en dix morceaux, dont chaque partie avait été transportée dans dix directions différentes, et que sa tête avait été enfermée dans une cage de fer à El Tocuyo, pour être exhibée au milieu de la place publique. Elle ne comprit que bien des années plus tard les mots de Catalina Segunda, de quel or elle parlait, lors d'un après-midi de tombola, quand elle déciderait de se défaire à tout jamais de la pesanteur du mythe familial.

À cette période arriva à la maison 3H une vieille femme. Venezuela lisait dans le salon quand elle sentit une présence sous le porche et la découvrit seule, assise sur une des trois marches qui menaient à l'entrée, fripée et triste comme un moineau blessé. Sur ses genoux, elle avait entassé quelques sacs de farine de maïs. Elle avait l'air si malade que Venezuela la fit entrer, croyant que c'était une de ces patientes misérables qui venaient pour une consultation, et la laissa traverser la maison jusqu'au jardin. La vieille femme contempla la splendeur des plafonds, la brillance des miroirs, la grandeur de la cour intérieure et les dizaines de diplômes pendus aux murs qui formaient une constellation de sceaux de cire. Lorsqu'elle se trouva devant Venezuela, elle ne dit pas un mot, impassible, parfaitement droite sur sa chaise, les mains posées à plat sur ses cuisses, observant les candélabres des étagères. Au bout d'un instant, elle émit à peine un son :

– Tonio ?

Venezuela fit appeler son père qui survint dans le salon sans se presser. Il fixa, distrait, la vieille femme, puis un regard d'amour et de tendresse le parcourut avec une telle intensité qu'il dut se mordre les lèvres pour ne pas pleurer. Il se jeta sur elle pour l'embrasser.

– Qui est-ce ? demanda Venezuela, étonnée.

– C'est ma mère, répondit Antonio d'une voix tremblante.

La muette Teresa fut installée dans une pièce au fond qui avait été autrefois le bureau d'Antonio, mais qu'on avait transformée en une chambre d'amis, et dont le mobilier était composé principalement de bibliothèques remplies de livres de médecine en latin. Il la fit entrer avec la distinction qu'on réserve aux grandes dames. Elle s'assit aussitôt sur le coin du lit, le front baissé, prenant le moins de place possible, et il fut impossible de la débarrasser des sacs de farine sur ses genoux. Son corps était si rabougri qu'il ne bougeait pas quand elle respirait, mais on entendait très discrètement un souffle rauque et un petit chuintement qui paraissait venir du fond des âges.

Avant de la quitter, en lui serrant les deux mains, Venezuela lui assura qu'elle était la bienvenue pour vivre avec eux le temps qu'il faudrait. La muette Teresa eut tant de mal à répondre qu'aucun son ne sortit de sa bouche. Elle fit alors quelques signes de la main à Antonio :

– Que dit-elle ? demanda Venezuela.

– Elle dit qu'elle n'est pas venue pour vivre, mais pour mourir.

Deux jours plus tard, un matin de juin, la muette Teresa ne se présenta pas au petit déjeuner.

Antonio attendit, mais Venezuela sentit un présage au fond de l'air.

– Elle ne viendra pas, dit-elle.

Antonio se précipita dans la chambre et trouva Teresa couchée sur un fauteuil à bascule, au centre d'un rayon de soleil, les bras ballants, la tête renversée en arrière, les yeux entrouverts. Il s'approcha d'elle lentement et se pencha sur son visage. Un coup d'œil lui suffit pour comprendre qu'elle était morte pendant la nuit, loin de cette marche d'église où elle avait passé une existence de mendicité, et jamais le regard de cette femme n'avait semblé aussi délivré. Dans le brun profond de son iris, une fine ligne de lumière évoquait jusqu'à l'infini tous ces mots qu'elle n'avait pu prononcer et qui, maintenant, dans le royaume de Dieu, ne la condamnaient plus au silence.

Antonio baisa son visage et ses mains. C'est alors qu'il s'agenouilla à ses pieds, posa sa joue contre sa jambe inerte, et se mit à pleurer doucement en mêlant ses larmes à la farine de maïs. On l'enterra dans l'arrière-cour de la maison, le corps couvert d'un linceul blanc. Avant de fermer sa bouche, on posa sur sa langue une graine de manguier pour qu'il prenne racine là où le corps avait été enseveli, et Antonio reboucha le trou avec un peu de terre froide.

La mort de la muette Teresa coïncida avec une grande période de prospérité pour Antonio. Il se montra actif, entreprenant, décidé. Il prêtait peu d'attention à sa famille, à Ana Maria souvent absente, à Venezuela qui avait déjà treize ans et qui était élevée par Eva Rosa, car toute l'énergie qu'il aurait dû leur consacrer était absorbée par son travail. Avant que le rêve d'une université ne vienne bousculer son destin, Antonio procéda à mille cent trente-quatre opérations et pas un seul patient ne mourut entre ses mains. Des vingt hôpitaux de Maracaibo, il en dirigea six, fut président du Collège de médecins, fondateur de la Fédération de la médecine vénézuélienne, député du Congrès national, survécut aux épidémies d'ankylostome, de paludisme, et pilota l'équipe médicale qui parvint à éradiquer la variole dans toute la région. Tous les matins, le seuil de sa porte était jonché d'enveloppes déposées, d'invitations et de décorations. Le nouveau gouverneur, Wolfgang Larrazábal, voulut lui remettre les clés de la ville, mais Antonio refusa la distinction qu'on lui décernait, et même ses détracteurs les plus virulents reconnurent dans ce geste politique une humilité qui prouvait sa noblesse.

On racontait dans tout Maracaibo des fables et des histoires qui nourrissaient la légende d'Antonio Borjas Romero. On disait que son père était un moine italien qui avait voyagé en quatrième classe à bord d'un paquebot, qui se rendait à Panama pour s'enfermer toute sa vie dans une léproserie, qui avait décidé de passer une dernière nuit avec une femme, et qu'Antonio était né de cette nuit de repentir et de dévotion. D'autres étaient convaincus que son père était un lord anglais, un Chamberlain, un homme de pouvoir qui n'avait jamais le temps, mais qui avait toutefois trouvé une heure pour engrosser une jeune muette, ayant ensuite disparu dans les couloirs du Parlement britannique, en ne laissant derrière lui que deux machines à rouler des cigarettes. Ce qui était certain, c'est qu'Antonio Borjas Romero était devenu un médecin si connu dans la région, un cardiologue si respecté que son nom résonnait dans toutes les villes autour de Maracaibo, de la Guajira à Bobures, avec une aura quasi mythologique.

On l'admirait notamment à Santa Fe, un petit village de tambours et de saints en bois, où vivait Clemente Pájaro, un malfrat légendaire devenu l'homme le plus riche du sud du lac à force de contrebandes de tabac, dont la progéniture était si nombreuse qu'on l'appelait « papa » jusqu'à la frontière colombienne. Selon le récit des coupeurs de canne, la version qui se répétait communément était que Clemente Pájaro était le fils d'une vieille famille *mantuana*, des descendants d'Espagnols, une branche aristocrate de Blancs européens nés en Amérique, enrichis par le commerce du sucre, qui s'était installée sur la côte dans une maison si imposante qu'au milieu de la nuit les navires apercevaient la lumière de ses fenêtres avant celle du phare.

On disait que son père avait été égorgé par un de ses propres domestiques dans un lupanar de pêcheurs, et qu'il avait été retrouvé cinq mois plus tard, de l'autre côté du pays, le corps ligoté comme un coq déplumé. Après sa mort, le jeune Clemente s'était vu retirer la fortune familiale par des oncles diaboliques. Il vécut dans la misère, jusqu'au jour où ses oncles moururent à leur tour, l'un d'une hernie au colon et l'autre poignardé par un jeune amant homosexuel, connu sous le nom d'Alanito.

Clemente Pájaro, qui avait alors quatorze ans, brûla les deux cadavres dans le jardin de la maison dont il restait le seul propriétaire, vendit tous les meubles que sa famille avait collectionnés pendant cinq générations, remplaça les domestiques par des brigands à son service et monta un des plus grands réseaux de trafic illégal de tabac depuis la pénombre de sa demeure, bâtissant sa fortune sur la mort de tous les Pájaro avant lui.

C'est pourquoi, quand une crise de colique néphrétique lui ôta la parole et le fit basculer dans un marécage de fièvres noires, Clemente Pájaro jugea que le seul homme capable de lui toucher le ventre était Antonio Borjas Romero.

En pleine saison sèche, il quitta son royaume de contrebande, longea pendant une semaine les rives du lac, traversa en voiture à chevaux les vallées de Altagracia, et se dirigea immédiatement au cabinet du docteur. Un après-midi de mars, à 15 h 24, à l'heure de la sieste, il se présenta à l'hôpital central de Maracaibo, flanqué de quatre hommes armés. Il entra dans le bâtiment muni d'une paire de revolvers à barillet dans son gilet et une grosse machette, longue de cinquante centimètres, pendue au bout d'une sangle. Il monta à l'étage et lança à la jeune femme de l'accueil :

– Je veux voir le docteur.

Sans même lever les yeux sur lui, elle continua de remplir un formulaire.

– Le docteur est occupé, répondit-elle.

D'un geste calme, Clemente Pájaro sortit sa machette et la posa sur le formulaire. Puis, d'une voix paisible, répéta :

– Je veux voir le docteur.

Alors la jeune femme de l'accueil soupira, dit avec agacement « attendez-moi ici », ouvrit une porte derrière elle et s'avança vers Antonio qui lisait à son bureau.

– Un homme veut vous voir, docteur.

Antonio se tourna vers elle.

– Dites-lui de revenir après la sieste.

La jeune femme haussa les épaules, fatiguée.

– À mon avis, si vous ne le recevez pas, il vous coupera la tête.

Aucune surprise ne parcourut le visage d'Antonio. Il ferma son livre avec lenteur, remit sa blouse blanche et se lava les mains avec un savon qui laissa dans la pièce un parfum de potassium.

– Dites-lui de passer.

Il avait suffi d'un seul coup d'œil à Antonio pour savoir que cet homme n'avait pas dormi depuis une semaine. Il se rendit compte qu'il avait fait un long voyage. Son linge était couvert de la poussière des routes et, sous sa veste, il portait un arsenal qui aurait fait plier tout un quartier militaire. Antonio ne le laissa pas parler. Il ne lui permit pas non plus de se désaltérer, ni de poser ses affaires, et le fit asseoir sur sa petite table d'opération sans un mot. D'un geste ferme et précis, il baissa son pantalon, stérilisa une seringue de morphine, pinça la fesse et piqua d'un coup sec. Clemente Pájaro poussa un petit cri aigu et les gardes qui attendaient dehors entrèrent dans le cabinet. Antonio leur tendit une compresse tachée d'une virgule de sang :

– Donnez-lui du jus de grenade et faites-le pisser.

Clemente Pájaro fut emmené, soutenu par les épaules, et disparut sans payer. Antonio oublia cette affaire jusqu'à la semaine suivante où, arrivant au cabinet, sa secrétaire lui tendit un paquet.

– C'est de la part du bandit, dit-elle. J'espère que ce n'est pas son caillou.

Lorsqu'Antonio ouvrit l'enveloppe, il découvrit les certificats de propriété d'une maison au bord de la mer, dans un village appelé La Rosita. Un mot accompagnait ce cadeau démesuré.

Un caillou vaut bien une perle.

La maison que Clemente Pájaro offrit à Antonio était véritablement une perle. La famille arriva à La Rosita pour la première fois un matin. Une brise tiède venait du large, de Bonaire et Aruba, et agitait les mâts sur le rivage. Là-bas, au loin, d'autres mâts sortaient de la jetée et se distinguaient après la digue, et, plus loin encore, une colline majestueuse d'une forme mystérieuse, bossue, plongeant jusqu'à disparaître à l'horizon, avait à peu près le profil d'une créature marine immense enfonçant sa tête dans les abysses. C'était l'entrée du golfe de Maracaibo.

Les pirogues en bois vermoulu, où des champignons noirs avaient fait éclater les bancs, formaient une file paisible. La Rosita semblait figée dans un temps sans temps. Il ne restait d'elle que le souvenir de son nom, présent encore dans la mémoire de certaines familles bourgeoises qui y avaient construit leurs maisons secondaires, mais qui étaient à présent des châteaux abandonnés. Lors de la découverte du pétrole, les latifundistes et les jeunes célibataires avaient déserté la côte pour aller travailler dans les forages et les mines. Seules demeurèrent quelques familles de pêcheurs, rongées par les épidémies et les désastres, qui se consacrèrent à planter du yucca. Certains étaient revenus. Après des années dans la grande ville, dévorés par la misère et usés par la hiérarchie des hommes, ils étaient rentrés au terme d'un combat perdu, aussi pauvres qu'ils étaient partis, pour reprendre leur place dans le passé.

La maison qu'on leur indiqua trônait au milieu d'un terrain de chèvres et de scarabées métalliques, dressée sur la plage face à la mer, avec la douce menace d'une barque filant à contre-courant. Elle portait le nom de La Enconchada, mais la première chose que fit Ana Maria, avant même de traverser le seuil, fut de la renommer en signant trois fois la porte d'entrée d'un geste de croix.

– On l'appellera Alegría.

D'abord, elle la fit vider des entassements et des vieilleries qui pourrissaient depuis des années dans les chambres, on arracha les mauvaises herbes qui avaient percé le ciment du porche, et remplaça tous les barreaux oxydés des fenêtres par des volets en bois de manguier. Elle ordonna de repeindre les murs extérieurs d'un bleu impossible, comme celui qu'elle avait vu dans un livre qui recouvrait la porte d'Ishtar, vingt-cinq siècles avant elle, pour qu'il se confonde avec le ciel et sema dans le jardin, là où il y avait déjà un cercle de palmiers sauvages, un araguaney qui donna des fleurs jaunes. Livrant une bataille acharnée contre la nature, elle passa trois jours à chasser les araignées dorées qui peuplaient les avant-toits et les cavités des façades en pierre, et boucha les fissures du plâtre où des geckos beige et noir, aux motifs de léopard, avaient installé leur nid. Sous prétexte que les plus belles maisons sont celles qui n'ont pas de serrures, elle fit retirer les loquets des cinq portes, interdit de les fermer afin que la lumière puisse traverser les pièces comme un torrent et installa, sous le porche de la véranda, une lampe à huile, convaincue qu'elle passerait le reste de sa vie à lire la nuit en contemplant la mer endormie.

Le lendemain de leur arrivée, Antonio et Venezuela prirent une pirogue et, au bout de quelques minutes sur les flots, arrivèrent sur une petite île déserte, un rocher solitaire qui surplombait les vagues. C'était un de ces *cayos* dont est parsemée la côte vénézuélienne. On les appelait ainsi, des cals, comme si la pierre était devenue calleuse sur la peau de l'eau, car on n'y trouvait qu'une végétation blanchie par le sel, des arbustes secs plantant leurs racines dans le sable et des nids d'oiseaux migrateurs que les tempêtes emportaient au large.

Les *cayos* avaient toujours été là, dressant leur masse bossue au-dessus des vagues, résistant au vent, comme des dos de géants noyés. Les hommes y débarquaient parfois pour faire une escale lors des longues pêches, accrochant leur hamac au milieu d'un fouillis de branches sauvages, allumant un feu, et, avec le temps, ces pierres avaient pris cet aspect sacré qu'ont les lieux oubliés, témoins lointains du passage des peuples et de leur mémoire invisible.

– Personne ne vient ici, dit le piroguier. Pas un arbre, pas une feuille, pas une fleur. C'est entièrement pelé. C'est pour ça qu'on l'appelle Cayo Pelón.

Antonio regarda autour de lui. Il ne vit rien que de la pierre et de la mer.

– L'endroit est parfait, dit-il. Mais il ne manque qu'une seule chose.

– Quoi donc ? demanda Venezuela.

– Un hôpital.

Antonio se mit en tête de construire un cabinet médical sur ce caillou de terre, au milieu de la mer, écrasé de soleil. Ils firent venir des cartons de médicaments et de matériel qu'ils déposèrent avec Venezuela sur des caisses, des piles d'aspirine et de pénicilline à même le sol. Ils disposèrent une table d'auscultation au centre de la cabane, entre deux rochers boursouflés de fossiles.

Plus tard, vivant à Paris, elle repenserait tant de fois à cette petite cabane médicale au milieu de la mer, où son père rangeait des boîtes dans des tiroirs imaginaires, où il lui donnait ses premiers cours de médecine, dans le vent épais des rivages des Caraïbes, qu'elle avait l'impression de pouvoir tendre la main et toucher ce souvenir. Tant de fois, elle avait revisité dans ses rêves ces instants de complicité et de bonheur durant lesquels ils avaient élevé ensemble la structure en bois, lissé la toile des parois, balayé le sable du sol. De loin, on aurait dit un dépôt de contrebande. La seule chose qui permettait de reconnaître un poste de soins était le drapeau blanc avec une croix rouge installé sur le toit, que Venezuela avait peint de ses propres mains et sur lequel on avait écrit : *Hospitalito de La Rosita.*

Le lendemain matin, alors qu'Antonio se réveillait lentement d'une longue nuit, sa fille entra en trombe dans sa chambre.

– Regarde la mer, cria-t-elle.

Antonio mit longtemps à se remettre de son étonnement quand il ouvrit les persiennes du salon et vit, flottant sur la surface de l'eau, des dizaines de barques stationnées en file indienne face au dispensaire, une longue colonne de pirogues et de canoës qui faisaient la queue à l'entrée du Cayo Pelón.

C'étaient tous les habitants de La Rosita et des villages autour, des hommes et des femmes qui n'avaient pour la plupart jamais vu un médecin, des travailleurs aux visages ridés et aux mains usées par la pêche, des enfants aux ventres ballonnés et aux yeux rouges, tout un peuple silencieux qui avait accouru dès l'aube quand la rumeur s'était propagée qu'un docteur faisait des consultations sur un rocher. Ils n'avaient rien pour payer, sinon leur générosité. Ils apportaient au fond de leurs pirogues des poissons frais et des noix de coco cueillies le matin même, des épis de maïs déjà cuisinés et des paniers de galettes chaudes, de petites tortues capturées et des iguanes dont on avait vidé les boyaux, prêts à être embrochés sur un gril.

Antonio les auscultait, donnait des indications à Venezuela qui, assise sur une montagne de cartons de médicaments, sortait des pilules de différentes couleurs qu'elle leur déposait sous la langue. Comme la plupart des patients ne savaient pas lire, elle avait trouvé une métaphore pour leur éviter de confondre les cachets :

– Le soleil est rouge quand il se lève le matin : pilule rouge, le matin. Le soleil est bleu quand il se couche le soir : pilule bleue, le soir.

Ainsi, le week-end, Antonio devint généraliste de plage, exerçant gratuitement, habillé en short et espadrilles, alors que du lundi au vendredi, il était cardiologue dans le principal hôpital de Maracaibo, couvert d'honneurs et de responsabilités, homme respecté et respectable, ne soignant que la bourgeoisie locale. Aucun déchirement ne rognait son cœur, aucun déphasage. Ce contraste lui permettait de s'apercevoir qu'il ne faisait partie ni de ce monde ni de l'autre, l'un se nourrissant de l'autre, l'un justifiant l'autre.

Un matin, un vieux marin au visage couvert de boue débarqua sur le *cayo*, l'iris cerclé d'un anneau grisâtre. Il avait de petites rétines claires qu'il arrivait à ouvrir plus facilement sous l'eau qu'à l'air libre, ce qui fit croire à Antonio que son début de cataracte, comme un dépôt blanc autour de la cornée, n'était qu'une croûte de sel que la mer avait déposée entre ses paupières. Nul ne put dire précisément si c'était la plongée ou la vieillesse qui lui avaient fait perdre la vue, mais jusqu'au moment où Antonio l'opéra, quand il redécouvrit les couleurs du crépuscule et l'argent des écailles de pagres, il était devenu presque aveugle et ne parvenait à se repérer sous l'eau que par le mouvement des ondes sous-marines.

– Je suis aveugle comme Homère, dit-il.

Antonio ne le reconnut pas tout de suite et pensa que c'était un pauvre homme corrodé par l'ingratitude de son métier. Il devait avoir au moins cent ans. Sa peau exhalait une odeur d'algue et de bateau, ses cheveux blancs tombaient sur ses épaules en tresses épaisses et, dans son regard défraîchi, on devinait l'abandon d'un siècle que ses yeux semblaient avoir parcouru jusque dans ses régions les plus reculées. Malgré son espagnol déliquescent, on aurait cru qu'il parlait d'autres langues inconnues, car les intonations de sa voix avaient la souplesse des dialectes indigènes, et Antonio se demanda s'il l'avait déjà vu quelque part. Il s'enquit de la raison de sa visite, tout en essayant de chercher dans l'abysse de ses traits une ancienne connaissance, mais le temps avait brouillé les pistes sur son visage.

– Regarde ce que je t'ai apporté, dit-il.

Il sortit une machine à rouler des cigarettes et Antonio comprit aussitôt que ce marin aveugle, dévoré par le monde, n'était autre qu'Elías.

Toujours aussi bavard, il se lança dans des récits intarissables de ses voyages à travers les Caraïbes. Il avait transporté des trafiquants de scorpions argentés depuis les îles de la Barbade jusqu'à la Martinique, mais avait fait naufrage au large de Saint-Domingue quand une cage s'était ouverte et la moitié de l'équipage avait succombé aux piqûres.

Dans la baie du Costa Rica, il avait passé un an avec une équipe de chercheurs d'épaves qui plongeaient jusqu'aux abysses pour trouver des coffres perdus de vieux galions espagnols, mais qui ne dénichèrent que des pièces en cuivre de l'époque mérovingienne n'ayant qu'une valeur historique et qu'ils rejetèrent à l'eau. Il disait avoir protégé de sa propre poitrine le corps d'un ministre pendant une visite officielle quand un fou voulut lui asséner un coup de couteau. Il avait profané des sépultures au Guatemala, dormi avec des filles de caciques, remorqué cent pirogues cérémonielles pour les obsèques majestueuses d'un général du Nicaragua, avait été témoin de l'accouchement d'une reine sur une île, avait trouvé un caillou d'or aussi gros qu'un poing dans le ventre d'un tamandua et l'avait perdu en jouant aux cartes au large de la Colombie.

Antonio, qui avait une dette envers cet homme qui l'avait sauvé du Majestic, le jour où il lui avait donné sa lettre pour don Victor Emiro, l'emmena chez lui et l'invita à rester le temps qu'il souhaiterait. Il désigna la chambre où la muette Teresa avait passé ses deux derniers jours. Le capitaine Elías suspendit une moustiquaire et n'en sortit pas jusqu'au lundi suivant.

Un matin, sous un soleil menaçant, alors qu'Antonio était absent, Venezuela vit un vieillard de cent ans, totalement nu, traverser le salon en direction de la cuisine pour se désaltérer. Quand il l'aperçut, il s'excusa d'abord d'avoir bu l'eau sans autorisation, et non de sa nudité, et la salua ensuite avec une élégance et un raffinement excessif, se courbant jusqu'au sol en une révérence délicate, tendant sa main pour baiser la sienne, avec des manières qu'il avait apprises dans les salons de la bourgeoisie andine.

– Qui êtes-vous, *señor* ? demanda Venezuela.

– Je m'appelle Elías Borjas Romero, répondit-il. Je suis ton grand-père.

Mais Venezuela n'eut pas le temps de mieux connaître ce marin édenté, à la langue dévorée par les fables, qui disait être de son sang, car tous les matins au Cayo Pelón, dans la petite cabane au drapeau blanc et rouge, elle était obligée d'assister à chaque auscultation avec une attention religieuse.

Comme il était impossible de concevoir, pour Ana Maria et pour Antonio, que leur fille ne soit pas médecin, elle se mit à croire aussi à ce rêve façonné pour elle. Ses parents lui parlaient des maladies qui rongeaient le monde, retraçant l'histoire des épidémies, le continent effrayant des bactéries, des gens qui mouraient d'un invisible virus au milieu de pays aux terres abondantes, des empires dévastés par l'invasion d'un microbe plus petit qu'un grain de poussière. Venezuela fut étonnée par l'interminable liste des dangers minuscules et imperceptibles, cachés dans les plis de l'air, contre lesquels ses parents livraient une guerre à mort. Ana Maria, plus didactique, savait donner corps à tout cela par des récits et des images. Antonio, plus taiseux, lui faisait suivre le soin de chaque patient pour qu'elle apprenne par l'observation.

Un jour, un homme arriva avec un harpon planté dans la cuisse et Antonio décréta qu'il fallait l'opérer aussitôt.

– Tu seras mon assistante, dit-il à Venezuela. Ce sera ton baptême.

Venezuela devait se souvenir toute sa vie des spasmes violents qui agitèrent le corps de ce pêcheur quand Antonio lui retira le fer, de l'écume blanche sur ses lèvres et des flaques de sang si épaisses que le sable ne parvenait pas à les absorber. Elle se souviendrait jusqu'à sa mort des hurlements de douleur qui se perdaient dans les vagues au large, du regard blafard qui se lisait dans ses yeux. Elle n'oublierait jamais la grimace atroce qui déformait sa bouche, ses poings fermés et tendus qui battaient le vide, sa poitrine secouée de convulsions. Elle repenserait avec horreur, bien plus tard, à cette scène barbare et sale, où ce pauvre homme fut sectionné et vidé comme un poisson, et qui continua de trembler quand on le mit dans une pirogue, sur un brancard fait de joncs tressés, pour le ramener chez lui. Venezuela le regarda passer devant elle, plongé dans une torpeur immobile, pareille à celui d'un mort, la jambe ouverte telle une pastèque, et elle eut envie de vomir.

Antonio, qui avait conclu cette opération comme une formalité matinale, se lava les mains dans la mer, pendant qu'il rappelait à sa fille l'importance de l'hygiène après chaque intervention. Il se releva et regarda l'heure.

– J'ai faim, dit-il. Pas toi ?

Or, non seulement Venezuela n'avait pas faim, mais elle mit quatre jours à retrouver son appétit. Cette scène marqua tout à la fois la fin de son enfance et de la prophétie qu'on avait énoncée pour elle. Troublée par les cris du pêcheur qu'elle entendait encore résonner dans sa tête, constatant avec effroi qu'elle vivait sous le même toit que des bouchers, elle fut si choquée par le carnage auquel elle avait assisté qu'elle développa un rejet catégorique envers tout ce qui touchait de près ou de loin à l'*hospitalito*. Elle ne remit plus les pieds dans la cabane du Cayo Pelón avec son père et, à partir de ce jour, interdit qu'on parlât de médecine en sa présence.

Dans la solitude de son adolescence, Venezuela avait déjà commencé à mettre en place un stratagème inouï pour quitter Maracaibo, plus que jamais attirée par ces terres qu'elle avait aperçues dans les enluminures des atlas de sa mère, quand un frère fit irruption dans sa vie. Un dimanche, vers midi, une femme esseulée, au regard d'une tristesse infinie, fut amenée à la maison 3H, à dos de cheval. Elle était accompagnée d'un garçon de dix ans dont le visage avait la finesse délicate d'un bijou. Elle avait demandé qu'on la dépose devant la porte de la *doctora* et, une fois arrivée, le propriétaire du cheval avait pris l'argent, avait fait un demi-tour et était retourné à son champ. Elle s'appelait Elena. Elle frappa à la porte, dit qu'elle était enceinte de six mois, mais qu'elle sentait que son bébé souffrait. On l'avait rejetée partout.

Le jour même, Venezuela l'emmena voir Ana Maria à l'hôpital. Après une séance d'ultrason, elle signala à la mère que le fœtus avait une anencéphalie et qu'il mourrait sans doute lors de l'accouchement. De plus, la mère traînait un problème de foie et de lupus vaginal, et Ana Maria lui expliqua qu'elle mettait sa vie en danger si elle n'avortait pas. À ses côtés, l'enfant de dix ans ne disait rien. Pour assurer sa survie, Ana Maria décida de procéder à un avortement, mais la Cour suprême prit connaissance de cet acte jugé infâme, et avertit qu'il serait puni par la loi. Le gouvernement soumit dès lors Elena à toutes les pratiques nécessaires pour l'accouchement. On fit une césarienne pour éviter les problèmes légaux. Le bébé naquit mort et, deux semaines plus tard, Elena fut enterrée dans un cimetière local où un pasteur agita un encensoir de bronze qui laissa dans l'air une odeur de terre brûlée.

Il ne resta de ce drame que ce premier enfant de dix ans, au visage parfait. On ne savait de lui que deux choses, car sa mère avait murmuré, juste avant de passer au bloc opératoire :

– Il s'appelle Pedro. Il n'aime pas les aubergines.

Comme personne ne vint le réclamer, et que les orphelinats étaient saturés, Ana Maria voulut le remettre à l'Église qui le refusa à cause de l'impureté de sa mère. C'est pourquoi, ce dimanche, Eva Rosa fut réveillée en sursaut par des coups insistants frappés à la porte. Elle s'habilla d'un long peignoir et se précipita vers l'entrée, croyant qu'une tragédie était survenue, quand elle aperçut Ana Maria, au milieu de la rue, tenant un enfant qui sanglotait sur son épaule, et qui la regardait avec une expression de résignation et de fatalité. Stupéfaite, Eva Rosa les fit entrer dans le jardin. Tandis qu'elle refermait la porte, elle vit tomber une cascade de fleurs d'œillets qui atterrirent sur la tête de l'enfant et dont les pétales formèrent, dans ses cheveux, une auréole de feuillages violets. En voyant cette scène, Eva Rosa eut la sensation que cette apparition participait à une cérémonie divine, mais elle ne put en comprendre la signification. Il lui sembla toutefois évident que cet enfant devait à présent porter le nom de cette fleur, œillet se disant *clavel* en espagnol, de sorte que, quand on l'informa qu'il s'appelait « Pedro », elle répondit comme une promesse :

– On dirait un petit *clavel*. On l'appellera Pedro Clavel.

Pedro Clavel passa ainsi son enfance dans les robes d'Eva Rosa qui prit soin de lui comme s'il fût sorti de son propre ventre. Cette très vieille femme, fatiguée et presque sourde, gardait cette serviabilité innocente qui l'avait accompagnée toute sa vie, convaincue de cette idée selon laquelle on n'a que ce qu'on donne. Personne dans la maison n'était mieux désigné pour élever cet orphelin de Dieu, ce pauvre rejeton de l'amour et de l'injustice, et elle-même ignorait qu'il serait demain traversé par tous les esprits des monts de Chivacoa et fonderait un mouvement révolutionnaire au sud de la cordillère.

Elle trouvait des mots pour ses peurs, des remèdes pour ses blessures, avec un dévouement religieux, en lui prodiguant des prédictions silencieuses. Ayant adopté, sans s'en apercevoir, les mouvements et les intonations de cette vieille dame distinguée, Pedro Clavel montra bientôt dans ses manières une grâce toute féminine. Tandis qu'Antonio travaillait à l'hôpital et Ana Maria à la maternité, tandis que Venezuela lui apprenait à lire et à écrire, racontant à tous l'arrivée miraculeuse de son frère, il se bâtit une connaissance imbattable des arcanes les plus discrets et les plus alambiqués de la nature féminine, ce qui lui valut plus tard des conquêtes enviables pour tout homme. Au bout d'un certain temps, personne ne put réellement se souvenir des circonstances de son arrivée à la maison et, dans la chaleur épaisse des après-midi, seule persista l'écrasante supériorité de l'habitude.

La générosité de cet acte qu'Ana Maria réalisa dans un accès d'altruisme, sans penser aux conséquences, fit le tour de la ville. Tout le monde eut un avis sur cette affaire, et cette histoire attira si bien l'indiscrétion des mères célibataires que le bruit ne tarda pas à courir que la *doctora* Rodriguez avait transformé sa maison en un orphelinat.

Mais ce qui étonna encore davantage le voisinage fut que Pedro Clavel, en grandissant, développa, à la surprise générale parmi les vendeurs de cigarettes et les ânes sur la chaussée, une beauté presque embarrassante. Son profil fin, ses lèvres pulpeuses et bien dessinées, ses dents parfaitement alignées lui donnaient une perpétuelle expression féline.

Sa petite tête ronde se couvrit bientôt d'une intense chevelure noire qui provoqua des nuits blanches chez les jeunes filles et qui le faisait précéder, là où il passait, d'un murmure d'agitation plein de soupirs. Ses gestes lents, ses mains blanches, et ses yeux d'un vert clair, tout à fait inhabituels dans cette partie du monde, finirent par diriger vers lui tous les compliments des voisines :

– *Cristo hermoso*, disait-on en le regardant passer. On dirait un acteur de cinéma.

Au milieu de l'adolescence, à un âge où tous les garçons sont acnéiques et gringalets, il s'allongea au point de dépasser les autres d'une tête, prit une mâchoire carrée qui lui donna un air de guerrier macédonien et se laissa pousser des cheveux bouclés magnifiques, soyeux et épais, ce qui fit de lui, à quatorze ans, le plus beau garçon que Maracaibo ait jamais vu. L'éclat foudroyant de son visage était si parfait que personne, même sa propre sœur Venezuela, ne sut quoi faire de cet être angélique qui semblait être né, non pas d'une femme quelconque, mais des prairies ondoyantes de trèfles empourprés, rougies par le sang d'un dieu, de sorte qu'on se mit à dire qu'il était arrivé au lac de Maracaibo comme autrefois le pingouin de Sinamaica, c'est-à-dire envoyé par des puissances supérieures sur les routes du grand Nord.

Aussi, quand la voisine Zina entra dans l'arrière-cour un matin de printemps et le vit torse nu en train de cueillir des mangues, la vision de cet orphelin raviva une obsession qu'elle avait oubliée depuis l'échec de la préparation physique de Venezuela, pendant près d'un demi-siècle lors du passage du producteur français, et elle se persuada que ce garçon n'avait rien à faire à Maracaibo. Cette fois encore, il lui fut impossible de penser à autre chose. Pénétrée par cette idée fixe, elle fut certaine que Pedro Clavel était promis à un grand destin, car une gitane qui lisait dans les cartes le lui avait prédit par de vagues allusions, et, à partir de ce jour, elle se mit en tête qu'il devait à tout prix rejoindre le vieux continent pour devenir un artiste.

– Ici, il n'y a que des sauvages, dit-elle à Eva Rosa. La France est le seul pays qui saura reconnaître sa beauté à sa juste valeur.

Elle ameuta les voisines qui se procurèrent des revues de mode étrangères, anciennes de vingt ans, où posaient des acteurs étas-uniens déjà morts en smoking noir. Elles l'habillèrent dans un costume de mariage emprunté au boulanger Julito Toronto, le parfumèrent jusqu'à ce qu'il ne restât rien de son odeur naturelle et sortirent toutes ensemble, tenant Pedro Clavel par le bras, endimanchées et excitées comme des collégiennes, en direction de la place Baralt pour lui tirer le portrait et l'envoyer à Paris.

Il fut impossible de ne pas entendre parler de cet événement. Dès qu'elles passaient devant une maison, les gens descendaient sur leurs porches pour applaudir ce cortège prodigieux où l'on montrait un adolescent comme une relique phénicienne, et les vieillards du quartier, attirés par le tumulte de la rue, remontaient à la hâte les persiennes de leur chambre, les yeux pleins de curiosité et de promesses, persuadés de vivre une scène qui serait demain gravée dans les annales glorieuses du cinéma européen.

Une fois les photos prises, il n'y eut pas un seul habitant du quartier qui ne passa par le salon des Borjas Romero sans émettre un commentaire sur les meilleurs clichés dont l'humanité ait été témoin. On demanda à un calligraphe de la rue Mérida, un certain Enrique Desarbres, écrivain picard installé au Venezuela, un homme élégant qui avait publié un roman intitulé *El Paladar* dans sa jeunesse, et qui était le seul être du quartier à avoir son nom imprimé sur un livre, d'écrire au dos des photos le nom de Pedro Borjas Romero, connu sous le nom d'artiste Pedro Clavel, avec une calligraphie si exquise que certains crurent que c'était rédigé en français.

On glissa toutes les images dans une enveloppe blanche, coincées entre des cartons protecteurs. Ce fut une procession titanesque de vieilles dames en robes à fleurs et bigoudis qui se dirigea vers la poste, en un seul bloc, après avoir fait une cagnotte, et qui adressa un colis au Cinéma français, à Paris, France, de la part de toutes les femmes de Maracaibo, État de Zulia, Venezuela.

La réponse de Paris tarda à venir, mais personne ne désespéra. Nul ne mettait en doute que ce n'était qu'une affaire de temps et qu'à l'instant où les photos arriveraient à destination, il deviendrait évident pour tous les producteurs de Saint-Germain qu'un nouvel adonis ferait irruption dans l'art français de la beauté masculine. Les journées se succédèrent, chaque fois plus longues. L'attente s'allongea, s'étira, se dilata, et les femmes se lassèrent de courir en groupe chaque fois que le facteur apparaissait au bout de la rue, portant une sacoche remplie de lettres qui ne leur étaient pas adressées. Elles se fatiguèrent d'imaginer que chaque marin blond qui débarquait au port, et qui se perdait dans les dédales caniculaires des ruelles de la vieille ville, était peut-être un messager mystérieux du cinéma français, de sorte que, trois mois après avoir envoyé les photos, l'espoir de recevoir une réponse fut perdu et plus personne ne parla de Pedro Clavel.

Seule Zina, qui ne voulait pas reconnaître cette défaite publique, se sentant peut-être aussi responsable de ce remue-ménage qui n'avait donné aucun résultat, avança que la lettre s'était égarée dans les enchevêtrements de la poste internationale et qu'il fallait refaire des photos. Mais elle ne parvint pas à convaincre Pedro Clavel. Un après-midi du mois de septembre, alors qu'elle mobilisait à nouveau les voisines pour refaire une cagnotte, Pedro Clavel s'enferma dans sa chambre, muré dans un silence qui le rendait encore plus beau, après qu'il eut pris la parole une dernière fois avec une sagesse inhabituelle :

– Oublions ces photos, dit-il. Il ne faut pas pousser la rivière.

Choquée et triste, Zina voulut l'emmener se faire tirer les coquillages pour lui prouver qu'elle avait raison. Vers cette époque, dans le quartier d'El Saladillo, vivait Babel Bracamonte, le même Indien ténébreux qui avait fait boire du sang de tapir au capitaine Elías, un homme impénétrable, doué d'un magnétisme troublant, qui savait lire l'avenir dans les cauris. Pedro Clavel refusa d'abord, mais Zina insista tant qu'il se laissa guider jusqu'à une maisonnette sombre, aux volets fermés, où se tenait au fond d'une pièce un grand Noir à la poitrine décorée de perles, le regard traversé par une lumière incandescente, avec aux chevilles des bracelets brodés de clochettes qui faisaient un bruit sibyllin.

Dès que Pedro Clavel fut assis, il lui tendit une paire de ciseaux et lui demanda de se couper une mèche de cheveux. Et tandis qu'il murmurait des incantations yoruba, il mit le feu à la mèche, jeta douze coquillages sur un carré de hamac au sol et se pencha sur les cauris pour y lire le message.

– Je vois un voyage, dit-il d'une voix caverneuse.

– Où ? À Paris ? s'empressa de demander Zina qui n'avait pas quitté la pièce.

Babel Bracamonte chercha longtemps dans les cendres. Puis il alluma un cigare noir et se mit à fumer avec frénésie. Le tabac sentait la sueur du front des hommes qui travaillent la terre, les pneus attachés aux proues des navires qui battent le quai, les canons du château de San Felipe, les têtes de géants de pierre au fond des forêts, la peau des truies au soleil.

– Tu partiras vers toi-même, dit-il.

– Est-ce que c'est à Paris ? répéta Zina.

Mais Babel Bracamonte ne répondit pas, car il venait d'être traversé par un courant qui le jeta à terre. Pedro Clavel fut surpris par ce geste brutal. Les yeux révulsés, le sang chauffé, le visage déformé par le diable, il commença à se mouvoir dans la pièce, secoué de spasmes maladroits, violemment arqué en arrière, se tapant la tête contre les murs, écumant des hurlements d'animaux, tout le corps transpercé par un esprit. Il était là, sous les regards horrifiés de Pedro Clavel et de Zina, avec toute sa fièvre et sa fureur, bondissant comme un jeune taureau, le cigare à la main, dansant sur une musique inconnue qu'il entendait dans sa tête et qui paraissait être la seule vérité qu'il puisse comprendre.

La bouche couverte d'une salive brunie par le tabac, le regard chaviré, basculant dans un monde de folie, il ne parvenait pas à calmer ses tremblements convulsifs et des vents ignobles embaumaient la pièce d'une odeur de charogne décomposée. Il était si possédé que les flammes des bougies semblaient grandir, comme gonflées de l'intérieur par un souffle puissant. Zina blêmissait, les bras en croix, tétanisée par ce spectacle, mais ce fut quand il se déshabilla, en glissant sur le sol de terre comme un serpent de feu, montrant un sexe dont la taille avait pris des dimensions démesurées, que Zina se signa, attrapa Pedro Clavel et le sortit en le tirant par le bras.

Quand Pedro Clavel rentra chez lui, il avait la même musique dans la tête. Il ne prêta aucune attention à ce bruit lointain, mais cette révélation vue dans les coquillages le renferma encore davantage en lui-même, et le rendit profondément solitaire. Ce soir-là, il ne put fermer l'œil tant l'image de Babel Bracamonte tournait dans son esprit comme une mouche dans une bouteille fermée. Il l'avait trouvé repoussant, écœurant, sans pouvoir s'en défaire. Pourtant, dans la toile d'araignée de sa solitude, la vision envoûtante de cet homme couvert de perles, au parfum de fumée et de cauris, lui laissait un arrière-goût de fascination. Il avait déjà deviné que ce chamane fou, qui se vantait de lire dans les marécages des miracles, marquait une séparation entre son monde protégé, soigné, sain, et un autre royaume sombre, celui des saints nomades, qui l'attirait secrètement. Plus tard, il conclurait qu'il ne s'agissait pas juste de curiosité maladroite, mais d'une quête mêlée de sacré.

Pendant plusieurs jours, c'est à peine s'il quittait son hamac pour boire et manger. Il ne dormait plus. Venezuela fut la première à remarquer le tourment mystérieux dans lequel l'avait jeté cette rencontre avec la magie noire, car elle connaissait le caractère taciturne de son frère, sa nature inhibée, et la profondeur de son désarroi lui fit craindre le pire.

Au bout d'une semaine, une nuit d'avril, malgré la vigilance de sa sœur, Pedro Clavel bascula dans un état second.

Cela commença vers minuit. Il entendit un chant ancestral monter dans son sommeil, tandis que sa bouche s'asséchait et sa tête creusait un abîme. Quelque chose le posséda tout entier, comme si tout un monde de fantômes et de démons était venu traverser son corps. Il n'aurait pu situer précisément à quel moment il sentit qu'il perdait sa vie à travers sa peau et, tombant de son lit, des convulsions le saisirent, une décharge électrique parcourut son dos. Le chant continuait dans sa tête avec une force lancinante et il crut percevoir dans cette lamentation ancienne le secret de la mort. Il ne put saisir ce message, sa température corporelle augmenta, le délire l'atteignit, et la fièvre envahit son imagination jusqu'à ce que, au milieu de la nuit, un cri strident hurle en lui.

Il eut l'impression de se noyer dans une coulée de lave, s'oublia dans son rêve mystique, subit un obscurcissement total de son esprit pendant quelques heures et ne le retrouva que plus tard, au milieu de la nuit, devant la porte de Babel Bracamonte, qui se tenait assis dans un cercle de jeunes chamanes en train d'éventrer une colombe, torse nu, couvert d'une poudre blanchâtre. Il ne s'étonna pas quand il le vit sur le seuil de sa porte :

– Entre, dit-il.

Pedro Clavel entra. Il ne put jamais réellement se souvenir de son chemin, ni de celui vers la maison du sorcier, mais quand il prit place dans le cercle, il eut le sentiment d'être à l'endroit où sa vie l'avait attendu. Quelqu'un lui fit passer une longue pipe en bois d'olivier d'où émanait une fumée noire. Pedro Clavel fuma sans poser de questions.

– Demain sera le jour décisif du départ, murmurait Babel Bracamonte. Vous êtes désormais prêts à partir.

Les jeunes chamanes fermaient les yeux. La pénombre du soir descendait sur eux et hantait la maison. Ils allaient entreprendre un grand voyage. Pedro Clavel abandonna derrière lui les villes imaginaires et les photos pour les producteurs de cinéma français, oublia les folies nostalgiques de la tante Zina et la maison des Borjas Romero, et rencontra dans un rêve sublime un bébé qui ressemblait à un aigle, enfermé dans une boîte à chaussures, au milieu d'un champ de cannes à sucre, flottant sur un feu qui n'avait pas de fin.

Ce qui l'angoissa le plus dans cette vision éphémère, ce fut d'y sentir comme un pressentiment, une scène encore à vivre dans un futur proche. Il sut qu'il ne pourrait s'en débarrasser qu'en s'y abandonnant entièrement. C'était un vendredi. Le lendemain, Pedro Clavel ne rentra pas chez lui. À 5 heures, il se rasa le crâne. Il se passa les colliers de Changó autour du cou et partit avec les sorciers.

Venezuela ne découvrit son absence que deux jours plus tard quand elle poussa la porte de sa chambre vers 10 heures. Il ne restait sur le lit de son frère qu'un désordre de coquillages et de plumes de colombe. Elle le chercha partout, appela la police, ameuta le voisinage, mais on ne put retrouver une seule trace du départ de Pedro Clavel, au point que certaines vieilles voisines, qui n'avaient jamais pu se débarrasser du souvenir de sa beauté, se mirent à dire : « C'est que cet ange n'avait rien à faire ici-bas. »

Après avoir retourné la maison dans tous les sens, en cherchant fiévreusement un indice pour expliquer sa disparition, la seule chose qui attira l'attention de Venezuela fut les dernières photos du cinéma français qu'elle trouva dans les tiroirs de son bureau. Dès lors, elle fut certaine dans son cœur que, d'une manière ou d'une autre, la pression familiale pour qu'il devienne célèbre avait été la cause de sa fugue. Cette intuition la tourmenta si bien, avec une telle clarté, qu'à partir de ce jour elle ne remit plus jamais les pieds au cinéma du Teatro Baralt et ne considéra les artistes, comédiens et acteurs confondus, qu'avec une hostilité taciturne.

Pedro Clavel se jeta aveuglément dans un monde de sorciers et de possédés, de *santeros* et de *curanderos*. Son corps devint un réceptacle pour recueillir tous les esprits des autels depuis le Magdalena jusqu'à la Guyane, et finit par déclencher chez ceux qui le suivaient une frénésie disproportionnée. À Coro, lors d'un crépuscule orange, dans une montagne infectée de moustiques, il reçut l'Indien Negro Primero qui entra dans son corps avec une vigueur démente, qui le fit bondir du sol où il était couché et lui fit prononcer des paroles dans une langue que personne n'avait jamais entendue. En arrivant à Yaracuy, lors d'une veillée aux esprits, il fut traversé par Gregorio Hernández, le médecin des pauvres, alors qu'il se rendait dans des grottes, accompagné d'une cordée de Noirs en sandales, les dents gâtées, et se réveilla nu dans une mare de vomi, le corps couvert de marques de fouet, la paume de la main calcinée après y avoir éteint quatre cigares de suite. À Ocumare, aux premières heures de l'aube, Simón Bolívar lui transféra une force herculéenne, si bien qu'il fallut huit pêcheurs pour le mettre à terre. À Cata, sur la plage, il se battit une fois contre un taureau. Près de Cuyagua, dans une ferme de rhum, on dit qu'il souleva une vache.

À le voir ainsi, Pedro Clavel n'avait plus rien du sublime garçon à la peau d'albâtre et aux traits fins, qu'on avait autrefois traîné jusqu'à la place Baralt pour le prendre en photo, car, à présent, il ressemblait à un Cosaque sauvage, farouche, le visage fermé et rude, qu'une odeur d'herbes sauvages et de racines de tabac précédait toujours.

Pendant que Venezuela poursuivait ses études, Pedro Clavel découvrait l'humidité infernale des forêts de Santa Inés, les combes peuplées d'arbres géants de Duaca, et les rives boueuses de Valencia où Alonso Díaz Moreno avait autrefois fondé sa première ville. Plus tard, à son retour, il parlerait à Venezuela de son pays, de ce que signifiait son prénom, des kapokiers dont l'écorce était couverte d'épines et qui ouvraient la chaussée en poussant au milieu des rues, des coteaux de San Juan de Los Morros, gardés par des lanerets grands comme des dragons, et des forêts de San Estaban où il avait volé une pierre de Campanero, un pétroglyphe avec des inscriptions indigènes qui représentaient des bœufs et des reptiles, qui serait plus tard volée par un dandy cambrioleur du nom de Rutilio Guerra.

Pedro Clavel voyagea longtemps, bâté des lourdes charges chamaniques et du poids de ses servitudes, jusqu'à ce qu'il ne sente plus ni les muscles de ses épaules ni les pesanteurs de son âme. Il traversait le pays autant que le pays le traversait. On lui apprit à parler la langue de la pluie, à reconnaître les arbres qui donnent du lait. Au bord d'un chemin, il croisa le dernier homme de la région, un marchand de bibelots en céramique qui lui offrit un tesson de poterie où l'on pouvait lire, dans un alphabet mystérieux, un ancien bulletin de vote qui avait condamné un homme à l'exil.

Au bout d'une semaine d'errance, il atteint une plaine si aride que les pierres suaient des gouttes d'eau salée. C'était un plateau où avait été construit un village de maîtres-rhumiers, entouré de champs de cannes à sucre, où l'on disait qu'avaient fait naufrage autrefois le capitaine Henry Morgan et tout son équipage.

Pedro Clavel apprit l'histoire de ce pirate qui avait amassé un trésor si important qu'il fallut deux frégates de trente-six canons pour le transporter jusqu'en terre ferme. Après un naufrage sur la canopée, il s'était enfoncé à pied dans une forêt de lauriers et de caoutchoucs, accompagné d'un esclave métis qui portait sur son dos un coffre en chêne, scellé de douze clous et d'une serrure d'argent. Au quatrième jour, Henry Morgan avait ordonné de creuser un trou et fait descendre le coffre grâce à des cordes de navire. Ensuite, il avait tué l'esclave, lancé son cadavre dans la fosse, afin d'être le seul à connaître l'endroit exact du butin, et juré de revenir un jour le récupérer.

Mais quelques mois plus tard, Londres avait signé l'ordre de poursuivre les Frères de la côte et il avait dû fuir de port en port, à la Barbade, en Martinique, à Maracaibo. Il avait été jeté en prison en Angleterre, puis gracié, anobli, nommé gouverneur général de la Jamaïque. Ainsi, les devoirs politiques, les vieilles tentations de la flibuste, l'alcoolisme et l'œdème avaient si bien consommé son existence qu'il n'était jamais revenu et le trésor était resté enfoui là, à dix pieds de profondeur, entre des monceaux d'humus et le cadavre d'un esclave, conservé dans les mythes qu'on trouve dans le sucre noir des Caraïbes.

Dans ce village, près d'une ferme de distillerie adossée à une hacienda, il fit la connaissance de Diana del Alba, une brune maigrichonne, très discrète et introvertie, au visage candide et aux yeux couleur miel, qui baissait le regard quand on s'adressait à elle.

Son teint d'ambre sombre lui plut aussitôt. Pedro Clavel, sûr de sa force, n'eut pas besoin de lui faire la cour, car la beauté renversante de son visage, éclairée par la flamme des âtres et les éclats tremblants des lampes à huile, cette aura irrésistible qu'il avait conservée malgré son passage dans les profondeurs de la magie noire, remuèrent dans le cœur de Diana del Alba les songes les plus fantastiques. Ils s'aimèrent en cachette, comme deux fugitifs, enlacés l'un l'autre dans les celliers pleins de tonneaux ronflants, là où des histoires de spectres et de fantômes hantaient encore l'haleine des contes, et il dut reconnaître que cette fille timide, qui semblait avoir peur de tout, possédait toutefois dans l'intimité une érudition et une habileté babyloniennes.

Lorsque Diana del Alba, s'apercevant du retard dans son cycle, constata des nausées inhabituelles et vit son ventre grossir lentement, elle sut qu'elle ne pourrait pas garder cet enfant du secret. Le jour même, elle alla voir sa mère et lui raconta tout.

Sa mère resta imperturbable, comme une statue d'ébène, ne formula aucun reproche ni aucun jugement, mais éprouva une colère muette contre ce chamane violeur et regretta que se fût perdue la tradition amazone de castrer tous les hommes dès l'entrée dans le territoire des femmes.

Ravalant toute sa honte, elle garda son calme et lui dit : « On verra ça demain. » Le lendemain, elle prit sa fille par le bras et l'emmena à La Victoria, un village qui se tenait à quelques kilomètres, un peu plus au sud, où habitait sa sœur. Elle laissa sa fille enceinte aux soins de cette vieille tante, là où personne ne viendrait la chercher, et retourna chez elle. Deux jours plus tard, un matin, lorsque Pedro Clavel s'inquiéta de ne pas la voir, elle lui répondit :

– Je l'ai amenée chez ma sœur. Elle avait besoin de prendre l'air.

Durant neuf mois, sa mère refusa d'aller lui rendre visite et étouffa les rumeurs du village en répétant que sa fille était simplement fatiguée. Plus personne ne posa de questions, et le temps de la grossesse passa sans remous. Lorsque le terme arriva, la mère fit de nouveau le chemin jusqu'à La Victoria et assista seule à l'accouchement.

Elle sortit du corps de sa propre fille un bébé de deux kilos et demi, qui naquit les yeux ouverts, dont la couleur rappelait le bois des tonneaux de chêne. Toute froissée et recroquevillée, elle était recouverte d'une huile noirâtre, comme si tous les esprits et tout le tabac de son père s'étaient déposés sur sa peau. Diana del Alba était si abasourdie qu'elle tanguait encore dans son lit, quand sa mère lui retira l'enfant des bras.

– C'est une fille, dit-elle. Mais je t'interdis de la nommer.

Sans même prendre le soin de la nettoyer, alors que la nouveau-née hurlait encore, cherchant un sein imaginaire dans l'air, elle l'enferma dans une boîte à chaussures et sortit de la maison. Elle se dirigea d'un pas décidé jusqu'à une plantation de cannes à sucre, s'enfonça en poussant devant elle les feuillages coupants et la déposa au milieu.

– Ce n'est pas contre toi, petite. La vie est compliquée.

C'était la saison des brûlages. Le lendemain, on mit le feu au champ de cannes pour faciliter la coupe, se débarrasser des mauvaises herbes et déloger les serpents. Personne n'entendit les cris du bébé qui était encore en vie, au milieu des feuilles, dans la boîte à chaussures. Seul un chien appelé Oro, aboyant vers les flammes, qui était venu avec un chercheur d'or qui répondait au nom de l'Andalou, sentit une présence en danger.

Il fonça dans l'incendie et réapparut, fumant de partout, la boîte entre les mâchoires. À la surprise générale, on découvrit à l'intérieur une enfant couleur café. On la donna à la famille Otcro. Et cette fille du secret, cette fille qu'on avait essayé d'assassiner la veille, qui garda jusqu'à la fin de sa vie une marque de brûlure sur la tempe comme la cicatrice de sa malédiction, naquit miraculeusement une deuxième fois sur cette terre de batailles et de rhum, sans que jamais Pedro Clavel apprenne son existence. On la nomma Eva Fuego.

Au moment même où Pedro Clavel quittait la plantation de rhum, une guerre éclatait de l'autre côté du monde, à onze mille kilomètres de distance, sur la péninsule du Sinaï. Ce conflit, qui n'avait aucun lien avec le Venezuela, provoqua un embargo pétrolier sur les pays riches et augmenta le prix du baril dans les Caraïbes à des niveaux vertigineux. En moins d'un an, la « petite Venise » devint la « Venezuela saoudite ».

À Maracaibo, les premiers signes de cette période prodigieuse et trompeuse apparurent lors d'une intense urbanisation, quand on vit surgir du néant, en l'espace de quelques semaines, l'avenue Padilla, l'avenue Libertador, l'autoroute 1, le Paseo Ciencias et le stade de base-ball, au point que, lorsque les gens sortaient dans la rue, ils pensaient qu'on les avait déplacés pendant la nuit dans une autre ville. Très vite, des familles qui n'avaient jamais traversé la frontière se mirent à voyager avec leurs chauffeurs privés et leurs femmes de ménage, leurs nounous et leurs cuisinières créoles dans des navires de croisière où l'on dînait à la chandelle, en écoutant des récitals de piano à queue, puis rentraient les bras lourds de valises neuves, pour se concentrer dans ce bout de terre où la surconsommation était devenue une loi.

Cette croissance fut si paradoxale que, du jour au lendemain, on pouvait s'acheter une voiture avec trois mois de salaire au même moment où la ville élargissait ses trottoirs pour l'installation de réverbères. Tandis que les Cubains débarquaient des navires en fer de Mariel, tandis que les Salvadoriens fuyaient la guerre civile, tandis que les Colombiens étaient chassés par les Farc, tandis que les Nicaraguayens subissaient la dynastie des Somoza, trente mille Vénézuéliens possédaient déjà leurs résidences secondaires à Miami et n'avaient qu'une seule phrase à la bouche :

– C'est pas cher, donne-m'en deux.

La rumeur de ce phénoménal essor, ses contrats et son hospitalité légendaire, franchirent les frontières et attirèrent les investisseurs parmi les plus féroces. Bientôt débarquèrent des monnaies étrangères venues se mesurer dans la splendide arène des marchés et, comme autrefois dans le royaume de Lydie, on répandit le *bolívar* frappé de l'emblème de Simón Bolívar dans tous les coffres de l'Amérique.

Sur le vieux port où sa statue avait été déposée bien des années auparavant, on vit arriver des industriels, des entrepreneurs, des banquiers, des ingénieurs, et même des acteurs de cinéma, tous se déplaçant dans des voitures pareilles à des palais sur roues, aux intérieurs plaqués argent, aux vitres teintées d'un bleu royal et aux sièges capitonnés de duvet de cygne. Sur les terrasses, des avocats volubiles et exubérants parlaient avec de grands gestes, prononçant des sommes d'argent encore impensables dans la ville, mais aussi de jeunes architectes européens à qui on avait donné des chèques en blanc pour bâtir des édifices mésopotamiens, au bord d'un lac où les pêcheurs tiraient encore leurs filets à la main. Tout le monde dut s'habituer à cette nouvelle économie. Les semailles et les récoltes étaient désormais soumises à la libre concurrence, sans seuil ni plafond, chaque paysan pouvait s'appauvrir ou s'enrichir en fonction des nouvelles lois du marché, y compris ceux qui creusaient encore leurs sillons à la force des bœufs. Les indigènes de la sierra furent contraints de prendre le train en marche. Ils se mirent à boire des boissons gazeuses, car leur distribution en masse les rendit moins chères que les bouteilles d'eau. On importa tout, les goyaves, le riz, le café, le maïs, le sucre, tout ce que cette terre si riche était capable de produire, avec une démence dévoratrice et arrogante, si bien qu'on crut que la province de Zulia était devenue brusquement le centre du monde.

Les habitants de Maracaibo n'eurent pas l'occasion de freiner cette invasion barbare, pas plus qu'ils ne l'avaient fait lors de la découverte du pétrole. À l'instant où ils avaient commencé à se plaindre, lassés par la difficulté de se loger dans leur propre ville, déjà les Italiens avaient ouvert des trattorias sur les avenues principales selon la mode napolitaine, les Colombiens avaient installé les premières discothèques, les Chinois avaient occupé le marché des magasins d'alcool, et les rues s'étaient transformées en un supermarché géant de produits de luxe, de magasins de beauté, d'épiceries fines, encombrées de familles de nouveaux riches qui se donnaient des airs d'aristocrates.

Dans le Club Alianza, la philharmonie de New York donna un concert historique. Sur la jetée, on fit venir le plus grand marteau piqueur du monde. Dans le centre, on vit surgir des gratte-ciel en verre, là où autrefois on trouvait les maisons en pierre sèches d'El Saladillo, mais aussi les meilleurs restaurants français de la région, au point que des Français eux-mêmes confirmèrent que les garçons de café métis, bien qu'ils n'aient pas les codes parisiens, avaient adopté une mauvaise foi comparable à ceux de Saint-Germain-des-Prés. Le Venezuela devint le premier consommateur au monde de whisky écossais et, en l'espace de cinq ans, on construisit trente mille kilomètres de route.

Ce fut un assaut si envahissant et si brusque que, les premiers mois, on n'entendait presque plus parler espagnol dans les bars et il suffisait de quitter Maracaibo deux semaines pour revenir sans la reconnaître, car de nouveaux immeubles poussaient comme des champignons et les centres commerciaux, hauts et imposants, avaient remplacé les allées de manguiers plantés pendant la dictature de Pérez Jiménez.

Une seule personne ne fut pas troublée par cette agitation. Venezuela était alors déjà une jeune fille sensée et intelligente. Indifférente aux troubles agitant le pays, elle n'avait pas une vocation aussi claire que celle qui avait guidé la jeunesse de ses parents, mais elle était certaine que son destin serait à leur mesure, sans devoir suivre leur exemple.

Du jour de sa naissance jusqu'à cette matinée sinistre où son père avait découpé la jambe d'un pêcheur, elle avait enduré le poids de leur volonté, se pliant à l'image qu'ils se faisaient de son avenir. Cette insistance eut l'effet contraire et, dans la solitude de la maison, désormais dépeuplée, Venezuela vivait selon ses choix. Occupé par la direction de l'hôpital, Antonio ne passait chez lui que pour se changer et dormir, traversant les pièces comme un spectre, étranger à tout ce qui s'y déroulait, sans soupçonner le moins du monde que sa fille bâtissait elle aussi un temple en silence. Ana Maria, quant à elle, employait tout son temps à la maternité et à se déplacer dans d'autres collèges de jeunes filles. Comme Eva Rosa se trouvait reléguée dans les impasses d'une vieillesse insondable, confectionnant des couronnes pour ses autels et des cierges pour les morts, Venezuela circulait dans cette maison comme si elle vivait seule.

Dès lors, elle eut tout le loisir de couvrir les murs de la maison de cartes postales représentant Paris et d'affiches où l'on voyait la tour Eiffel sous tous les angles possibles. Sa passion pour la France transforma la maison 3H en un magasin de souvenirs parisiens, et elle aurait obligé tout le monde à parler français si, un matin, n'était venu frapper à la porte un fantôme du passé.

Fin de mars, en pleine canicule, un homme fit irruption dans le jardin. Venezuela le trouva presque caché entre les larges feuilles des monsteras, vers 11 heures, entre les baquets de bougainvilliers et les constellations violettes d'œillets, et découvrit un brun splendide, bien plus grand qu'elle, aux épaules carrées et au regard irrésistible, qui lui sourit avec une familiarité surprenante. Malgré sa voix et le mouvement de ses mains, elle mit quelques minutes à comprendre que cet homme au regard vide, à la peau cuivrée et aux cheveux coupés à ras, n'était autre que son frère, Pedro Clavel, qui avait survécu aux venins des crapauds jaunes du plateau guyanais et aux appeaux de l'esprit.

– Pedro, dit-elle en le prenant dans ses bras. Tu es revenu.

Personne, pas même Venezuela, ne savait grand-chose sur lui. Il était plus haut que quand il était parti, avec un air distrait, une attitude évaporée, un spleen d'anachorète et comme une lueur morose dans ses yeux qui lui donnait un air évanescent.

Des rumeurs couraient à son sujet. Lassé de batailler contre ses démons, après une vie de chamanisme et de fêtes noires, il avait vu la misère des campagnes et des villages abandonnés, et avait voulu combattre les hommes. Il avait fondé des mouvements de résistance dans les montagnes avec les Colombiens, était descendu par l'Équateur en attirant des militants dans des syndicats, avait traversé le Pérou dans un voyage irréel, puis s'était enrôlé au Chili dans un mouvement d'extrême gauche révolutionnaire, le MIR, avec la même fougue dont il avait fait preuve quand il était parti avec les sorciers. Le coup d'État de Pinochet le trouva près de Santiago, alors qu'il cachait des armes dans un domaine viticole, et il fut arrêté, torturé, enfermé, puis libéré. Après avoir parcouru de nombreuses villes pendant cinq ans, on prétendait qu'il avait, comme Lénine, plus de soixante pseudonymes, que lui-même ne pouvait se souvenir de son vrai nom et, après sa mort, le nombre de ses identités s'était tant élargi qu'on continuait de l'appeler différemment dans trois pays.

– Qu'as-tu fait tout ce temps ? demanda Venezuela.

Pedro Clavel sourit. Il avait encore en mémoire les contrées dévorantes et le fleuve noir de la révolte.

– Je pourrais essayer de raconter mon voyage, mais ce serait comme décrire l'océan en disant que c'est simplement de l'eau avec du sel.

Venezuela allait lui demander combien de temps il comptait rester, mais Pedro Clavel devança sa pensée.

– Je ne resterai pas, déclara-t-il. Je dois partir.

– Où ?

– En Europe, répondit-il. Peut-être Paris.

Venezuela se tut. Paris, cette ville ronde comme une tache de larme, traversée par une ride d'eau, dont elle avait pu apercevoir la silhouette dans l'atlas de sa mère, continuait de la hanter. C'était là qu'elle vieillirait.

Pedro Clavel s'en fut le lendemain, sans un bruit, comme il était revenu, et la seule chose qui permit de dire qu'il avait véritablement dormi dans la maison 3H fut le hamac qu'il laissa pendu dans sa chambre, tel un vestige de vie passée. Malgré la brièveté de son passage, il creusa une empreinte profonde dans la solitude de sa sœur. Son imagination, nourrie seulement des fables de Zina sur Paris et des échos lointains, la tourmenta au point qu'elle ne put supporter l'idée de passer une minute de plus à Maracaibo, et elle ne calma l'ennui que réveillait en elle cette ville de fausses richesses et de parades de saints, pressée de rattraper son retard dans une course ridicule vers la gloire, que lorsqu'elle prit une décision sur laquelle elle ne revint jamais jusqu'à sa mort. Comme son frère, il fallait partir.

Elle n'oublierait jamais cet après-midi où elle se rendit dans la chambre de sa mère et, sans rien laisser paraître, se tint devant elle, une phrase lui brûlant les lèvres. Elle savait qu'Ana Maria refuserait de la laisser quitter Maracaibo. Elle savait que dans cette maison immobile, où la sédentarité était devenue loi, les sentiments nomades n'avaient pas leur place. Les œillets du jardin, le hamac blanc, les cent miroirs dans la chambre, le portrait de Chinco au mur, la louche pour servir, la carafe verte en forme de poisson, ces mille choses de sa maison, tout cela ne la laisserait pas partir. Et pourtant, assise sur un fauteuil à bascule, observant les mille vieilleries, sentant à plein nez l'odeur entêtante du passé, Venezuela imagina avec un plaisir presque pervers le chambardement que provoquerait sa décision et cette idée la fit sourire. Sa mère le remarqua.

– Pourquoi souris-tu ? demanda-t-elle.

Venezuela ne souhaita plus faire semblant.

– Car je veux partir à Paris, dit-elle. Et je suis encore dans cette chambre.

La surprise figea Ana Maria. Elle regarda sa fille avec une expression de trouble et d'affolement, et elle ne put s'empêcher de penser à Pedro Clavel dont la brusque disparition était restée marquée comme une cicatrice.

– J'ai déjà perdu un fils, répondit-elle, je ne perdrai pas ma fille.

Venezuela resta plantée devant elle, sans bouger, sans parler, les yeux fixés dans les siens. Ana Maria ajouta :

– Tu verras ça avec ton père.

Or, Antonio n'était jamais à la maison. Venezuela dut prendre un rendez-vous, comme si elle avait été une patiente quelconque, pour avoir une demi-heure seule avec lui. Il la reçut dans son immense bureau, au centre d'une pièce climatisée, où il avait fait venir des meubles de France, une sculpture représentant deux serpents autour d'une baguette de laurier, ainsi qu'un bas-relief figurant Socrate levant sa coupe de ciguë devant ses disciples. Il portait une blouse sur un costume à cravate, une léontine accrochée au col par une broche, et, à le voir ainsi, on eût dit que jamais cet homme n'avait fait autre chose que diriger une institution, qu'il ignorait tout de la misère, et que son port altier et son air réfléchi n'étaient bâtis que pour le climat rigide des hôpitaux.

Venezuela parla d'une voix claire, assurée, comme si elle s'adressait au docteur plus qu'au père.

– Je veux partir à Paris.

– Tu n'iras nulle part. Ton destin est ici, avec nous, à Maracaibo.

Cette réponse glaça Venezuela. Elle ne comprit pas comment on pouvait apprendre à parler aux enfants pour ensuite ne pas écouter ce qu'ils avaient à dire. Mais, de toutes les personnes de la maison, Eva Rosa en fut la plus choquée lorsqu'elle s'aperçut que Venezuela n'était pas rentrée ce soir-là, ni la nuit suivante, si bien qu'elle se mit à croire qu'elle avait été contaminée par la maladie des esprits de Pedro Clavel et qu'elle ne reviendrait que des années plus tard, la tête remplie de rites chamaniques. En réalité, elle était partie se réfugier à quelques mètres seulement de chez elle, dans la maison mitoyenne de Zina. La vieille Syrienne, qui avait appris à déchiffrer ses silences depuis l'époque de sa préparation physique, fut la seule à comprendre la déchirure qui saignait dans son cœur.

– Les parents se trompent aussi, lui avait-elle dit. Je leur parlerai.

Antonio et Ana Maria ne voulurent rien entendre. Pendant un temps, Venezuela continua d'osciller entre la résignation et le doute. Échouée sur les rivages de la tristesse, voguant à travers ses peurs, elle en avait presque oublié la raison de ses inquiétudes, résignée à rester à Maracaibo toute sa vie, à faire des études de médecine et à opérer des marins ivres sur les *cayos* de La Rosita, lorsqu'un événement anodin, une matinée d'avril, lui donna une idée qui allait changer le cours de sa vie.

Ce fut lors d'une vente de charité à l'école de Santa Sofia. Dans l'enceinte principale, vers 10 heures, Venezuela avait acheté un billet de loterie, et avait gagné avec son numéro une mante brodée de dentelles blanches et trente *bolívares* à dépenser dans un magasin d'objets pieux.

Cette idée l'inspira assez pour organiser une tombola, dont le lot serait sa liberté. Malgré l'autorité naturelle qu'imposaient ses parents, il fallut bien qu'elle fît quelque chose pour prouver qu'elle était la fille de deux obstinés. La semaine suivante, elle plaça élégamment la broche en or du pingouin dans un petit écrin en nacre et mit à la loterie ce bijou familial que ses aïeux s'étaient passé de main en main, depuis ce jour où le pêcheur Martín Gámez avait trouvé un pingouin sur la plage de Caimare Chico.

Dans les couloirs du lycée, elle vendit des numéros pour le tirage au sort, en présentant sa broche comme s'il se fût agi d'un joyau de la couronne, détaillant son alliage de métaux précieux, de vermeil et d'émeraudes, la sortant de son sac avec une précaution japonaise comme si elle montrait l'arme d'une conspiration. Les étudiants observaient étonnés cet objet étincelant, cette étrange bête qu'on avait immortalisée avec un œil de rubis, et Venezuela mit tant d'insistance et d'acharnement pour les convaincre de participer, supplia avec tant de zèle, fit preuve d'une telle imagination de conteuse que, petit à petit, elle réussit en deux semaines à récolter une fortune qui lui aurait permis de faire le tour du monde.

Un mercredi des Cendres, elle rassembla tous ceux qui avaient acheté un ticket dans le patio du lycée, et fit tirer au hasard un numéro d'un bocal. La journée était brumeuse. Quand elle annonça le gagnant, un jeune homme leva les mains dans la petite assemblée et s'approcha sous de timides applaudissements. Il s'appelait Bertrán Levrero Parra. Ses parents étaient arrivés avec les immigrés de la bulle pétrolière, et il se destinait à évoluer en tant que joueur d'échecs dans les tournois caribéens. C'était un garçon petit et grassouillet, taillé comme un fût de chêne, le visage rondelet et les mains dodues, dont les yeux étincelants de gentillesse lui donnaient l'aspect d'un palefrenier. Il regarda à peine la broche quand Venezuela la lui remit avec un mélange de désinvolture et de déchirement, et lui demanda d'une petite voix flûtée :

– Puis-je vous inviter à déjeuner ?

Des années plus tard, quand Venezuela apprit que Bertrán Levrero Parra, devenu un célèbre joueur d'échecs et amateur de boxe, avait acheté tous les numéros de la tombola dans l'espoir de l'inviter à déjeuner, il était déjà trop tard pour accorder à cet homme le courage et le mérite qui auraient dû lui revenir. À ce moment, dans le patio, elle était encore loin des jeux de l'amour, car la seule pensée qui l'habitait était le soulagement de cette petite fortune qu'elle avait ardemment amassée. Elle se sentit soudain libre de ses choix, souveraine dans sa vie, et elle comprit pour la première fois ce que la voyante lui avait dit en énigmes cet après-midi où Zina l'avait emmenée affronter les cartes de son avenir.

Pour partir, il fallait se libérer du poids de l'or, et cet or, c'était le pingouin. Dans sa renaissance, tenant l'argent dans sa main comme si elle avait tenu les clés de saint Pierre, elle prit un deuxième rendez-vous dans le bureau de son père. Antonio, qui n'avait pas bougé de ses positions et ignorait tout de la tombola, ne put retenir un souffle de surprise quand sa fille lui posa sur la table une enveloppe remplie de billets.

– Je veux partir à Paris, déclara-t-elle avec résolution. Et cette fois-ci, tu ne pourras pas m'en empêcher.

Antonio ferma le livre qu'il était en train de consulter. Il se rendit compte alors, à cet instant précis, avec une certaine fierté qu'il ne s'avoua jamais, que Venezuela était la seule femme de sa vie à lui avoir tenu tête et, pour la première fois depuis ce jour lointain où il l'avait prise dans ses bras en sortant de la prison, il fut gagné par une profonde affection.

Elle avait des yeux très noirs où brillait une étincelle d'intelligence, une belle frange régulière sur le front, et un nez allongé qui provoquait chez les hommes un mélange de fascination et de renoncement. Il la compara à l'image de sa mère au même âge, encore intacte dans son souvenir après tant d'années, mais ne put leur trouver aucune ressemblance. Il remarqua toutefois avec chagrin qu'il s'était éloigné lentement de sa fille sans s'en apercevoir, qu'il ne l'avait pas vue grandir, et il constata que cette distance entre eux, pleine de silences et d'incompréhensions, éveillait en lui un regret profond qui était désormais impossible à rattraper. Il voulut la retenir, dans un dernier effort, mais ne se sentait pas la légitimité de le faire. Il était désarmé. Le grand chirurgien ne savait que répondre. Les centaines de discours qu'il avait prononcés devant les plus hautes assemblées, les innombrables victoires face à la mort qu'il avait remportées dans le bloc opératoire, la liste d'embûches qu'il avait surmontées, tout ceci disparaissait devant cette fille courageuse, avec du feu dans les yeux, dont l'héritage venait d'une lignée de persévérants.

Antonio comprit rapidement qu'il sortirait vaincu de ce duel et ne fit preuve d'aucune résistance. Il ne décida véritablement de capituler que lorsqu'il la fit asseoir devant lui et lui prononça ces mots qu'elle garderait dans sa mémoire toute sa vie :

– D'accord. Tu partiras. Mais rappelle-toi une chose : on est esclave de ce qu'on dit et maître de ce qu'on tait.

Venezuela fixa son départ après la saison des pluies. Entre l'instant où la broche du pingouin fut vendue et le moment où Venezuela quitta la maison familiale, Eva Rosa eut à peine le temps de remplir ses valises de robes brodées à son nom, de quarante-sept toilettes de rechange et des soixante-treize affiches de Paris qu'elle avait autrefois collées sur les miroirs de la maison, ainsi que de cent autres vaines fanfreluches d'un passé splendide qui avait retardé de vingt ans son exil. Mais Venezuela refusa de conserver pour sa renaissance ce qu'elle avait précisément refusé toute sa jeunesse. Ainsi, durant les jours qui suivirent, elle s'occupa de faire disparaître ce qui restait d'elle à Maracaibo. Elle vida sa chambre, ne voulant rien laisser dans les tiroirs du souvenir, offrit ses livres et, lors d'une matinée en barque, naviguant vers le large avec un piroguier, jeta au fond du lac ses derniers biens avec la même solennité que celle de son arrière-grand-père, Papa Zoilo, le jour où il s'était débarrassé du fusil du XVIe siècle. Elle ne conserva que le billet de tombola qui lui permettait cette liberté.

Antonio ne souhaita plus en parler. Il comprit que le destin de sa fille n'était pas lié au sien et il accepta cette fatalité, bien qu'elle lui semblât contre nature. Ana Maria, en revanche, essaya de la détourner de son idée une seule fois, quand Venezuela voulut se couper les cheveux comme pour faire peau neuve, comme Leona Coralina autrefois quittant la Colombie.

– *Mi amor*, lui dit-elle, tu te débarrasses déjà d'une ville, de tes parents et de tes livres. Garde au moins tes cheveux.

La veille de son départ, à l'heure où les orioles dorment, Venezuela finissait de fermer sa valise pendant qu'Ana Maria lisait un journal, quand elles virent une femme descendre du manguier du jardin avec la lenteur d'un paresseux. C'était le fantôme d'une Indienne, poussiéreuse et sale, aux genoux écorchés et aux mains couvertes de feuilles, qui sauta à terre depuis les dernières branches, et traversa le jardin en laissant derrière elle une odeur de vieille écorce. Venezuela la suivit des yeux sans un mot, bouche bée, mais ce fut Ana Maria qui la reconnut avant elle :

– C'est la muette Teresa, dit-elle. Elle est enfin descendue de son arbre.

De sous la terre, le manguier avait poussé de la graine qu'on avait placée dans la bouche du cadavre, cinq ans plus tôt, et l'esprit de la Muette Teresa avait traversé la sève des morts pour renaître dans la splendeur du retour. On aurait dit une descente de croix. L'Indienne fit un geste timide de la tête, comme pour dire bonjour, mais continua son chemin sans paraître les connaître. Elle parcourut le salon, les deux couloirs, ouvrit la porte d'entrée et sortit, sans avoir prononcé une seule parole. Venezuela, encore figée de surprise, se tourna interloquée vers Ana Maria qui commenta, sereine, à demi-mot, concentrée sur son journal :

– Décidément, tout le monde veut quitter cette maison.

Le lendemain, à l'aéroport Grano de Oro, Venezuela ne versa pas une larme en faisant ses adieux à sa mère et à son père, leur promettant de revenir le cœur rempli de langues nouvelles et de cultures anciennes.

Elle se rendait à Caracas, tentant l'aventure, persuadée de pouvoir obtenir une bourse d'études et peut-être un jour atteindre Paris. Ana Maria savait qu'elle ne reviendrait plus, que son destin se jouerait ailleurs, elle savait mieux que personne que le voyage est comme un aimant irrésistible, qu'il aspire à lui les âmes les plus gourmandes, celles qui sont à sa mesure, mais elle ne dit rien. Antonio, en dépit de sa sévérité, pleura en silence, car il ne pouvait s'empêcher d'imaginer tous les dangers qui guettaient son innocence et avait l'impression de livrer sa fille à des minotaures.

Venezuela monta dans l'avion avec un sentiment mêlé d'excitation et d'amertume. Et ainsi, faisant preuve d'un courage aussi exemplaire que son père quand il avait quitté Santa Rita pour le Majestic, d'une ténacité aussi aveugle que sa mère lorsqu'elle était partie pour l'université, d'une folie aussi intense que son frère quand il avait répondu à l'appel intérieur de la magie noire, Venezuela s'envola dans les airs en suivant du regard le contour des collines et les départs des pirogues qui descendaient vers le sud, chargées de bagages et de cages d'oiseaux, de valises et de sacs de Maïzena, contemplant une dernière fois Maracaibo dont on apercevait encore, à travers les caravanes de nuages, les lumières intermittentes.

Antonio en fut davantage attristé qu'Ana Maria, mais les événements qui devaient le changer véritablement n'avaient pas encore eu lieu quand Venezuela quitta la maison 3H. Il ne comprit jamais précisément comment le départ de sa fille coïncida avec un bouleversement dans sa vie bien plus impressionnant que celui qu'avait provoqué, soixante-dix ans plus tôt, le jet Barroso de la Venezuelan Oil Concessions. Alors qu'il revenait chez lui, après une nuit de garde, il passa devant la petite université délabrée de Maracaibo et remarqua qu'elle n'était à présent qu'une ruine, entourée de palmiers éplorés. À l'entrée, contre une des colonnes du porche, il distingua un âne attaché par une corde qui broutait des herbes sèches, sur lequel on avait pendu un écriteau :

Recteur de l'université.

Maracaibo vivait une période de prospérité si intense que, dans cette frénésie, personne n'avait pensé à l'instruction. Personne ne soupçonnait que Maracaibo pouvait finir comme Potosí après le pillage des Espagnols, comme Cubagua après celui des perles, comme l'île de Pâques après l'abattage des arbres, encore plus pauvre et plus triste qu'auparavant. L'université, le seul triomphe de l'intelligence, ce temple qui bâtissait les générations de demain, ressemblait à un chêne abattu au milieu d'un pillage. Le destin des villes est souvent la somme de mille hasards. Aussi, telle était la situation quand survint le drame du crash aérien qui inspira à Antonio le désir de la reconstruction de l'université.

Un 16 mars, vers midi, un avion de la compagnie Viasa en direction de Miami s'écrasa quelques minutes après avoir décollé. En ces temps, le seul aéroport de Maracaibo s'appelait Grano de Oro et trônait au milieu de la ville, entouré d'habitations sur ses quatre côtés. L'appareil hors de contrôle s'abattit sur les toitures de La Trinidad, provoquant ainsi une gigantesque explosion visible de l'autre côté de la ville. La tragédie fit quatre-vingt-quatre morts dans le ciel et soixante et onze sur terre. À partir de ce jour, on ferma définitivement l'aéroport Grano de Oro et ce vaste terrain, aux longues pistes épurées, demeura à l'abandon au centre de la ville comme une île déserte au milieu de la mer. Antonio, qui ignorait tout du destin qui l'attendait, finissait une opération quand il apprit la nouvelle du drame. Mais ce n'est que lorsqu'on annonça la fermeture de l'aéroport sur toutes les radios qu'une idée le traversa avec évidence.

– C'est là qu'il faut semer la lumière.

L'accident qui ébranla le monde entier marqua pour Antonio un tournant. Il vit la possibilité de transformer l'aéroport Grano de Oro, idéalement situé, en une nouvelle université. Avec la même détermination qu'il avait éprouvée le jour où il avait décidé de passer de la vente de cigarettes d'Henri Reille au travail de porteur sur le port, il résolut de changer les habits du médecin par ceux du recteur.

C'était déjà un homme dans la soixantaine, la peau fatiguée, sur laquelle les difficultés d'une longue existence avaient laissé quelques empreintes visibles. Il avait les traits rigides, la posture légèrement courbée, les épaules moins solides qu'autrefois, mais avait gardé cette voix caverneuse et autoritaire qui avait fait de lui un des hommes les plus respectés du pays. Toujours en poste à l'hôpital, Antonio songeait à cette opportunité et, pour la première fois dans le cours tranquille de ses années de médecine, il fut obnubilé par une certitude.

La nuit tombée, il parcourut le champ délaissé du Grano de Oro, les pistes d'atterrissage poudreuses et désertes, examinant avec un intérêt presque académique l'ancienne splendeur de l'aéroport en ruine : les vieux bâtiments aux fenêtres brisées, les tours de contrôle comme des clochers solitaires, les grillages rouillés et les touffes d'herbes couvrant le ciment, tout semblait écrasé par le drame du crash. Antonio imagina alors l'éclat d'un campus peuplé d'étudiants, des bibliothèques remplissant les allées de l'ancienne aérogare, des parcs sur les aires de stationnement, des amphithéâtres à la place des espaces de circulation aérienne, et cette idée insolite provoqua en lui un tel enthousiasme, une telle agitation intérieure, que, cette même nuit, il fit un rêve prémonitoire.

Il passa la nuit convaincu que Maracaibo allait bientôt accoucher de son plus bel enfant, une ville dans la ville, une cité dont les murs seraient faits de livres. Il rêva d'un champ de magnolias, couvert de milliers de fleurs dont l'une était en pierre. Il se tourna vers le ciel de ce champ et vit en grand trois lettres en bronze boulonnées contre un mur, trois lettres qui avaient toujours été là et qui n'avaient jamais résonné d'un tel écho : LUZ. Il se réveilla avec des pétales éparpillés entre ses draps. Ces trois lettres étaient déjà une obsession. Elles signifiaient « lumière », mais formaient aussi l'anagramme des trois premières lettres de Zulia. La force du nom acheva de le décider.

Il raconta son rêve à Ana Maria qui lui répondit que les magnolias sont symboles de sagesse, et que tout homme sage sait qu'il faut cultiver son jardin. À partir de ce jour, Antonio ne retrouva pas le repos, car la vision de ce songe l'obligea à relever un nouveau défi. Le lendemain, il fit rédiger une demande d'expropriation du Grano de Oro et, le document en main, se mit à chercher le gouverneur dans toute la ville pour qu'il le signe, avec le même entrain dont il avait fait preuve quand il guettait le passage d'Ana Maria dans les couloirs du lycée. Il le trouva un jour pendant une conférence de presse, alors qu'il évoquait les fonds débloqués pour la construction d'une autoroute, entouré d'un parterre de financiers et de jeunes entrepreneurs. Après son discours, il se levait pour partir, quand l'assemblée entendit une voix résonner dans la salle :

– *Gobernador*, dit Antonio. Il manque l'université.

Toutes les têtes se tournèrent vers Antonio qui, sans se départir de son flegme, ajouta :

– Les autoroutes doivent mener à la connaissance.

Le gouverneur jugea l'idée intéressante. Il fit monter Antonio dans une élégante voiture officielle et s'assit à ses côtés lui avec un sourire méfiant.

– Vous avez exactement cinq rues, deux carrefours et trois feux rouges pour me parler de cette université.

Antonio lui dit qu'il fallait d'abord qu'il approuve le décret d'expropriation du terrain du Grano de Oro et le publier dans le *Journal officiel* où étaient édités tous les textes administratifs du pays. Il sortit le document, déjà écrit, prêt à être validé et imprimé, et le tendit au gouverneur. Celui-ci y jeta un coup d'œil rapide :

– Il est dit ici que l'expropriation de ces terres est valable pour cinq cents ans ?

– Oui, *gobernador*, répondit Antonio. J'ai eu l'humilité de ne pas mettre un millénaire.

Le gouverneur fut séduit. Il fit changer la destination et fila vers le palais du gouvernement. Il posa le document sur la table de son service juridique et déclara.

– Faites-le sortir dans le *Journal*, ce soir.

Antonio suivit le parcours du document dans chaque bureau du palais, jusqu'à l'Imprimerie nationale où il attendit jusqu'à 1 heure qu'il fût publié. Quand il tint enfin entre les mains le *Journal* imprimé avec le décret n° 343, les doigts tachés par l'encre encore fraîche, la preuve indélébile que les terres du Grano de Oro seraient consacrées à son rêve, quand il lut ces mots « Sont déclarés d'utilité publique les terrains de ce qui sera la zone universitaire de Maracaibo », il comprit qu'il lui fallait désormais un bon avocat.

Don Victor Emiro Montero était alors un vieil homme que le poids de la justice et la charge d'une famille nombreuse n'avaient pas affaibli. Antonio le trouva dans ses bureaux dans le centre de Maracaibo. Entièrement chauve, pareil à une flûte en roseau, toujours occupé à remonter sur son nez ses lunettes rondes en fil de fer, la noblesse de sa silhouette n'avait pas bougé depuis ce soir où Antonio l'avait aperçu pour la première fois dans sa cuisine. Ses enfants avaient grandi, sa femme était morte, la compagnie pétrolière de Mister Barton avait quitté le pays sous la pression des premières nationalisations, sa maison avait été vendue après neuf naissances et trois enterrements, mais on aurait dit que don Victor Emiro, avec cet air discret et immobile qui paraissait freiner le temps, continuait à vaincre les années sans avoir à se forcer, survivant à tout le monde. Antonio n'eut pas besoin de le persuader. C'est à peine s'il lui laissa le temps d'exposer les conditions difficiles de ce projet suicidaire, car don Victor Emiro lui coupa la parole, le regard rempli d'admiration, et mit sa main dans la sienne :

– Moi qui pensais que tu ne serais que médecin.

Et il ajouta ces mots avec la même charge symbolique qu'il avait prononcés devant Mister Barton, quarante-cinq ans auparavant :

– Tu seras recteur.

La construction de l'université fut pour Antonio comme la naissance d'une cathédrale. Dès les premiers jours, il explora lui-même toute la zone, accompagné d'un géologue et d'un maître d'ouvrage, suivi d'une armée de menuisiers et de maçons qui levaient déjà dans leurs têtes des murs imaginaires, et embaucha un groupe de terrassiers afin de creuser les fondations et les tranchées des bâtiments à venir. Le terrain était si grand qu'il ne comprenait pas seulement les pistes de l'ancien aéroport, mais également une douzaine de bidonvilles où vivaient encore des familles. Tandis que don Victor Emiro rédigeait le nouveau cadastre, Antonio rassembla trente jeunes hommes, acheta cinq pots de peinture et vingt broches, puis, sous le soleil écrasant de midi, donna des instructions pour identifier chaque maisonnette en numérotant d'un coup de pinceau les portes l'une après l'autre. Il veilla ensuite à s'entretenir lui-même avec chaque habitant, s'asseyant à leur table, négociant le montant d'une indemnisation, si bien qu'au bout de deux semaines, il parvint à convaincre jusqu'au dernier d'entre eux.

Mais le lendemain, de nouveaux bidonvilles apparurent, construits pendant la nuit, dressés par des profiteurs qui cherchaient à obtenir eux aussi l'indemnisation. L'intendance fit appel à des tracteurs pour détruire ces nouveaux bâtiments. On ramena des tractopelles et de lourds camions de militaires qui remuèrent le sol, abattirent les murs en carton, rompirent les clôtures, remorquèrent les caravanes, et cette scène terrible, qui laissa dans le cœur d'Antonio une empreinte indélébile, devait se reproduire plus tard, pendant la révolution, comme dans une boucle temporelle.

À la fin du mois, le terrain fut vidé. Tous les matins, Antonio foulait chaque centimètre avec le soin d'un bijoutier, calculant, vérifiant, inspectant. Les premières excavations du sol dévoilèrent des nids de couleuvres, éparpillés partout sur les huit cents hectares, comme une deuxième ville cachée dans les sous-sols bourbeux, qui montrèrent une résistance farouche aux tracteurs et aux charmeurs de serpents, venus avec des clarinettes et des gourdes percées. Antonio, qui n'était prêt à reculer devant aucune adversité, reprit alors les mots que Simón Bolívar avait prononcés le lendemain de la proclamation de l'indépendance, le jour où un tragique tremblement de terre avait mis à l'épreuve la nouvelle république, et s'exclama devant tout le monde :

– Si la nature s'oppose, on luttera contre elle.

On déversa deux cents litres d'insecticide. On vaporisa des gousses d'ail, on planta des hellébores fétides, dont on disait que la toxicité éloignait les reptiles, or, la seule chose qui donna un vrai résultat fut un appareil à ultrasons qu'on fit venir de Caracas et qui fit fuir aussi bien les serpents que tous les insectes sur deux kilomètres à la ronde. Ce ne fut pas la seule surprise. Quand les serpents décampèrent, sous la croûte épaisse du Grano de Oro, on exhuma des pierres avec des inscriptions d'alphabet *wayùu* et des pièces de monnaie de l'époque d'Ursúa, une sépulture gitane qui contenait les ossements de treize pangolins attachés par une corde et, à la surprise de tous, plus à l'est, sur la butte d'un petit vallon, une source d'eau pure que les fondateurs de Maracaibo avaient déjà évoquée dans des textes en latin, et dont l'existence fut plus tard confirmée lorsqu'on put déchiffrer un codex précolombien conservé à Madrid.

Antonio racheta les voies ferrées abandonnées pendant le projet des machinistes de Táchira pour le damier de ses fondations. Il ordonna qu'on abatte deux cents pins pour les portes de ses salles et fit venir des pierres des carrières de Mérida pour les arcades de son frontispice. Il mobilisa cinq cents ouvriers, trente-deux charpentiers, vingt ingénieurs, quinze architectes. Ce fut un projet quasi comparable à celui d'Ambrosius Ehinger quand il bâtit Maracaibo.

Il ne rentrait chez lui que pour dormir quelques heures. Rendu muet par le surmenage, il partageait à peine la folie de son projet avec sa femme. À le voir ainsi, absorbé par la tâche, Ana Maria prit son silence pour de la fatigue, son absence pour de l'entêtement, tandis que son cœur s'assombrissait en constatant la vitesse avec laquelle, après le départ de Venezuela, sa maison se dépeuplait mois après mois. Elle lui en fit part, une nuit d'insomnie, mais Antonio poursuivait son rêve, sourd à ces protestations. Elle se résolut alors à assister avec impuissance aux conséquences de ce chantier, et garda un calme digne devant la métamorphose de cet homme qui lui avait offert autrefois, avec la même obstination, le récit de mille histoires d'amour.

Six mois s'étaient écoulés depuis le départ de Venezuela. On n'avait aucune nouvelle. Le mutisme de sa fille était assez long pour commencer à l'inquiéter, mais Ana Maria rassura tout le monde :

– À dix-neuf ans, on ne pense pas à ses parents. Elle écrira.

Or, cette sérénité était trompeuse. Son cœur bouillonnait de troubles secrets. Au cours des dernières semaines, Ana Maria avait envoyé en cachette cinquante lettres à différents membres de la famille de Caracas pour recueillir de ses nouvelles. Personne ne savait rien. Dès lors, dans la discrétion de son amour, elle avait puisé des forces insoupçonnables afin de ne pas sombrer dans l'affolement, sauvant le peu de patience qui lui restait pour ne pas sauter dans un avion à son secours, et elle en conserva une angoisse froide qui devait plus tard la clouer au lit pendant quinze ans. Elle reprit son habitude de parler aux esprits avec le même zèle que lorsque Chinco avait succombé au tétanos, invita de nouveau Babel Bracamonte chez elle, qui débarqua enveloppé dans une fumée de tabac noir et de colliers de perles, alluma des cierges qu'elle fit flotter dans des verres d'huile pour appeler son retour, et plongea dans un univers si mystique que lorsqu'une lettre de Venezuela arriva à la maison, un an et demi après son départ, elle crut qu'il s'agissait d'un mirage.

La lettre de sa fille était en réalité la première d'un chapelet de quarante missives de trois feuillets chacune qui, mises bout à bout, faisait une longue épître de cent vingt pages. Elles avaient dû se perdre dans les labyrinthes insondables de la poste vénézuélienne, s'étaient accumulées dans un casier de l'autre côté du pays, jusqu'à tomber entre les mains avisées d'un employé qui les avait renvoyées à la bonne adresse.

Ainsi, une belle journée d'avril, de très bonne heure, un facteur avait déposé la lettre de Venezuela à Eva Rosa qui avait mis toute la maison sens dessus dessous, non pas tant parce qu'elle était très attendue, mais surtout parce qu'elle datait de dix-huit mois auparavant. Le lendemain, le facteur revint et, en un rien de temps, en déferla un grand nombre, en provenance de Caracas, arrivées en bloc à la maison 3H, alors qu'Ana Maria désespérait en silence. Les jours suivants vinrent s'ajouter de nouvelles lettres dont le flot continu ne se tarissait pas et on les vit bientôt s'entasser sur la table à manger, sans que personne osât les ouvrir. Elles étaient toutes écrites sur le même papier parfumé, blanc cassé, au grain fibreux, dont l'odeur avait miraculeusement été conservée pendant les longs mois d'attente dans les entrepôts froids et les salles de service de la poste. Elles portaient la même calligraphie, le même geste pressé, la même musique de nostalgie et de promesses, au point que la seule chose qui permettait de les différencier était la date qui figurait en haut à droite de l'enveloppe.

Ana Maria ignorait alors que, tous les quinze jours, selon un rituel immuable, Venezuela avait rempli son devoir d'épistolière à la lueur d'une pauvre chandelle, avec une écriture languissante qui la faisait s'égarer parmi les souvenirs de son enfance à Maracaibo, persuadée de les faire renaître à la seule force de sa plume.

Elle apprit donc, avec un an et demi de décalage, la fascination exercée par la capitale sur sa fille. Les rues résonnaient de l'écho de cent langues, les commerces vendaient des articles du monde entier, les places étaient entourées de musées, les salles de concert recevaient les plus grands artistes. Chaque porte était un passage vers l'impossible. Chaque rencontre était une invitation à l'inconnu. Deux semaines de lecture équivalaient à deux mois de vie. Vers novembre, Ana Maria lisait une histoire d'amour qui était survenue en mars. Venezuela racontait avoir rencontré un géant, un certain Octavio, un jour dans une pharmacie. Elle avait vu entrer un homme qui portait une table sur laquelle on avait écrit son ordonnance, la veste salie de charbon, dont la taille, le corps large, lui avait produit ce trouble qu'offre le spectacle des hommes que rien ne peut abattre.

À la trentième lettre, ils sablèrent une bouteille de champagne quand ils apprirent que Venezuela partait à Paris. Elle avait obtenu une bourse pour la France. Son rêve était devenu réalité. Il suffisait d'ouvrir des enveloppes tour à tour pour la voir se balader à Saint-Germain-des-Prés, heureuse et légère, apprenant le français. Son écriture était devenue érudite, raffinée, exquise. Elle évoluait dans des cercles d'étudiants, pouvait parler de géopolitique et d'histoire de l'art, menait une vie opposée à celle qu'on lui avait prédestinée et, toujours fière de ses origines, évoquait avec distinction le passé houleux des siens comme si elle remémorait des dettes anciennes.

Puis, à la trente-huitième lettre, Venezuela racontait avoir rencontré l'amour, un Chilien torturé, un homme qui avait fui la dictature de Pinochet, qui avait connu Pedro Clavel à Santiago. Chacun avait quitté son pays pour en trouver un autre, pour construire un royaume de l'autre côté de l'océan. Et il y avait entre eux autre chose que l'amour : de l'admiration. Ou peut-être aussi ce sentiment étrange que partagent les exilés loin de leurs terres. Prise dans un élan affectif, elle disait qu'en le serrant dans ses bras, elle se sentait puissante, capable de tout, au point de refaire le monde, parce que se marier avec un torturé d'une dictature latino-américaine, c'était déjà commencer à le changer.

Tandis que Venezuela vivait son rêve parisien, Antonio prenait la tête d'un escadron de bâtisseurs. Pendant les cinq ans de construction, il ne dormit presque pas. On le voyait circuler partout, muni de sa serviette en cuir remplie de plans, accompagné de don Victor Emiro qui le suivait dans tous ses déplacements, et nul n'aurait pu dire si ce fut à cause de ces excursions constantes, de l'inquiétude des travaux ou du manque de sommeil, mais il se mit à vieillir à vue d'œil, comme si cet excès de vie avait accéléré son départ vers la mort.

Petit à petit commencèrent à surgir les bâtiments. De ce champ en ruine plus dur que le calcaire, tout craquelé et abandonné, émergea un palais académique destiné à recevoir l'administration du rectorat, la chancellerie et le secrétariat. Au nord, un ensemble de grandes tours, encerclant des terrains sportifs, pour des laboratoires et des centres de recherche. Au sud, des facultés de lettres, d'humanités, d'agronomie et une école spécialisée en chimie pétrolière. Lorsqu'un groupe d'étudiants, exaltés par cet emballement, traversa le chantier et demandèrent à quelle date on pouvait annoncer l'ouverture de l'université, Antonio regarda longtemps les murs dressés, les peintures encore fraîches, les salles de classe neuves, et s'écria :

– On ouvrira l'université quand on aura écrit le mot « lumière » à l'entrée.

On fit venir d'Italie les trois lettres en cuivre fondu : LUZ. Elles furent gravées un mardi d'avril, lors d'une journée commémorative, devant un parterre de gens, et quand Antonio vit ces trois lettres, ce nom enfin inscrit sur le frontispice de l'entrée, en grosses barres métalliques, il eut l'impression de revivre cette scène, car le souvenir étincelant du rêve qu'il avait fait cinq ans auparavant lui revint comme une bourrasque. Tout le monde en fut impressionné. Le gouverneur lui-même se permit un florilège d'éloges devant ces vingt-deux facultés peintes en blanc, ces jardins semés de palmiers et de fougères, ces bâtiments décorés de guirlandes. Il demanda à Antonio à quelle source mystérieuse il s'était abreuvé, de quel feu prodigieux il s'était nourri pour imaginer un tel monument. Antonio lui répondit, le plus simplement du monde :

– Je l'ai rêvé, *gobernador*.

On ouvrit les portes de l'université de Maracaibo pour la première fois un lundi de mai. Lors de l'inauguration, l'émotion avec laquelle Antonio parla pour baptiser cette journée, et qui signa en même temps l'aboutissement d'un chantier titanesque, prouva à tout le monde qu'il était le seul homme dans toute la ville à pouvoir endosser le titre de recteur.

Dès lors, il n'eut pas un seul instant de repos pendant dix ans. Dans l'effervescence de cette nouveauté, il concentra toute son énergie dans la direction des facultés, s'entoura des meilleurs pédagogues de la région, livra un combat afin d'équiper les salles de classe de bons appareils, et eut même le temps de rapatrier les restes du syndicaliste Valmore Rodríguez depuis le Chili jusqu'à Maracaibo, non pas pour les étudier dans les cours de nécrologie, mais considérant que les ossements d'un si grand intellectuel ne pouvaient reposer à l'autre pointe du continent.

Ce fut une décennie de joies et de batailles. En plus des facultés, il créa vingt-deux écoles, multiplia par dix le nombre d'élèves et embaucha huit cents professeurs. Il ouvrit sept instituts de recherche, treize centres d'étude dans tout le Zulia et, pour couronner ce succès phénoménal,

suivant les préceptes qu'autrefois son maître Lossada lui avait transmis, il fit graver sur l'écusson de l'université les mots *post nubila phoebus*, comme il l'avait jadis tatoué dans sa mémoire quand il était encore collégien.

Au même moment, Ana Maria, alarmée par l'augmentation inquiétante des grossesses précoces qu'elle voyait à la maternité, se lança dans la lutte pour le droit à l'avortement. Elle était alors la cheffe du service dédié au bien-être des femmes de l'hôpital, influente et respectée. Elle installa un plan pilote de réalisation d'avortements chirurgicaux, au premier étage. Bientôt, le bruit se répandit. Des jeunes filles débarquèrent, et il ne fallut pas attendre longtemps pour découvrir une file d'attente qui, dès 5 heures, tous les jours, faisait le tour du pâté de maisons. Au directeur de l'hôpital qui lui demanda des explications, Ana Maria répondit :

– Les femmes ont toujours avorté, *señor*. Avec ou sans loi. Elles continueront de le faire.

Mais le ministère de la Santé apprit l'existence de ce plan d'avortements. Le premier étage fut fermé. Ana Maria, sans baisser les bras, risquant un mandat d'arrêt, le rouvrit dans sa propre maison. Une des chambres vides du fond, où autrefois elle et Antonio s'étaient aimés comme deux jaguars, se transforma en un bloc opératoire clandestin rempli d'instruments métalliques, de pinces stérilisées et de spéculums, de ciseaux et de brosses pour col de l'utérus, où s'agitaient deux sages-femmes, payées sous le manteau, qui allaient et venaient en portant des bassines pleines d'eau bouillante. Le jardin de monsteras, qui avait été abandonné depuis le départ de Venezuela et la construction de l'université, était maintenant peuplé de jeunes femmes qui patientaient en silence, se tenant le ventre de leurs deux mains, le regard perdu dans le vide, serrant dans leur poing un peu d'argent, tremblantes de peur et de honte, le cœur rongé de remords.

Au milieu de ce tohu-bohu, Ana Maria s'agitait dans tous les sens. Elle assistait à chaque auscultation, menait chaque intervention, mais elle était tellement absorbée par sa tâche qu'elle ne vit pas venir la mort de sa propre mère.

Eva Rosa s'éclipsa un matin, alors que les orioles chantaient dans le manguier du jardin, un 8 octobre, le jour de son anniversaire, confirmant ainsi que seuls les êtres purs meurent à la date même de leur naissance. Son corps était si menu, si léger, qu'on crut à peine qu'elle eut existé. Sa mort comme sa vie fut d'une élégante discrétion. Avant de quitter le monde, elle avait eu la courtoisie de s'occuper de toute la bureaucratie de la mort. Quelques heures après son décès, une voiture des pompes funèbres se gara en silence à l'entrée de la maison 3H, emporta le corps dans un cercueil sans poignées, et on ne sut plus rien d'elle jusqu'au jour où Ana Maria, se promenant par hasard dans le cimetière El Cuadrado, tomba sur son nom gravé sur une pierre plate.

Ce fut vers cette époque qu'Antonio quitta son poste de recteur. Il refusa la chaire qu'on lui proposa, renonça à toutes les directions, abandonna son titre de président du Collège de médecins, et déposa en même temps toge et blouse. Il lâcha toute activité officielle et se mit à errer chez lui comme un loup solitaire. Il ne quitta plus la maison 3H. Reprenant sa place dans sa vie d'avant, Antonio ne s'aperçut pas qu'il était devenu si vieux jusqu'à cette matinée où, enfilant son peignoir qui était resté pendu pendant plus de quinze ans, il constata qu'il était bien trop grand pour lui. Il eut brusquement le sentiment d'avoir été chassé de sa propre jeunesse.

Au bout de cent jours, enfermé dans sa chambre aux miroirs, ses mains s'étaient asséchées, son dos s'était voûté. Ana Maria l'expliquait par cette vie de devoirs et d'obligations, par les impératifs qui avaient fissuré sa force, par la rencontre déroutante d'un homme avec un pays. Quand elle rentrait, elle le trouvait assis sur son hamac dans l'arrière-cour, fixant la porte sous les œillets par où était entré l'enfant Pedro Clavel, tenant à la main une tasse de café, dans les feuilles de monsteras et les bougainvilliers comme s'il était né de ce jardin, de ce silence, de cette quiétude, si vieux que jamais personne n'aurait pu imaginer que cet homme avait fait autre chose dans sa vie que de contempler le vide en buvant du café.

Elle jugea alors qu'il lui fallait un nouvel air. Elle décréta qu'au lieu de rester à Maracaibo, dans leur maison 3H, à s'occuper des fleurs, ils iraient rejoindre leur autre maison, Alegría, celle de La Rosita, là où Antonio avait autrefois trouvé la force de bâtir un hôpital sur une île. Mais, en arrivant, elle dut s'agripper à la clôture pour ne pas vaciller. Cette ancienne demeure, qu'elle avait transformée en un paradis serein et fleuri, n'était plus qu'un refuge d'insectes et de ratons laveurs, aux vitres brisées et aux carrelages fêlés, que l'abandon avait rongé de l'intérieur comme une pomme pourrie. L'impossible bleu de la porte d'Ishtar n'était plus qu'un abominable vert délavé, les araignées dorées avaient pris possession de chaque trou dans les murs, les geckos avaient formé une colonie tyrannique et, dans la salle de bains, elle découvrit un caïman qui dormait au fond de la baignoire, la gueule ouverte, avec un pluvier qui lui nettoyait les dents en picorant ses gencives.

Saisie tout à coup par un regain de vitalité, elle décida d'offrir à cette maison la même renaissance qu'elle souhaitait à Antonio. Elle fit refaire le plâtre des murs, décrocha les rideaux et les voilages afin de les dépoussiérer et les débarrasser des parasites, fit daller le sol de grands carreaux de pavage et remplaça le buffet par des étagères suspendues, sur lesquelles furent posés des pots de fleurs et de la vaisselle.

Un jour, Ana Maria parut au seuil avec une équipe de charpentiers et de maçons qui restaurèrent les toitures, changèrent les portes, réparèrent les lampes que les tempêtes avaient fait éclater, blanchirent les murs avec des cristaux de soude, tant et si bien que, trois semaines après leur retour, la maison Alegría semblait avoir été construite le jour même. Le salon se remplit de plantes tropicales et les chambres furent entièrement peintes en jaune pour attirer la lumière. Elle fit venir deux pêcheurs pour déloger le caïman de la baignoire et, une fois vidée, décida de ne pas s'en servir pour s'y baigner, mais pour y entasser toutes les bouteilles de champagne qu'on lui avait offertes après cinquante ans de célébrité et qu'elle n'avait pas eu le temps de boire.

Quand elle en eut fini avec la maison, elle s'occupa de son mari. Elle lui prépara des repas copieux, des concoctions de jus de grenade pour sa vessie fragile, de l'huile de foie de requin pour le sommeil, mais il devint évident qu'en dépit de toute sa bonne volonté, le poids des années s'était abattu sur lui. Antonio ne mangeait plus que des yaourts, des bananes plantain avec du fromage et quelques céréales dans un bol de lait, ce qui lui fit perdre tant de poids qu'il se mit à croire que ses anciennes vestes, ses pantalons et ses chaussures, ses bretelles et ses caleçons, appartenaient à un autre homme, plus grand et plus gros, qui aurait vécu dans cette même maison avant lui. Comme il ne dormait pas la nuit, il était exténué toute la journée.

Voilà pourquoi il poussa un soupir de fatigue lorsque, un matin de 1986, on lui annonça qu'il devrait assister à l'inauguration de la plaque de la rue qui porterait son nom. Cette nouvelle lui provoqua un lumbago qui dura six semaines.

Ce fut le vendredi 22 décembre. Vers midi, tout Maracaibo était présent quand Antonio monta sur l'estrade pour inaugurer la nouvelle plaque. On lui avait coupé les cheveux, on l'avait rasé, on lui avait passé le costume qu'il portait le jour de l'investiture du rectorat, mais Antonio, pris au piège de ses propres souvenirs, ne put se défaire d'une nostalgie. Pendant toute la matinée, dans la fournaise de la chaussée, il fut plus tourmenté par les rémanences crépusculaires de sa vie que par les honneurs qu'on lui exprimait, car il avait atteint un seuil d'indifférence face à la gloire, libéré enfin du poids des rêves, et il ne restait au fond de sa bouche que le goût insistant d'une cendre ancienne. Il y eut une fanfare, des ballons éclatés remplis de confettis, des ovations et des acclamations, et pendant ce moment si symbolique de sa carrière, il ne put toutefois s'empêcher de repenser à son enfance à *Pela el Ojo* et à ce chien qui l'avait poursuivi à la nage, le jour où il avait volé la barque d'Asdrubal Urribarri.

Il assista sans s'endormir à l'interminable discours du gouverneur qui dressa la liste de ses distinctions et de ses diplômes, qui rappela ses origines modestes, mais pendant ce temps, en silence, Antonio ne put se départir du souvenir de Leona Coralina, qui s'était autrefois tondu le crâne pour conserver un reste de dignité sous la lumière rouge du Majestic. Il revit alors le visage délicat de don Victor Emiro Montero dans sa cuisine en lisant la lettre d'Elías, et il eut le regret de cette époque où il était plus simple d'être un homme.

Des applaudissements le sortirent de son songe et on le fit monter dans une voiture Ford pour parcourir la nouvelle rue. En se hissant sur le marchepied, il repensa à tous ceux qui avaient laissé une empreinte durable dans le ciment de sa jeunesse, et s'aperçut combien il avait aimé cette enfance où la violence avait côtoyé le courage. La voiture démarra et des chiens se mirent à la suivre en courant. On prononça son nom plusieurs fois dans les haut-parleurs de la ville, comme s'il s'agissait du passage d'un cardinal, mais il n'entendit que le rire lointain d'Ana Maria. Il distingua dans un rêve merveilleux sa silhouette en peignoir, enceinte, dans les couloirs de leur maison, portant en elle sa seule véritable œuvre.

À 13 h 30, une troupe installée à un carrefour, avec des clarinettes en cuivre et des timbales en peau de chèvre, joua une *gaita*, mais il n'y prêta aucune attention. Seule brillait en lui l'éclatante soirée du 23 janvier 1958, lorsqu'il arriva en retard à l'accouchement de son unique enfant.

Tout le temps que dura la traversée, il pensa à sa fille Venezuela, de l'autre côté de l'océan, qui allait bientôt accoucher, et il se demanda s'il était déjà grand-père. Cette évocation, comme tous les souvenirs qui avaient résisté aux bourrasques de ses années, le conduisit à penser malgré lui à sa propre naissance. Quand il passa devant l'église, il eut une pensée nostalgique pour la muette Teresa, car à l'instant où la voiture prenait un virage, il vit les marches sur lesquelles il avait été déposé au troisième jour de sa vie et il comprit qu'au début de tout, cette femme qui n'était pas sa mère l'avait sauvé de ne pas en avoir eu une. La voiture tourna, continua son chemin sous les applaudissements de la foule, et l'église resta derrière. Avant de disparaître à jamais dans la cohue des enfants et des chiens, Antonio vit le fantôme de son père, Elías Borjas Romero, mort dans un obscur taudis, entouré de prostituées et d'ivrognes. Ce marin nomade qui, quatre-vingts ans plus tôt, avait abandonné son fils sur les marches de la misère, caché une machine à rouler des cigarettes entre les plis du lange, avant de s'embarquer sur son bateau, à bord du *Nautilus*, baigné de larmes, quittant le port de Maracaibo en chantant des boléros cubains.

On laissa Antonio au coin d'une rue où l'attendaient des journalistes, des personnalités, des politiques, des artistes. On lui demanda de tirer sur le petit rideau pour dévoiler la plaque. Antonio était si vieux, si fatigué, qu'il ne put lever le bras et qu'il fallut le faire à sa place. Lorsque le voile tomba, sa mauvaise vue ne lui permit pas de lire ce qui était inscrit. Mais il sut à cet instant qu'on avait gravé là, sur la pierre du présent, le nom du passé.

Cristóbal

Cristóbal naquit à Paris le jour où, à Maracaibo, on inaugura la rue Antonio Borjas Romero. Il vint au monde pendant l'hiver le plus froid de France, alors que dehors le vent faisait craquer les ponts et fendait les pierres, et que l'air était si gelé qu'il brisait l'herbe des parcs comme des aiguilles de verre. Le cri qu'il poussa en sortant, d'un côté de l'océan, fut semblable aux coups de burin que martelèrent, de l'autre côté, les artisans sur le marbre de la plaque. C'étaient les coups qui scellaient une existence et qui en ouvraient une autre. À quatre-vingts ans de distance, l'un avait déjà porté le monde, tandis que l'autre ne connaissait rien de son poids, et ce cri surgi des générations, de celui qui entrait dans la vie, que Venezuela accompagnait avec sang et douleur, se retrouvait dans l'écho de son grand-père qui, au même instant, entrait dans l'histoire.

Quelques années auparavant, c'est aux portes de Paris, au bois de Vincennes, entre des chênes rouges d'Amérique et des noisetiers de Byzance, que Venezuela avait rencontré l'homme dont elle tomberait enceinte. À cette époque, elle avait un mélange de manières tropicales et européennes, un exotisme dans ses formules, et un accent floral dans n'importe quelle langue qui provoquait chez les hommes des voyages luxuriants. Elle dînait avec des peintres et des écrivains, des ministres et des diplomates, et avait développé une habileté sociale qui lui avait valu une popularité de femme raffinée. Dans ces milieux élitistes, où tout n'était que noms de famille et généalogies, la pertinence de ses mots, son goût rare et le courage de ses choix lui faisaient pardonner ses origines. En dépit de son rythme de vie mondaine, ses soirées coquettes et ses fêtes galantes, elle aspirait aux dédales d'un amour serein.

C'est pourquoi jamais elle n'aurait imaginé que ce dimanche, lorsqu'un ami l'invita à assister à un match de football dans le bois de Vincennes, alors qu'elle y allait en traînant les pieds, elle tomberait amoureuse du capitaine de l'équipe, un exilé de la dictature chilienne, un homme dont le corps avait été torturé dans les pires geôles de Santiago, bien plus jeune qu'elle, et qui courait à présent derrière le ballon avec la précipitation d'un chiot excité. Venezuela s'était à peine assise dans les gradins quand elle le vit, et il ne lui fallut qu'une minute pour céder à ce coup de foudre océanique, sachant immédiatement qu'elle réapprendrait à cet homme toutes les beautés que la dictature lui avait effacées.

Il s'appelait Ilario Da. Après son exil forcé du Chili, pour se protéger, il avait changé son nom à la frontière française en Michel René, si bien que Venezuela se mit à l'appeler tendrement Michel Da. Quand elle le rencontra, Ilario Da n'avait pas un sou dans la poche et pas un diplôme dans les mains, mais sa jovialité et son charme lui donnaient une richesse de caractère. Il était « miriste », c'est-à-dire appartenant au MIR, un mouvement d'extrême gauche révolutionnaire chilien, et il prononçait ce mot avec un tel aplomb qu'on aurait dit qu'il se présentait comme un prophète. Sa vie était le parfait opposé de la sienne.

Il vivait dans une minuscule mansarde, au septième étage sans ascenseur, préparait un roman qui devait s'appeler bien plus tard *L'intolérance*, assurait la régie dans un théâtre de quartier, et passait ses soirées entières à la table des bars à préparer son retour clandestin au Chili, caché dans la cale d'un navire, armé jusqu'aux dents, pour abattre le dictateur et reprendre la Moneda de Santiago comme l'avait fait, dix ans auparavant, le Che à La Havane.

Or, cette vieille illusion du combattant, ce rêve d'un retour héroïque pour continuer la lutte sociale, ce mirage ne demeura jusqu'à la fin de sa vie qu'une chimère, car sa rencontre avec Venezuela lui fit débuter une autre révolution, celle de la famille. On le vit bientôt prendre un abonnement à l'Opéra de Paris, travailler dans une parfumerie des beaux quartiers, devenir propriétaire d'un pavillon en banlieue, et s'asseoir à la table des ambassadeurs et des émissaires des gouvernements, ceux-là mêmes qu'il avait combattus auparavant. Ce n'est pas tant qu'il tourna le dos à sa cause, et jamais jusqu'à sa mort il ne perdit la clarté de ses convictions, mais l'amour avait gagné cette bataille sur la politique et, rapidement, il se résigna à ce que le retour à son pays natal ne fût plus qu'une illusion. Ainsi, il accepta de vivre dans le confort, admit les avantages que son couple lui offrait et s'autorisa les plaisirs frivoles de la bourgeoisie, tout en répétant qu'il ne serait jamais un homme de droite. Le jour où il épousa Venezuela, un matin d'août à la mairie du 11e arrondissement, il insista pour qu'on chantât *L'Internationale*.

Cristóbal naquit ainsi dans le froid de décembre, de ces deux immigrés. Ilario Da était athée, fidèle à la vieille pensée anarchiste qu'il ne devait y avoir ni Dieu ni maître. Mais Venezuela affirma qu'elle était catholique et avait l'intention de baptiser l'enfant selon les rituels de sa foi.

– Car s'il n'a pas Dieu, il aura toujours un maître quelque part, dit-elle avec sang-froid.

Elle n'avait rien contre Allende ni contre la lutte des classes, mais elle refusa que son enfant fût nommé Salvador ou Karl, et encore moins qu'on lui donnât un prénom russe. Ilario Da, qui comprit vite qu'un des secrets du couple est de savoir choisir ses combats, capitula face à cette fermeté, car il avait deviné qu'il était vain de se dresser contre cette tenace et envoûtante jeune femme aux yeux noirs, qui sentait l'orchidée, avec qui il partageait désormais sa vie.

C'est ainsi que l'enfant fut nommé Cristóbal, en hommage à celui qui porte le Christ et à celui que l'église conduisit jusqu'en Amérique. Toutefois, Ilario Da imposa une éducation laïque à la française, l'interdiction catégorique de passer les dimanches à l'église, le fait qu'on ne parlerait qu'espagnol à la maison et qu'on attendrait ses seize ans pour lui raconter les horreurs de la dictature. Venezuela accepta, car cet homme au corps allongé et mince telle une panthère, avec ses mains rudes et son torse aux poils blancs, avait déjà renoncé à une révolution latino-américaine pour elle et que, dans le mariage comme dans la vie, tout est une affaire de négociation.

Cristóbal n'avait pas cinq ans quand il sut lire. Cette découverte canalisa son énergie. À dix ans, quelle que fût l'heure où Venezuela le croisait dans la maison, il était toujours enfoui jusqu'aux épaules dans un livre, le regard baissé, le menton collé au torse, absorbé par sa lecture. Comme il était à la fois européen et latino-américain, il fut baigné d'une mythologie qui se situait à la frontière de deux continents, deux cultures, deux langues, dont il était le résultat. Il se fascina pour les récits des aventuriers qui avaient autrefois débarqué en Amérique. Il apprit par cœur les croyances de la découverte du Nouveau Monde, les trésors de Montezuma, les sept villes de Cíbola et les mines du roi Salomon, les peuples impurs de Gog et Magog, le palais aux tuiles d'or de Cipango et les cités en argent de Paititi, tant et si bien qu'il parvint jusqu'à ses douze ans ignorant tout des dictatures et des migrations, des révoltes et des pogroms, mais avec une imagination peuplée de cyclopes et de saints, similaire à celle d'un colon de la Nouvelle-Amsterdam.

Tous ces récits étaient si rocambolesques, si délirants qu'ils provoquèrent la même aimantation qui avait autrefois attiré les conquistadors. Ainsi furent tracées les nouvelles cartes qui devaient plus tard le pousser à traverser l'océan pour rejoindre le passé de ses parents. Ainsi furent ébauchés, voguant sur ces figures de serpents marins, les portulans de sa mémoire, où Maracaibo était un lac de pétrole où vivaient des sirènes métisses, où la fontaine de jouvence cachait la tombe de l'apôtre Thomas, où une poignée d'hommes qui ignoraient la langue des pumas et ne savaient rien de l'argile, cinq siècles auparavant, étaient parvenus à vaincre les rois des empires indigènes.

Sa voracité l'incita à en apprendre davantage sur un monde qu'il croyait être le sien, celui de ses ancêtres, celui de son sang. Ces lectures le poussaient vers des plaines de femmes-dauphins et des rivières qui ont la forme des salamandres, vers des marais où l'on disait que les poissons avaient des écailles en or et où les arbres poussaient à l'envers.

Mais quand il levait les yeux, Cristóbal ne voyait qu'un pavillon de banlieue, une arrière-cour de pierres et de portes cochères. Ses livres sentaient la mangue et les bougainvilliers, sa vie avait l'odeur du platane de la rue. Sur le balcon du voisin, il cherchait le pays de la cannelle de Pizarro et les récits des expéditions impossibles de Magellan. Seul, ivre des splendeurs passées, il imaginait alors avec quelle force virulente avait résonné sous les dômes de Madrid la rumeur des cardinaux qui se demandaient, dans une langue rongée par le latin et les octosyllabes, si les conquistadors de la Patagonie avaient réellement vu la nation des géants.

Tandis que Cristóbal grandissait dans un univers de cosmogonies, Venezuela fut nommée chargée des affaires culturelles de l'ambassade de son pays. Devenue diplomate, elle commença à voyager de capitale en capitale, de pays en pays, représentant sa patrie à l'étranger, effectuant ainsi la même tâche qu'avaient accomplie les chroniqueurs des Indes orientales à leur retour d'Amérique. Dès lors, l'enfance de Cristóbal ne fut qu'une suite de déplacements et de déménagements, de mouvements et de déracinements. Ses voyages perpétuels furent d'abord un déchirement constant, un désordre dans son cœur, mais lui permirent aussi de faire sa première rencontre avec l'immobilité.

Ce fut un roman. Il le commença lors d'un énième voyage avec ses parents et, rapidement, plongé dans la lecture, sans lever les yeux, il oublia les aéroports et les gares, les trains et les valises, car il l'avait lu jusqu'à la fin sans s'en rendre compte, sans prêter attention aux gens autour, sans s'apercevoir de la fatigue. Lorsque l'avion atterrit, en tournant la dernière page, Cristóbal avait la gorge serrée et les yeux humides, son âme scindée en deux entre la jalousie et l'émerveillement. Voyant l'émotion de son fils, Venezuela lui avait dit :

– Lire, c'est voyager.

Or, pour Cristóbal, dont l'enfance n'avait été que voyages, lire c'était rester. Les villes changeaient, les langues se multipliaient, les cultures défilaient sous ses yeux, mais les livres, eux, ne changeaient pas. Qu'ils aient été à Lisbonne, à Rome, à Caracas, à Buenos Aires, les romans de sa jeunesse ne changeaient pas. Il demeurait ainsi auprès de ses livres comme on serait resté auprès de bêtes dont il aimait caresser les crinières lourdes. Leurs dos aux couvertures soyeuses comme des pelages et les caractères familiers de leurs titres lui apportaient un apaisement plus rassurant que celui des noms des pays. Lire, ce n'est pas voyager. Les pages ont l'immobilité du métal et de l'agate. Cristóbal s'attelait à ces royaumes pétrifiés, plongé dans leurs géométries d'encre et de grain, se perdant dans leurs labyrinthes pour mieux se retrouver, se heurtant chaque fois aux mêmes mâts de leur beauté. C'est là que réside la fondation invariable des hommes, la part de refuge où se reposer du chaos, un havre sans départ ni exil. Les romans sont une île entourée de terre.

Telle était la situation quand survint le coup d'État qui devait changer l'histoire du Venezuela. Ce fut d'abord le père, Ilario Da, qui l'apprit. Il fit irruption dans l'appartement parisien un soir, à l'heure du souper, tandis que Cristóbal et Venezuela étaient dans la cuisine, et se mit à crier avec la même folie qu'autrefois les ouvriers de la Venezuelan Oil Concessions devant le jet de pétrole :

– Révolution ! Révolution !

On alluma la télévision. À Caracas, des militaires révolutionnaires avaient décidé de s'emparer du pouvoir et livraient, dans les rues de la capitale, une bataille acharnée. Ce séisme dura vingt-quatre heures, un déchaînement qui créa un mouvement de foule furieux et un désordre dantesque. Mais, bien que ce jour fût comme un cataclysme, ce n'était pas la première fois que de tels événements secouaient le pays. Il y avait déjà eu au Venezuela autant de révolutions que de guerres. En deux siècles, il y avait déjà eu une centaine d'insurrections d'esclaves et de révoltes populaires, de José Leonardo Chirino jusqu'au *Caracazo*, une cinquantaine de soulèvements pour l'indépendance avant Bolívar, dont ceux de Manuel Gual et José María España. La révolution Bleue avait renversé la révolution d'Avril qui elle-même s'était vue supplantée par la révolution de Coro. En deux siècles, il y avait déjà eu des milliers de groupes paysans armés sous

Ezequiel Zamora, d'infanteries sortant des fermes, de réformes agraires et de luttes contre les latifundistes. En deux siècles, entre décrets et actualisations, il y avait déjà eu presque trente constitutions écrites, d'armées de guérilleros sous la bannière de Fabricio Ojeda, des centaines de mouvements syndicaux aboutissant à des grèves nationales, une dizaine de coups d'État, civils et militaires. En deux siècles, le peuple vénézuélien avait tant aimé la liberté qu'il en était devenu son esclave.

C'est pourquoi, le 4 février 1992, lorsque de jeunes militaires, inspirés par une mémoire collective, tentèrent une révolution au milieu de la nuit, cela ne surprit personne. Elle était le fruit d'un long combat contre la servitude qui attendait, qui venait de beaucoup plus loin, comme exhumée de l'oubli par des forces anciennes, qui était en marche depuis le jour où Samuel Smith n'avait pu contenir le jet Barroso, depuis le jour où les premières compagnies étrangères aspirèrent à elles les richesses, depuis le jour où Chinco se battit contre le régime de Gómez, depuis le jour où Ana Maria s'engagea contre la dictature de Pérez Jiménez, depuis le jour où Antonio fut torturé dans les geôles du Cuartel Libertador, pétrie dans l'argile d'une suite de frustrations et d'abus, sans savoir que cette révolution finirait par reproduire précisément, elle aussi, ce qu'elle combattait.

Dans la maison 3H, ce 4 février, à Maracaibo, à six cents kilomètres de la capitale, les premiers signes de la révolution se sentirent avec une virulence lointaine. Ana Maria le remarqua par le tumulte de l'air qui s'agita brusquement. Elle entendait le cliquetis des armes dans chaque froissement de rideau, le murmure de la rue dans chaque plissure de drap, l'angoisse de la ville traversée dans chaque plume d'oreiller, et eut l'impression de revivre cet après-midi à la fois magnifique et terrifiant où elle avait accouché de sa fille au milieu d'un coup d'État. Elle alluma la télévision et il lui fallut poser sa tête pour ne pas vaciller quand elle vit les images d'un tank qui, à Caracas, en milieu de journée, gravissait les marches du palais présidentiel pour défoncer la porte d'entrée.

Une guerre éclata entre les révolutionnaires et l'armée du gouvernement. Le pays s'arrêta, hébété, observant cette déchirure qui venait de s'ouvrir dans l'étoffe de son histoire. Ana Maria, bouche bée devant sa télévision, se rappela alors les mots prophétiques de son père Chinco Rodriguez qui, la matinée où la police était venue l'embarquer après une dénonciation, avait laissé ce petit mot sur sa table de chevet :

Le jour de la révolution viendra.

Or, la révolution ne vint pas. Le coup d'État du 4 février échoua. L'armée mata cette mutinerie impressionnante et arrêta ceux qui l'avaient fomentée. Ainsi, personne ne se souvint précisément des événements de cette journée, ni du nombre de morts ni de la peur chargée dans chaque balle tirée, mais le pays devait se rappeler le visage d'un jeune homme de trente-huit ans, en costume de campagne, coiffé d'un béret rouge, les mains menottées dans le dos, dont la couleur de la peau évoquait le métissage des Llanos, qui fut exhibé devant toutes les télévisions du monde comme l'architecte principal de cette rébellion.

– Pour l'instant, dit-il, nous n'avons pas réussi. Pour l'instant.

On le traîna dans la ville pour l'escorter vers la prison de Yare, où il serait enfermé pendant six ans. La police militaire raconta plus tard que, pendant la traversée, une pluie d'applaudissements avait accompagné le passage du rebelle. Ana Maria suivit cette scène à des kilomètres de distance, à Maracaibo, depuis sa chambre aux miroirs, et elle sentit alors qu'à ce moment quelque chose d'inquiétant venait de naître. Hier, ce garçon n'était personne. Aujourd'hui, il était tout le monde.

Et le pays ignorait alors que cet homme qui, six ans plus tard, fonderait un parti et deviendrait président de la République, serait aussi celui qui déclencherait une des crises les plus violentes et provoquerait l'exil de millions de personnes.

Antonio fut une des rares personnes qui ne se laissa pas impressionner par cette affaire. À cette époque, il se levait malgré lui avant le jour et s'asseyait sur son lit pendant une heure, en silence, faisant la liste interminable des douleurs qui assaillaient son corps. Il se rendait dans sa cuisine pour boire une tasse de café qui restait, de tous les plaisirs coupables de sa vie, le seul qui lui fût encore autorisé par son médecin. Il s'installait alors sur son hamac, en short et en T-shirt, sur sa terrasse remplie de pots de fleurs, sombrait dans un demi-sommeil qui l'épuisait davantage, puis rentrait à nouveau dans sa chambre quand la touffeur de midi le chassait et que les crampes de son ventre devenaient intenables, pour s'allonger sur son lit, épuisé de sa journée, aussi mutique que la muette Teresa. Sourd à la rumeur du coup d'État et aux bouleversements politiques, c'est à peine si Antonio comprit que le secret d'une mort heureuse était d'abord de l'avoir décidée.

Cette décision fut comme un décret. Il était arrivé à la conclusion que le plus beau cadeau de l'existence est la possibilité de l'arrêter à sa guise. La certitude de sa mort survint d'un coup. Il n'en fut pas surpris, car il avait assez vécu pour connaître les limites de son corps, mais il se rendit compte que l'envie d'en finir était venue plus tôt qu'il ne l'aurait imaginé. Un mercredi, alors qu'il s'était enfermé depuis une heure dans la salle de bains, regardant sans émotion les murs remplis de vieux diplômes poussiéreux et de distinctions honorifiques, aux paraphes fleuris d'arabesques, dont il ne restait que les angelots cendrés de son passé, il aperçut son visage dans le reflet d'une des vitres des cadres, et peina à reconnaître l'expression de ses propres yeux. Il vit alors son front ridé comme une colline de fromage fondu et son nez comme une flétrissure de fleur, et il comprit qu'il était désormais prêt à ne plus se voir, parce qu'il était arrivé à un âge où l'on ne se manque plus.

C'est ainsi qu'il sortit, traversa la maison en traînant les pieds, arriva jusqu'au jardin et dit à Ana Maria, assise à l'ombre, qu'il était résolu à mourir et que c'était la dernière décision de sa vie, car il n'en prendrait pas d'autre dans l'au-delà.

– Je n'arrive même plus à me souvenir de comment on pisse.

Ana Maria, impassible, qui n'avait jamais perdu son calme dans les situations les plus délicates, se tourna vers son mari. Avec mansuétude, elle constata comment les pluies de l'existence avaient érodé la peau de cet homme qui avait été considéré dans sa jeunesse comme un des plus séduisants de son temps, et dont il ne restait à présent qu'un vieux loup fatigué. Mais elle le trouva beau dans son épuisement, noble dans sa simplicité, et à peine se permit-elle de lui répondre :

– Ne t'inquiète pas. Ça reviendra.

Personne ne fit attention à la résolution qu'avait prise Antonio de quitter le monde selon sa volonté. Par hasard, seul un journaliste de Maracaibo, Alfredo Mercurio Bustamante, apprit la nouvelle alors qu'il prenait un verre au café de la place. Étonné par cette annonce, il la transmit à son quotidien et titra son article :

L'immortel qui décida de mourir.

La rumeur se répandit dans toute la région, depuis les routes qui serpentaient au flanc des collines jusqu'aux confins du territoire du Zulia, et relégua au second plan toutes les dépêches de dernière minute. Le tank sur les marches du palais présidentiel, l'effondrement d'une tour de radio, les procès en cours, plus rien n'était d'actualité dans cette partie du monde et des dizaines de personnes commencèrent à se rassembler devant la maison 3H pour apercevoir le plus célèbre médecin de Maracaibo qui avait décidé, alors qu'il avait encore toute sa tête, de mourir en paix.

Certains venaient le voir pour le convaincre de renoncer à son projet, d'autres lui apportaient des mots pliés en quatre pour les confier à des proches décédés. Il y eut tant de visiteurs qui se joignirent à cette file d'inconnus qu'il fallut fermer les portes et les fenêtres de la maison pour éviter des débordements, mais Antonio les rouvrit avec autorité en affirmant que seules les bêtes souhaitent mourir seules. Vers midi, la maison était si bondée, il restait si peu de place dans le salon, qu'un enfant fit tomber d'un coup de coude, sans faire exprès, une amphore orientale qu'Ana Maria avait fait venir du Yémen. Sa mère le réprimandait avec violence, quand Antonio apparut dans le salon et, d'un geste calme et assuré, saisit une deuxième amphore et la brisa en mille morceaux contre le sol.

– Madame, déclara-t-il, dans cette maison, les enfants sont plus importants que les objets.

À cet instant, la voisine Zina, quittant la chaise sous le porche où elle attendait son producteur français depuis cent ans, pénétra dans le salon et, de toutes les personnes présentes, fut peut-être la seule à essayer de le dissuader.

– C'est un crime de se suicider, Antonio.

Antonio lui répondit :

– Mon seul crime est de rester en vie depuis si longtemps. J'estime avoir fait le tour.

En début d'après-midi, il fit venir son coiffeur dans sa chambre, lequel passa deux heures à l'apprêter pour sa rencontre avec Dieu, et son barbier, qui le rasa de près, au cas où le voyage serait plus long que prévu. Il ordonna qu'on livre toutes ses affaires à l'hôpital, où il avait passé près de trente ans de sa vie, lava les murs et appela son couturier pour qu'il vienne lui tailler un dernier costume sur mesure. Lorsqu'il sortit de sa maison, quelques heures plus tard, peigné comme un prince et vêtu d'un magnifique habit en lin, plusieurs personnes remarquèrent qu'on ne l'avait jamais vu aussi resplendissant depuis le jour de l'inauguration de sa rue. Dans la certitude de sa volonté, il demanda à être conduit au cimetière dans sa propre voiture et, avec les gestes précis et autoritaires qui l'avaient rendu célèbre lors de la fondation de l'université, il choisit lui-même l'emplacement de sa sépulture. En rentrant chez lui, il fixa sa mort pour le soir même, mais après le dîner, car il jugeait, comme Mama Concha bien des années auparavant, qu'il est de mauvais augure de mourir le ventre vide. Il mangea un *pabellón criollo,* de la viande effilochée avec du riz et des haricots noirs, pour la dernière fois de sa vie et eut l'impression que la viande avait le goût des joncs de Santa Rita.

Tandis qu'Ana Maria fumait sa pipe dehors, Antonio enfila sa robe de chambre et marcha dans son jardin pour remplir d'eau les baquets de monsteras. Il remarqua les feuilles enroulées qui devaient naître dans quelques jours et regretta de ne pas pouvoir les voir. Puis, après avoir débarrassé lui-même la table et s'être brossé les dents, il se coucha sur son lit, encore entouré des miroirs restés là depuis leur installation, et ferma les yeux. Au milieu de cette obscurité annonciatrice, il sentit qu'il glissait doucement vers les profondeurs du lac, dans un couloir sous-marin qu'on avait décoré de médailles, comme s'il plongeait vers le ventre de Maracaibo, sans savoir que là, au fond, l'attendait la mort. Antonio mourut seul, mais Ana Maria le sut aussitôt car, au même moment, de l'autre côté de la maison, alors qu'elle se servait un verre de tamarin, elle découvrit au fond de la cruche la trace d'une cendre amère.

– Antonio est parti, dit-elle à voix haute.

Sans se lever, pour la première fois, elle mesura l'ampleur de sa solitude, et elle se demanda si ce sentiment nouveau présageait celui de sa propre mort. Elle avait cependant encore le désir de vivre, mais son cœur s'affaissa davantage de se savoir désormais chassée des sérénités de l'amour. Elle repensa à cette période de repos, sous la pergola de la maison 3H, où ils faisaient l'amour fiévreusement, à ce retour en bus où des militaires les avaient fait descendre, à ce 23 janvier 1958 quand il avait été libéré au même moment que son accouchement, et tous ces souvenirs la plongèrent dans une mélancolie profonde.

Venezuela avait appris la nouvelle quelques heures plus tard, à neuf mille kilomètres de distance, de l'autre côté de l'Atlantique, alors qu'elle était dans sa maison à Malakoff, en banlieue parisienne.

Le téléphone avait sonné. On lui avait tout raconté. L'enterrement devait se tenir trois jours plus tard. Cristóbal était plongé dans ses lectures, concentré sur les récits des mangeurs d'hommes et la cité des Césares, quand sa mère Venezuela raccrocha le téléphone et, sans prononcer une seule parole, pleura doucement devant un miroir. Alors, les yeux gonflés par les sanglots, elle le prit dans ses bras.

– Je pars demain pour Maracaibo. Tu viendras avec moi.

Il ne lui vint jamais à l'idée que ce départ pour l'Amérique latine, cette fuite vers ses origines, serait aussi son premier voyage vers lui-même. Lorsque Cristóbal fit ses bagages, poussé par l'empressement de sa mère, il mit dans sa valise les volumes sur les chroniques des Indes et les navigations de Pigafetta, et traversa l'océan à bord d'un avion d'une compagnie française où l'on buvait du chardonnay en mangeant des quenelles lyonnaises.

Il atterrit dans un monde de bananeraies et d'autoroutes inachevées, dans une touffeur intenable, et la première chose qui le surprit fut la forte odeur de carburant qui empestait la ville de Maracaibo. Dans la voiture qui le menait à la maison 3H, il distingua les façades blanches des immeubles rendues noires par la fumée des souvenirs et par la poussière du passé, les chiens qui lapaient l'eau dans les rigoles, les femmes assises à l'ombre, se protégeant de la chaleur grâce à mille astuces transmises de génération en génération, les frères dominicains sur les places qui écrivaient encore des lettres d'amour pour dix centimes, les berlines américaines qui côtoyaient les charrettes tirées par des ânes bleus, et il se demanda si c'étaient ces mêmes ânes qui avaient transporté autrefois les onze mille livres d'or pour la rançon d'Atahualpa.

Cette vision contrastée, qui n'avait rien à voir avec ce qu'il avait imaginé, qui le déçut et l'attira en même temps, traversa son esprit comme s'il s'était agi d'un nouveau roman à découvrir. Tout devint matière. Il ne savait pas encore que l'écriture deviendrait pour lui une nécessité biologique. Ce jour-là, à l'arrière de cette voiture, il ne mesura pas la portée de ce qui l'entourait, même lorsqu'il eut dépassé le vieux port où avait été déposée autrefois la statue souillée de Simón Bolívar, presque un siècle auparavant, autour de laquelle les rêves d'Antonio Borjas Romero s'étaient formés.

À midi, on fit entrer Cristóbal par la porte du jardin, entièrement recouverte de ronces et de roses, où l'on avait jadis couronné Pedro Clavel d'une pluie d'œillets. Il comprit qu'il se trouvait dans la maison d'enfance de sa mère, car des cartes postales de Paris étaient encore accrochées aux murs et, dans la confusion des dizaines de personnes qui allaient et venaient pour la veillée funèbre, il crut reconnaître des visages familiers qu'elle lui avait montrés dans un vieil album enfermé dans un coffre, un lointain dimanche français.

Tandis que Venezuela discutait avec des inconnus dans un couloir, Cristóbal dut attendre sur le hamac blanc du jardin, où Antonio s'était assis pendant ses dernières années, contemplant autour de lui les monsteras dont les feuilles s'étaient ouvertes, les bacs de bougainvilliers qu'Eva Rosa arrosait tous les matins, se rafraîchissant avec un éventail pour combattre les moustiques attisés par la canicule. Il examinait les branches du manguier, sous lequel la muette Teresa avait été enterrée avec une graine dans sa bouche, songeant aux mystères qu'enfermait cette maison, quand sa mère vint le prendre par la main et le tira dans une pièce qui avait été pendant cinquante ans celle de ses grands-parents.

Deux nonnes priaient au milieu de la salle, assises sur un banc en bois. Elles ne se levèrent pas quand Cristóbal entra. Dans le tain des miroirs où plus personne ne s'était regardé depuis la mort d'Antonio et dans les vieux rideaux rongés par l'abandon s'était installé un silence si palpable, si épais, que Cristóbal aurait pu le serrer entre ses deux mains. Cette chambre des époux, qui avait été autrefois la plus scintillante et la plus baroque de toute la ville, avait à présent une obsédante odeur de vieilleries. Venezuela lui tint le bras jusqu'à atteindre, contre le mur du fond, le cadavre d'Antonio. En arrivant à sa hauteur, elle ne put contenir un sanglot muet.

– Voici ton grand-père, dit-elle. Le recteur éternel.

Cristóbal, ignorant tout de cet homme, jeta un regard oblique à ce petit vieux comme à une statue de cire, scrutant sa peau livide et ses pommettes osseuses, et rien ne lui laissa imaginer que ce visage inanimé et engourdi avait pu autrefois traverser l'existence avec autant d'éclat. Cette figure lui rappela les descriptions des Patagons qu'il avait lues dans les récits hollandais de Sebald de Weert, qui décrivaient des corps démesurés dont le poing était si grand qu'il pouvait enfermer un taureau. Cristóbal éprouva quelque chose de comparable à ce qu'avaient ressenti les aventuriers découvrant les reliques d'un passé imaginaire, mais il ne sut mettre un nom sur ce sentiment que plus tard, le jour où il déciderait d'écrire cette histoire.

L'enterrement fut fixé au premier samedi de juillet. Maracaibo connut alors une des funérailles les plus attendues de son temps. Depuis les quartiers bourgeois jusqu'aux banlieues les plus pauvres, des hauteurs de la sierra jusqu'au débarcadère du vieux port, se fit entendre la lente marche funèbre, un long cortège d'inconnus, de gens du peuple, têtes baissées et endeuillées, avec des chevaux dont on avait natté les queues de rubans noirs, qui défilèrent devant son cercueil, tandis que Venezuela allumait des cierges en forme de colombe. On enterra Antonio avec toutes ses médailles et ses diplômes, et on remplit le cercueil de tant de souvenirs, ses poches de tant d'amulettes et de talismans, qu'il fallut huit hommes pour porter la bière. On sortit aussi la statue de San Benito et celle de saint Luc dans une lourde parade, en faisant le tour de la place, et des musiciens jouèrent des ballades où il était question d'un marin qui épouse la mer.

Les cloches de la cathédrale sonnèrent à toute volée, et la cérémonie dura quatre heures sans interruption. Jamais personne n'avait été inhumé ainsi à Maracaibo. Le ciel était d'une tristesse immense.

On déposa le corps dans la fosse, on le couvrit de fleurs, et Antonio resta enfermé à tout jamais sous terre, comme ces statues grecques qui tombent lors des batailles et laissent derrière elles un souvenir de grandeur et de marbre fissuré.

La mort d'Antonio annonça celle d'Ana Maria. Comme les aras bleus vivent toute leur existence avec le même partenaire et meurent d'amour quand l'autre disparaît, elle perdit goût à la vie en enterrant son mari. Après les obsèques, après tous les combats livrés, après avoir traversé cent ans de démocraties et de dictatures, de républiques et de révoltes, un boom pétrolier et un coup d'État, elle s'aperçut qu'elle avait atteint les limites de son corps avec la même vitesse que celles de son siècle. Le monde était encore plus fou que lorsqu'elle avait proposé à Antonio de se retirer sous la pergola pendant la dictature. Prétextant que plus personne n'avait besoin d'elle, puisque tous avaient quitté la maison 3H, elle s'enferma dans sa chambre, brancha un téléphone fixe qu'elle planta au milieu du lit, posa sa tête sur quatre oreillers, et n'en sortit plus jusqu'au jour où l'on vint la mettre dans son cercueil.

Personne ne la revit, nul ne sut ce qu'était devenue à la fin de sa vie la première médecin de Zulia. Pendant six ans, on inaugura des nouvelles stations de métro, on incendia la prison de Sabaneta, on couronna la plus belle femme du monde lors de Miss Univers, le pape voyagea depuis le Vatican pour bénir la basilique de Nuestra Señora de Coromoto, on incinéra les morts du tremblement de terre de Cariaco et ceux de la prise des Terrazas del Ávila, on assista à une éclipse solaire qui plongea le pays dans une obscurité totale, mais, au milieu de tous ces chamboulements, Ana Maria ne quitta pas sa chambre. Pendant six ans, on ne lui connut plus aucune relation avec le monde extérieur jusqu'à ce 2 février 1999, lorsqu'elle se fit sortir dans la rue dans son lit à baldaquin, soutenue par six indigènes, le jour où l'on annonça dans toutes les télévisions que ce jeune lieutenant au béret rouge, qui avait échoué lors de son coup d'État un 4 février 1992, était devenu président du Venezuela.

Il avait passé deux ans en prison. Tous les jours, à toute heure, des personnes étaient venues lui rendre visite, lui porter de la nourriture, des livres, un réfrigérateur et une cuisinière, si bien que quand il fut libéré, il fallut installer un cordon de sécurité, car la moitié de la ville s'était attroupée autour du bâtiment pour voir le forçat le plus aimé du pays. Il avait fondé un parti, fait campagne et, le jour des élections, les bulletins étaient arrivés du centre de la ville, des baraques et des bidonvilles, des forces militaires, des classes moyennes en quête d'illusions, toutes ces mains qui l'avaient applaudi pendant qu'on le traînait dans les rues en direction de la prison de Yare.

En quelques mois, on créa des institutions du pouvoir populaire, on ouvrit des banques de micro-crédit et des coopératives, on supprima les frais d'inscriptions scolaires, on conçut un ministère uniquement pour le droit des femmes, on signa une nouvelle constitution. On nationalisa les maisons d'édition, afin que le livre devienne moins cher qu'une bouteille d'eau. Dans les foyers les plus pauvres, on trouvait sur les tables de chevet les mêmes classiques et de petits recueils de poèmes, signés par des écrivains inconnus, trouvés au hasard d'une librairie. On organisa des débats d'intérêts généraux qui jamais dans l'histoire du pays n'avaient dépassé les cercles politiques intimes. Dans le Palais législatif, on vit défiler des associations de quartier, des groupes écologistes, des organisations des droits de l'homme. Les débats étaient retransmis à la télévision pour que la loi ne soit le privilège de personne.

Ana Maria, stupéfaite, observait cette révolution qu'elle n'aurait jamais crue possible de son vivant. Mais l'âge ne lui permettait plus d'y participer. Dans le demi-jour de sa dernière demeure, elle n'était plus que l'ombre de ce qu'elle avait été.

Elle ne quittait plus son pyjama, un long peignoir aux motifs de fleurs blanches. Elle avait le regard morne, et c'est à peine si la voisine Zina venait lui rendre visite pour lui préparer les plats de la semaine et laver ses miroirs. Quand Venezuela l'appelait, elles se parlaient au téléphone dans une conversation entrecoupée de longs silences, et sa fille avait l'impression que la fatigue de ses os passait au travers de sa voix. À l'entendre, bien qu'elle restât parfaitement lucide jusqu'à la dernière heure de sa vie, on aurait pu penser qu'elle se déplaçait dans un autre temps, qu'elle bougeait dans une atmosphère de souvenirs flétris et d'amours anciennes, un souffle languissant où l'on sentait encore une odeur de poussière et de barbituriques. Pour la vieille dame qu'elle était désormais, ce qu'elle avait quitté était devenu plus noble et plus désirable que ce qu'elle vivait, mais les jungles du temps lui interdisaient de retourner vers ces douceurs perdues, et elle sut qu'elle n'attendait plus rien du passé.

Quand Venezuela lui annonça que Cristóbal avait décidé de partir vivre à Maracaibo, Ana Maria ne comprit pas.

– Il n'y a rien à voir dans cette maison, dit-elle, hormis une très vieille femme qui meurt très lentement.

– Il veut écrire des romans, répondit Venezuela. Que veux-tu.

– Pourquoi ?

– Allez savoir.

Couchée comme une lionne, la tête posée sur une montagne d'oreillers, trônant dans sa demeure comme une duchesse, Ana Maria ne prêta pas attention à cette phrase et, après un long silence, se remémora le jour où Antonio avait posé sur ses genoux le carnet de mille histoires d'amour.

– J'ai toujours pensé que je mourrais avant lui, répondit-elle.

Telle était la situation quand Cristóbal fit irruption dans la maison 3H. C'était alors un jeune homme de dix-huit ans, petit, au regard figé dans une permanente surprise, aux cheveux d'un marron très sombre, qui frisaient avec l'humidité, et dont le nez tombait avec lourdeur sur des lèvres sans grâce. On ne savait pas exactement par où il était arrivé. Il portait un Borsalino à bords courts et une veste de gros drap, démodée, qu'il avait chinée dans une friperie parisienne. Des gens racontèrent plus tard qu'on l'avait vu traverser le quartier avec un air de touriste, dans les rues étouffantes de chaleur, regardant naïvement les majestueuses résidences du boom pétrolier, cherchant un indice dans les arcades peintes des porches, essayant de retrouver dans ses souvenirs d'enfance l'entrée de sa maison familiale.

Seule la voisine Zina, qui avait vu passer toutes les générations des Borjas Romero, qui n'avait pas perdu l'habitude de contempler le monde assise sous son auvent, le scruta perdu au milieu du trottoir et lui trouva une telle ressemblance avec Antonio qu'elle crut qu'il était ressuscité.

– Si tu ne ressemblais pas tant à ton grand-père, s'exclama-t-elle, je dirais que tu es un producteur français.

Elle le conduisit jusqu'à la chambre aux miroirs où Ana Maria s'était recluse. Il entra avec lenteur. La première fois qu'elle le vit, habillé avec son chapeau et ses petites lunettes de sorbonnard, avec ses souliers en cuir et sa veste de bohème, elle le crut tout droit sorti d'un poème baudelairien, persuadée que cet accoutrement était le symbole d'un mal de siècle que les plus grands médecins européens n'avaient pu soigner.

– Si tu sors habillé comme ça, dit-elle, on va t'enfermer.

– C'est comme ça que s'habillent les écrivains français.

Elle garda un long silence en le détaillant de haut en bas.

– Ta mère a quitté cette maison pour aller à Paris, rétorqua-t-elle. Aujourd'hui, tu quittes Paris pour venir ici. Je ne comprends plus rien.

Cristóbal, qui avait suivi son instinct, fut celui qui le comprit le moins. Il savait seulement que, dans son pavillon de banlieue parisienne, il avait imaginé les Caraïbes avec la même passion que sa mère, trente ans plus tôt, s'était représenté l'Europe. Il se voyait lui aussi partir dans ce monde aussi changeant que la mer, où les villages gravitent autour des villes comme les planètes autour des étoiles et où de simples pluies peuvent réveiller des volcans. Il savait seulement que ses lectures lui avaient inspiré ce voyage et que son cœur frémissait du désir d'explorer ce pays, comme si à travers elles ses ancêtres s'exprimaient encore.

Au début, il hésitait à partir, mais l'idée devint peu à peu une réalité. De folle et inconsciente, elle se fit plausible et intéressante, puis attirante mais périlleuse, puis fascinante et entêtante, et ce qui au début avait été un aveuglement se transforma en une obstination. Il décida alors de mettre le cap sur la maison 3H, de l'autre côté de l'Atlantique, sans soupçonner que l'attendait là-bas, sous le soleil de ce qu'ils appelaient la révolution, un monde de dangers et de déchirements, de désillusions et de flammes, un monde où il ne restait du mythe que les ruines d'un essoufflement.

Cristóbal et Ana Maria s'habituèrent à vivre ensemble, non pas tant comme grand-mère et petit-fils, mais comme deux inconnus. Il fallut beaucoup de temps pour que Cristóbal s'accoutume à cette nouvelle vie, dans une nouvelle ville, si différente du monde protégé et harmonieux d'où il venait. Il s'installa dans la chambre mitoyenne à celle des miroirs, la même chambre où Pedro Clavel avait une nuit pendu son hamac, où il aménagea sa bibliothèque française dont il fit venir les livres par un navire. Les premiers jours, Cristóbal restait assis dans le jardin, à commencer des débuts de romans, des ébauches d'écriture, cherchant des yeux, avec son air distrait, des scènes baroques comme s'il avait pu les apercevoir flottant entre les feuilles de monsteras. Rien n'éveillait son intérêt si ce n'était les livres qui nourrissaient son imaginaire.

Pendant plusieurs jours, il fut impossible de le sortir de la maison, tant il était convaincu de trouver l'inspiration uniquement dans les pages. Personne, pas même ceux qui n'avaient jamais écrit une seule ligne, ne comprenait comment on pouvait aspirer à accoucher d'un roman sans se mêler à la communauté bruyante des hommes et des femmes, s'embourber dans la même glaise qu'eux, comprendre leurs histoires, manger leurs repas, s'asseoir à leur table, jusqu'à ce jour où Ana Maria fit appeler Cristóbal dans sa chambre et lui dit ces mots :

– Si tu veux devenir écrivain, parle avec ceux qui ne le sont pas.

En ces temps-là, le gouvernement avait décidé de faire une réforme agraire en récupérant des terres jugées improductives pour les rendre au peuple. L'État vénézuélien avait pris le contrôle de presque trois millions d'hectares de terrains cultivables et avait formé plus de vingt mille coopératives paysannes. Grâce à don Victor Emiro Montero, Cristóbal trouva un poste et s'enrôla dans ce programme d'expropriations.

Il intégra une équipe de révolutionnaires qui avaient pour mission de reprendre la terre aux latifundistes et de la redonner gratuitement aux paysans. Cristóbal, qui ignorait tout de l'économie de marché, s'y plongea tête baissée, non pas tant pour sauver le monde, mais pour labourer son imagination. Jamais il n'aurait pensé que ce qu'il vit alors, pendant cette période de sa vie, marquerait comme un sceau sa mémoire, si bien que longtemps plus tard, quand il revint à Paris, l'esprit plein de tourments et de doutes, il ne put effacer de ses souvenirs l'intensité de ces premières impressions.

On rattacha Cristóbal à une sorte de brigade d'expropriations. On l'envoya à Maracay. Il était question de racheter les champs d'une vieille famille de propriétaires terriens, les Pistoletto, qui possédait une plantation de magnolias. Les Pistoletto étaient une famille de douze enfants, originaire de Sardaigne. Tous les frères étaient nés et avaient grandi dans la mine de Serbariu, au milieu de la Méditerranée. Les poumons réduits en poussière, la famine, la délinquance, les maladies, avaient poussé le benjamin, Carmilino Pistoletto, à fuir cette région violente et sombre où la poudre de charbon suintait du lin des berceaux et de l'étoffe des rêves, si toxique qu'elle avait emporté à trente ans chaque membre de la génération avant lui. Il quitta les boyaux de la terre sarde, convaincu du pressentiment de sa mort, attisé par la légende d'un pays de cocagne où le charbon était uniquement utilisé pour faire briller la peau, et s'embarqua sur un navire au pavillon maltais qui transportait à son bord des émigrants de chaque frontière, entassés au fond des cales, qui lors des tempêtes priaient en quatre langues différentes dans un murmure collectif. Parmi eux, il rencontra un vieux Moldave en exil, détenteur d'une pépinière. Ses poches étaient remplies de graines de magnolias.

– Les fleurs, c'est pour les femmes, avait dit Carmilino.

– Les fleurs, avait répondu le Moldave, c'est de l'argent.

Carmilino Pistoletto les troqua contre une part de saucisson sec, débarqua au Venezuela, trouva des landes abandonnées où personne n'avait rien semé depuis mille ans, planta les graines de magnolias et, quelques mois plus tard, parfuma tous les sorbets, toutes les crèmes, toutes les gelées, toutes les liqueurs, faisant de ses magnolias miraculeux un agrément essentiel de cuisine. Devenu un homme riche, stimulé par la floraison de son succès, il fit construire une grande maison dans la plaine écrasée par la chaleur où il vécut avec sa nouvelle famille. Tout autour, il bâtit des masures, des baraquements aux murs en terre battue, recouverts de tôle de zinc, ondulée et rouillée, où s'installèrent des paysans qui se mirent à son service.

Les hommes plantaient les fleurs, entretenaient le jardin, greffaient. Les femmes rempotaient, coupaient, isolaient, taillaient, tandis que les Pistoletto leur versaient un salaire fixe et prenaient une marge sur la revente. Quatre générations de Pistoletto se suivirent dans cette demeure, loin des mines de Sardaigne et de la poudre de charbon, de la famine des îles et de la cruauté que la pauvreté engendre, reproduisant à dix mille kilomètres le même fonctionnement féodal qu'ils avaient quitté.

Cela faisait si longtemps que personne n'avait contesté cette pyramide de servitude et de domination que tout le monde fut surpris de voir surgir, un beau matin de septembre, après un voyage depuis la capitale, des émissaires de la révolution. Ils apparurent chez les Pistoletto munis d'un mandat d'expropriation et annoncèrent qu'ils venaient racheter les terres, reprendre les fleurs qui appartenaient désormais au peuple, et accompagner les agriculteurs pour former une coopérative. La petite-fille de Carmilino Pistoletto, une femme de quarante ans aux mains carrées et aux hanches larges, au caractère bien trempé, qui avait gardé dans son sang la colère des familles sardes, prit à peine le temps de les recevoir et frappa un poing sur la table.

– Je ne veux pas de voleurs chez moi !

La dispute fit sortir les paysans de leurs masures. C'est alors que Cristóbal les vit. Leurs vêtements étaient en haillons, leurs sourcils broussailleux, leurs chevelures longues, leurs pieds sales, tout en eux contrastait avec le faste du bâtiment des Pistoletto. Attirés par le va-et-vient des voitures gouvernementales et des négociations, ils se tenaient silencieux sous les arbres, attendant le verdict, assis çà et là sur des racines et des branches tombées, contemplant cette scène sans véritablement la comprendre.

– La terre est à celui qui la travaille, dit un homme au visage ridé par le labeur. C'est ce que dit Marx, paraît-il.

– Qui est Marx ? demanda un autre paysan.

– Ça doit être un des messieurs qui parle avec Pistoletto, sans doute.

Après de longues tergiversations, de débats interminables et de discussions qui retournèrent le vieux Carmilino dans sa tombe, on s'accorda sur un prix d'indemnisation. À contrecœur, murmurant des injures entre les dents, la famille Pistoletto signa les documents de saisie et, la minute suivante, les terrains de magnolias, qui avaient fait autrefois la fortune d'un pauvre fils de mineur de la Sardaigne, furent entre les mains de la révolution.

On organisa un nouveau collectif de paysans, comme il avait été convenu. On mutualisa, on regroupa, on réduisit les coûts, on répartit, et tant de nouveaux mots furent prononcés lors de cette redistribution sociale que les agriculteurs eurent l'impression que non seulement on leur réapprenait à travailler, mais qu'on leur enseignait aussi une nouvelle langue.

Cristóbal passa une semaine avec eux dans une des cabanes qui entouraient le champ. Bien que délabrés, les murs étaient décorés avec soin de photos de famille et on avait caché les fissures du plâtre sous des foulards pendus. Les meubles, chinés dans des brocantes de village, n'étaient que des constructions artisanales, en bois de kapokier, disposés ici et là avec une attention coquette, sur lesquels étaient posés des napperons brodés et des crucifix d'ébène. La division se faisait par de simples rideaux aux motifs colorés, tenus par des sangles, derrière lesquels on pouvait distinguer des lits superposés et des matelas au sol. Tout était propre, nettoyé, soigné. Et, dans ce royaume de misère où une harmonie discrète avait ordonné les choses, il ne fut jamais nécessaire d'installer des vases de fleurs, car le parfum de milliers de magnolias qui fleurissaient dehors envahissait chaque jour les pièces avec la force d'un torrent.

Cristóbal et les quatre familles paysannes signèrent les nouveaux papiers de propriété. Ils ouvrirent une bouteille de *cocuy,* une liqueur à base de feuilles et de plantes que préparait une des filles, une belle métisse élancée, avec une taille de guêpe, dont les cheveux très courts couvraient sa tête ronde à la manière d'une mousse sur un galet. Elle s'appelait Fauna.

Leurs regards se rencontrèrent, et Cristóbal fut saisi d'un mélange de douceur et de désir. Elle avait la peau fine, les doigts délicats, un évident penchant pour la rêverie. Les années de labeur sur le champ de magnolias, penchée au-dessus des fleurs, n'étaient pas venues à bout de ses formes galbées ni de l'innocence de ses yeux. Cristóbal sut qu'il la reverrait.

Trois mois plus tard, le gouvernement envoya la même équipe sur place pour assurer le suivi de cette réforme. Cristóbal était parmi eux. En arrivant, il découvrit avec stupeur l'état d'abandon du terrain, désormais recouvert de mauvaises herbes et de ronces en friche. Il trouva les paysans les bras croisés. Il demanda :

– Pourquoi n'avez-vous pas travaillé la terre ? Elle vous appartient maintenant.

– Car Pistoletto est parti avec les tracteurs, répondit un homme.

Le gouvernement acheta des tracteurs en Chine, flambant neufs, rouges, tout droit sortis d'une usine asiatique. Dès leur arrivée sur ces terres tropicales, tous les villages alentour apprirent la nouvelle et bientôt affluèrent des enfants en short et sandales, les cheveux sales, des femmes portant des bébés en écharpe, des hommes avec des pelles à la main, qu'on avait tirés à la hâte de leurs pâturages, tous venus voir les machines que la révolution avait acquises à des milliers de kilomètres. On fit même venir un pasteur de la paroisse voisine qui, hors d'haleine après avoir marché en bord de route sous le soleil, arrosa les roues des engins d'eau bénite et, le soir même, dans la bâtisse désormais vide de l'ancienne famille Pistoletto, présida une fête paysanne avec des guitares et des chants, des prières et des litanies, saisi d'une telle émotion qu'on eut l'impression qu'il célébrait l'invention d'une religion.

Cristóbal participa à la fête. Au milieu de la nuit, alors qu'il s'apprêtait à quitter le champ pour rentrer à Maracaibo, Fauna l'attira vers un réduit. C'était une sorte de dépendance du terrain que l'on avait destinée à l'enfleurage des magnolias, où l'on trouvait en désordre des châssis en verre recouverts de pétales et de grosses bonbonnes de graisse, que les Pistoletto avaient aménagée dans l'espoir d'ouvrir un commerce de parfums. Cette pièce, où l'on capturait les fragrances des bourgeons, avait pourtant une obsédante odeur d'alcool.

Cristóbal, plongé dans l'ombre, sentit des lèvres froides qui cherchaient son visage. Fauna le déshabilla, fouilla sa peau, mordit son cou, déboutonna son pantalon, le mangea tout entier dans une marée de baisers, et il eut la sensation d'être une des fleurs à peine cueillies qu'on pressait pour en extraire l'huile. Un trouble palpitant le traversa jusqu'à la racine de ses cheveux, un cataclysme intérieur dont il n'avait jamais exploré l'ampleur, car uniquement l'amour permet de remonter jusqu'au commencement du monde et à la mémoire des hommes. Bien qu'il ignorât tout de cette femme, qu'il connaissait si peu, il eut le sentiment que cette scène se répétait dans une boucle infinie, comme si l'assaut de Leona Coralina sur Antonio, autrefois, exhumait en lui un message du passé. Une empreinte venait de se dessiner sur le sable de sa nostalgie et il sut bientôt que ces amours clandestines seraient les seules que sa mémoire ne lui permettrait jamais d'effacer.

Quand elle en eut fini avec lui, Fauna s'habilla à la hâte, sortit du réduit sans un mot, et Cristóbal eut la certitude qu'il évoquerait encore pendant des années cet instant aux relents d'alcool de fleurs où cette jeune métisse, aux cheveux courts et à la peau divine, l'avait exproprié de son corps comme il l'avait fait de ses terres.

Trois mois plus tard, quand il revint pour le suivi du chantier, rien n'avait bougé. Les tracteurs, dressés au milieu du champ comme des statues, couverts de poussière et de terre, immobiles et silencieux, n'avaient pas été allumés depuis le jour de leur arrivée.

– Pourquoi n'avez-vous pas travaillé la terre ? demanda Cristóbal.

– Car les tracteurs sont en chinois. Et on ne comprend pas le chinois.

On fit venir une délégation d'ingénieurs chinois au Venezuela, arrivés spécialement pour traduire les idéogrammes qui figuraient sur le tableau de bord, comme s'il s'était agi d'une des inscriptions oraculaires gravées sur écaille de tortue de la dynastie Zhou. Un mardi, à 9 heures, alors qu'ils étaient dans leurs baraquements, les paysans perçurent à l'horizon le bruit d'un convoi gouvernemental, une caravane de voitures en marche, quelques minutes après qu'un enfant eut fait irruption en criant :

– Les Chinois sont arrivés !

La délégation de Hong Kong resta une semaine. Une troupe de curieux s'était formée autour d'eux pour les entendre parler dans cette langue aux sonorités extraordinaires, les suivant dans tous leurs mouvements afin de recréer les mêmes gestes prophétiques et savants qui, sans doute, avaient élevé la plus grande muraille du monde. Lorsqu'ils repartirent, on continua de les exécuter, avec la même lenteur, le même dévouement, comme si ces tracteurs ne pouvaient être actionnés que par le mystère de cette magie.

À son retour, cette fois, Cristóbal ne put en croire ses yeux. Des années après, il serait encore incapable de se rappeler cette scène sans être ébahi, sidéré. En arrivant sur les terrains de magnolias, il découvrit les tracteurs en fonctionnement, les fleurs ouvertes et épanouies, mais il ne lui fallut que quelques minutes pour se rendre compte qu'une des familles, plus importante que les autres, avait pris possession de la bâtisse des Pistoletto et versait aux trois autres un salaire pour s'occuper des plantations de magnolias. Les paysans avaient reproduit exactement ce qu'ils voulaient combattre.

Ce fut peut-être cet événement, insignifiant pour la plupart, qui rendit perceptible aux yeux de Cristóbal les premières fractures de la révolution. Il constata les défaillances économiques profondes, l'insécurité et les pénuries, l'exil massif qui débutait, l'inflation imparable, à tel point qu'un même prix était multiplié par trois d'une semaine à une autre. À l'est de la ville, dans les quartiers des classes moyennes, les manifestations se succédaient, rythmées par des concerts de casseroles.

Le pays se divisa. On parlait de l'abandon des investissements, de la fuite des oligarchies financières, de l'isolement où se trouvait le pays. La révolution n'était qu'une « dictature maquillée ». La dévaluation fut inévitable. En l'espace de quinze ans, la monnaie nationale souffrit trois reconversions, ce qui lui fit perdre quatorze zéros. À travers le pays, des centaines de femmes et d'hommes effectuaient chaque jour, à la même heure, une prière collective contre la tyrannie. Avant 8 heures, dans les jardins et les terrasses, dans chaque village perdu, dans chaque île au large des côtes, dans les campagnes et sur les plages, dans les hôpitaux et dans les voitures en plein embouteillage, tous ceux qui s'opposaient à ce gouvernement levaient ensemble une grande veillée, pour réunir leurs forces et renvoyer ce lieutenant au béret rouge dans la prison d'où il n'aurait jamais dû sortir.

Telles furent les racines d'une fissure qui allait conduire le pays à une crise profonde, comme le prophétisa Cristóbal après la scène des tracteurs, quand il revint à la maison 3H la mine renfrognée, l'esprit inquiet, l'air abattu. Sur son hamac blanc, dans l'arrière-cour, protégé par les bougainvilliers qu'arrosait autrefois Eva Rosa et par le parfum des œillets qui avaient jadis coiffé la tête de l'enfant Pedro Clavel, une tristesse envahit Cristóbal. Il n'avait pas aperçu les mines du roi Salomon ni les cités de Paititi, mais ce qu'il avait cru devenir un monde nouveau n'était qu'une autre chimère. C'est ainsi qu'il ne trouva pas le repos qu'il avait attendu pendant si longtemps, et seule persista en lui l'idée que tout ce qui triomphe est condamné à échouer. Il en parla à Ana Maria qui n'avait pas quitté son lit à baldaquin, couchée avec son téléphone au milieu des draps. Elle lui répondit qu'elle avait passé toute sa vie à attendre cet instant pour découvrir qu'on avait remplacé des tigres par des tigres.

– Le peuple est fatigué, dit-elle. La corruption rongera ce projet.

Cristóbal ne dit rien. Pour son esprit idéaliste, la corruption était un fantôme anonyme et sans visage, une pomme pourrie qui ne poussait que dans l'arbre du capitalisme, et qui ne rongeait que les peuples ayant vendu leur âme au diable, comme s'il s'agissait d'une punition pour leur gourmandise. Jamais la pensée ne lui avait traversé l'esprit que la corruption puisse croître à ses côtés, fille de l'excès, dans le terreau humide des révolutions, nourrie par ceux qui la combattaient, dans les bureaux même où l'on clamait sa destruction, dans la bouche des dirigeants les plus progressistes. Il n'avait jamais imaginé qu'elle puisse faire la queue au supermarché, boire une bière en terrasse, aller à la piscine, faire du sport, emmener les enfants à la crèche, faire l'amour, il n'imaginait pas que la corruption n'était pas l'apanage des régimes impérialistes, mais qu'elle était partout. Les révolutions s'y abreuvaient aussi. Elles échouaient parce qu'on oubliait de faire, pour les stimuler, ce qu'on avait fait pour les susciter.

Dans un monde qui changeait à une vitesse inouïe, Ana Maria et Cristóbal s'épaulaient avec la confiance de vieux soldats, soudés dans la complicité de leur nouvelle vie, comptant sur un amour qu'ils découvraient au fur et à mesure. Zina leur rendait visite les jours de pluie, coiffée d'un châle perse. Voyant Cristóbal corriger frénétiquement ses manuscrits avortés, ses débuts de romans, elle ne put s'empêcher de lui demander :

– Qu'écris-tu ?

– Je ne sais pas. Un roman sur Maracaibo, je crois.

Elle demeura silencieuse.

– Je ne connais rien aux romans, répondit-elle. Mais je sais que les paysans de Maracaibo sont persuadés que, dans toute portée de chats, il y a un jaguar.

La mère, prudente, l'isole, le chasse, pour l'empêcher de dévorer les autres. Il grandit différemment. Il s'émancipe. Ce sont les bâtisseurs de cette ville. On est tous fils d'un rêve de jaguar.

Elle se tut. Elle se souvint du producteur français et des mille histoires d'amour qu'elle aurait voulu tourner.

– Promets-moi qu'un jour, ce sera un film. Promets-moi qu'un jour, tu feras de nous des stars.

Deux semaines passèrent. Un mardi de novembre, Cristóbal vint embrasser le front de sa grand-mère avant de partir au travail et fut troublé par le constat d'une ombre sur son visage. Il ne put trouver la vivacité, l'éclat pétillant qu'il y distinguait d'habitude, car ses yeux semblaient assombris, comme si les pétales de mille champs de magnolias s'étaient flétris sous ses paupières. Ana Maria s'efforça de ne rien laisser paraître, mais elle seule connaissait la cause. Le matin même, elle avait aperçu le papillon dans sa chambre. Elle l'avait surpris pour la première fois à l'aube, en train de voltiger au plafond entre les pales de son ventilateur, peu après son petit déjeuner, et elle le reconnut aussitôt.

C'était la même *tara* noire qui avait annoncé la mort de Chinco, le même papillon géant qui lui était apparu dans ses songes, et elle ne lui trouva rien de terrifiant, hormis le fait d'être venu trop tôt. Au début, elle y vit comme le présage précoce d'une fin et pensa qu'il s'agissait d'un salut anticipé de l'au-delà. Elle ne voulut pas prêter attention à ce signe de mort, et continua de vivre normalement, avec plus de précautions et plus de défiances, si bien qu'elle en vint à se dire que cette *tara* n'était qu'une vue de l'esprit.

Mais ce mauvais signe n'était pas un mirage. Le lendemain, à l'aube, avant de se réveiller, elle fit le rêve étrange d'un homme qui en portait difficilement un autre sur ses épaules, où se mêlaient les cris de nouveau-nés aux coups de fusil de Pedro Maldonado, des militaires aux bottes lourdes et des roulements de tambour, et toutes ces images confuses lui firent comprendre que ce n'était pas seulement un cauchemar qui se finissait, mais également cette vie qu'elle avait menée jusque-là. Elle ouvrit alors les yeux une dernière fois et aperçut au coin du plafond, blottie entre ses ailes immenses, la *tara* noire qui l'attendait.

Vers 19 heures, quand Cristóbal rentra du travail, il se rendit dans la chambre d'Ana Maria et la trouva immobile, sa tête posée sur ses quatre oreillers, les lèvres souriantes, les yeux masqués par un voile qu'elle avait eu le soin de déposer sur son front. Elle gisait, belle et parfumée, vêtue du long peignoir soyeux qu'elle portait un demi-siècle auparavant pour l'accouchement de sa fille, veillée par deux cierges de chaque côté. Il s'agenouilla devant sa grand-mère et, voyant ses cheveux bien coiffés, son air enfantin, ses yeux fermés, ses médailles de vierge sur sa poitrine, il voulut pleurer, mais n'y parvint pas.

On l'inhuma dans une concession au cœur du cimetière El Cuadrado, à côté d'Antonio. Deux cents femmes inconnues, anonymes, que personne n'avait jamais vues, se présentèrent à la cérémonie et tout le monde comprit qu'elles avaient eu, autrefois, leur vie sauvée par Ana Maria. De tous les amis présents, ce furent les infirmiers de la maternité, vêtus de blouses blanches, qui portèrent la bière de l'église jusqu'à la tombe. Pendant les obsèques, Cristóbal contemplait la scène avec de grands yeux ronds, et les tristes airs de musique qu'on joua, les textes lus par le curé qui vint bénir son départ, l'encens qui embauma le cimetière, lui semblèrent une plainte céleste. Trois jours plus tard, il reçut une lettre de condoléances du président de la République où il était question du devoir de mémoire et de grandes femmes, mais personne ne l'ouvrit.

Voilà comment, de cette femme aux yeux perçants et à l'intelligence vive, il ne resta que cette tombe froide, une gloire éteinte et une phrase qu'on fit inscrire sur la pierre tombale, réalisant ainsi une prophétie qu'elle avait elle-même formulée, le jour où elle rencontra Lya Ímber de Coronil :

Ci-gît Ana Maria Rodriguez
Première femme médecin.

Venezuela assista aux obsèques, après un retour en urgence. Sa douleur fut telle qu'elle ne parla pas pendant trois jours. Avec Cristóbal, ensemble, ils vidèrent la chambre d'Ana Maria. Ils vendirent les miroirs qu'on décloua des murs, qui paraissaient être devenus des reliques du passé, dévissèrent les pieds de lit, sortirent les lampes que plus personne n'avait allumées depuis des années, et dépendirent les lourds rideaux en étamine qui firent entrer tant de lumière dans la pièce qu'on put retrouver des objets perdus de l'époque d'Eva Rosa. Enlisés jusqu'aux yeux dans un marais de tapis et de cartons, ils mirent toute la chambre sens dessus dessous, et après en avoir déménagé le baldaquin et les centaines de livres de médecine qu'elle avait accumulés depuis sa jeunesse universitaire à Caracas, ils lavèrent les murs de la pièce avec une telle énergie que le voisinage se réveilla au milieu de la sieste en pensant qu'il s'agissait d'un nouveau puits de pétrole découvert au centre du jardin.

Le dernier jour, Cristóbal se souvint de l'histoire que lui avait racontée Ana Maria, avant son départ, sur l'enterrement de son propre père. Il soupçonna sa grand-mère d'avoir caché, elle aussi, un trésor secret dans sa chambre. Il tapota les plinthes, comme elle l'avait fait autrefois à la mort de Chinco, et découvrit un petit coffre derrière une latte creuse. Il avait la forme d'une malle à couvercle bombé qui embauma la pièce d'un parfum de violettes. Il trouva à l'intérieur un paquet brun, attaché par une ficelle de boucher, comme celles qu'on utilise pour emballer les morceaux de viande. Dans sa solitude, débarrassé de tout poids, Cristóbal dénoua la ficelle, défit l'emballage et trouva un vieux cahier d'écolier qui semblait avoir survécu aux champignons et aux termites.

C'était le carnet des mille d'histoires d'amour qu'Antonio avait retranscrites bien des années auparavant, dans la gare centrale de Maracaibo. Cristóbal consacra sa matinée à les parcourir, jetées pêle-mêle dans un désordre prodigieux, à les feuilleter, à sillonner ces mille récits aux sources taries, avec le plaisir étrange et contagieux de lire quelque chose sans véritablement le comprendre. Il s'accoutuma à la présence de ces inconnus, au bruit lointain de cette gare où le jeune Antonio s'était assis dans l'humble espoir de déchiffrer l'amour, ces noms qui se mélangeaient dans sa tête comme dans une fête, si bien qu'au bout d'une heure, cette multitude anonyme ne fut plus qu'une seule personne. En arrivant à la dernière histoire, son cœur s'était rempli de roses rouges avec le même déversement qui avait envahi celui de son grand-père, quatre-vingts ans auparavant, et ce fut avant de refermer le carnet qu'il remarqua qu'il restait encore des pages blanches.

Alors Cristóbal souhaita écrire la sienne. Or, son histoire d'amour n'était pas celle d'un homme pour une femme, mais celle d'un homme pour un pays. Parler du monde qu'il avait entendu. Raconter ce qu'il avait vu dans la nuit des oiseaux de Maracaibo. Garder l'empreinte de l'air. Il fallait qu'il reste de ces récits autre chose que des paroles, des mots fugaces qui se passaient de génération en génération, de bouche en bouche, autre chose que des broches en or et des souvenirs ébréchés.

Par où fallait-il commencer ? Par la rencontre miraculeuse d'une princesse des tropiques et d'un prisonnier politique ? Ou bien fallait-il se hisser plus loin ? Naviguer dans la sève d'un arbre familial comme on remonte le fleuve du passé ? Rebrousser chemin et passer par ce soir caniculaire où Ana Maria accoucha d'une fille dans la foule de l'histoire, le jour où l'on expulsa le dictateur du pays, et que ses cris se mêlèrent à ceux de la rue ? Il fallait aller plus loin. Continuer à creuser. Trouver la souche du livre. Raconter la statue de Simón Bolívar qui fit un jour escale sur le port de Santa Rita et les amours clandestines d'Eva Rosa qui survécut au coup de fusil de Pedro Maldonado. Convoquer le papillon géant qui vint chercher Chinco dans la mort et la découverte insolite du pingouin qui arriva un matin sur les côtes de Sinamaica pour devenir un bijou. Il fallait expliquer le cahier des mille histoires d'amour de la gare centrale et la procession de San Benito qui arrêta le jet de pétrole. Il fallait remonter encore plus loin. Décrire les paysages irréels de *Pela el Ojo* et la discrète dignité de la muette Teresa. Gravir le talus des songes. Boire à la racine.

Cristóbal prit un stylo et se mit à écrire. Il fallait remonter jusqu'à cette matinée où, au troisième jour de sa vie, Antonio Borjas Romero fut abandonné sur les marches d'une église dans une rue qui aujourd'hui porte son nom.